真夜中のあとに

ダイアナ・パーマー

霜月 桂 訳

tsuki

mira

AFTER MIDNIGHT

by Diana Palmer

Published by K.K. HarperCollins Japan, 2021

真夜中のあとに

おもな登場人物

ニコル(ニッキ)・シーモア――彫刻家
モズビー・トランス――ニコルの元夫。上院議員
クレイトン(クレイ)・シーモア――ニコルの兄。下院議員
ベット・ワッツ――クレイトンの恋人
マーク・デイビス――クレイトンの事務所のスタッフ
デリー・ケラー――クレイトンのアシスタント
フィービー・ケラー――デリーの姪
マッケイン(ケイン)・ロンバード――有名実業家
サム・ヒューイット――マッケインのヨット仲間。下院議員候補
ノーマン・ロンバード――マッケインの弟。サムの選挙参謀
カート・モーガン――サムの事務所のスタッフ
フレッド・ロンバード――マッケインとノーマンの父親。タブロイド新聞社オーナー
クリス・ウォーカー――マッケインの恋人。精神分析医
ウィル・ジャーキンズ――マッケインの部下。廃棄物処理部門の責任者
バーク――産業廃棄物処理業者
ジェレマイア・コルテス――アメリカ先住民の男

1

シーブルック島は二十年前からシーモア一族が休暇を過ごす場所となっていた。この小さな美しい島にはマリーナやゴルフコースや会員制クラブがあり、リゾート地の熱い喧騒《けんそう》から離れた心地よいひとときを提供してくれるのだ。

一帯はチャールストンでも有数の資産家たちの別荘が点在しているが、ニコル・シーモア——ニッキの場合は億万長者とはほど遠い。それでもシーモアという家名のおかげで、彼女もサウスカロライナ州の素封家や名家が集まる社交界に出入りできるのだ。シーモア家の海辺の土地は、もとはといえばニッキの父親が投機のつもりで購入したものだった。だが、一九九二年に開発計画が軌道に乗ってくると、父は土地を転売するのをやめて、そこに家族のための別荘を建てた。その後父の死により、別荘はニッキと兄のクレイ——サウスカロライナ州第一下院議員選挙区選出のクレイトン・マイヤーズ・シーモア共和党下院議員——が相続した。

チャールストンのシーモア家といえば、サウスカロライナ州でも指折りの名門一族であり、ニッキの兄が三年前に初めて下院への立候補を表明したときには、地元の共和党指導者が無条件で支持してくれた。そして二年前、クレイ自身にとっては意外なことに、そしてニッキにとっては喜ばしいことに、彼は本選挙で決選投票の必要すらなく当選を果たしたのだった。

ニッキは社会的な立場からしても、クレイの夫人がわりとしてうってつけの存在だった。この二年間クレイはワシントンＤＣでいい仕事をしてきたが、ニッキもまたしかりで、兄を助けて骨身を惜しまず働いた。彼女は大衆受けしない考えかたを国民にアピールするときのこつを心得ていた。いまの時期は再選に向けてのディナーパーティや資金集めのためのイベントを企画しはじめている。クレイは再選をめざして立候補を表明したばかりだが、今度は厳しい闘いになることが予想されていた。同じ共和党のライバルだけでなく、サム・ヒューイットをはじめとする民主党の候補者たちとも闘わなければならない。サム・ヒューイットは一大帝国を率いる著名な人気者の実業家で、バックには影響力の大きいニューヨークのタブロイド新聞がついていた。実際、ヒューイットの選挙参謀の中にはその新聞社のオーナーの息子が名を連ねている。

ニッキは州の予備選挙が終わったあとの九月にワシントンＤＣで開催するイベントの準備を、先日終えたところだった。このイベントが予備選挙でのクレイの勝利を祝う祝賀会を兼ねてくれるよう、彼女は心から祈っていた。その準備と、毎年チャールストンで開かれる世界的に有名な芸術祭――スポレート・フェスティバルに参加したおかげで、ニッキは体力を消耗しきっていた。肺炎で倒れ、いまは回復してきたものの、まだ本調子とは言えない。フェスティバルの閉幕はもう目前だし、数日前からはシーモア家の避難所で静養に努めていた。クレイの用も数日はないだろうし、海辺の別荘の静けさはほんとうにありがたかった。島のこの地域は人里離れており、何軒か家が立っているだけだ。その家々も由緒正しい素封家が所有する古い館《やかた》ばかりだ。シーモア家の別荘に近い二軒は、州内の別の土地に住む一族のもので、六月下旬までは空いているのが常だった。

ニッキは日ざしの照りつけるテラスで、クッションつきの寝椅子に寝ころがり、気持ちよさそうに伸びをした。ほっそりした体は文句なしに均整がとれている。その体と同じくらいセクシーなのが、澄んだグリーンの目ときれいな曲線を描いている唇だ。幸福なときのニッキは、その美しさに魅せられたコラムニストが描写したように、きらきらと輝いている。それに、いたずら好きの妖精《ようせい》みたいなおちゃめな雰囲気があった。卵形の顔をとり囲むボブスタイルにカットされた豊かな黒い髪のおかげで、見た目もまるで妖精のようだ。だが、その美貌《びぼう》の裏側には回転の速い頭脳と非の打ちどころのない名声が隠れているのだ。もし彼女を警戒心が強くて少々用心深すぎると見なす人たちがいるとしても、自分が兄を陥れようとする政敵たちを巧みにかわせているのはそうした性格のおかげなのだとニッキは自負している。

爽《さわ》やかな潮風を吸いこんで、彼女は小ぶりなバストをゆっくりと上下させた。六月上旬のことで、この季節にしては涼しかった。かつてチャールストンを直撃したハリケーンのせいで、沿岸部の一帯は大がかりな改修を余儀なくされたが、ニッキとクレイが相続した別荘も強風で被害を受けたうちの一軒だった。ハリケーンが去ったのちに必要な修繕はほとんど終えたけれど、装飾的な部分はまだ復元されていない箇所も多い。近隣の家々と違い、シーモア家には無尽蔵の改修資金があるわけではないのだ。ニッキとクレイは五カ年計画で自分たちの別荘に過去の栄光をとりもどさせてやるつもりだった。

不意に水上飛行機の音がニッキの注意を引いた。手で日ざしをさえぎりながら目をこらすと、銀色に光る飛行機がそう遠くないところに着水するのが見えた。このあたりでは政財界の大物を見かけることがちっとも珍しくない。事実つい先日もニッキとクレイの別荘から数軒離れたところ——飛行機が着水した地点からさほど遠くないところに、マッケイン・ロンバードが古い館を買ったくらいだ。彼はテキサス州ヒューストンの石油王で、チャールストンの一番新しい自動車メーカーを含む一大コングロマリットの頂点に立っている。だが、私生活においては一年ほど前に大きな悲劇を体験しているらしい。レバノンへの出張に伴った妻と息子が非業の死をとげたという話だ。

三週間前、マッケイン・ロンバードは海辺の家に移ってきて、所有するヨットをマリーナに係留していた。ニッキはそのときの模様をチャールストンの新聞の社交欄に掲載された写真で見ていた。

まだ会ったことはなく、顔をアップや正面でとらえた写真も、ニッキが前に見た『フォーブス』以外には出たことがない。タブロイド新聞の各社も彼の顔を撮影できたためしはなかった。それもそのはず、彼の一族がアメリカ最大のタブロイド新聞社のオーナーなのだ。ヒューストンのロンバード家はチャールストンのシーモア家同様、古くからの資産家だった。両家の違いは、ロンバード家のほうはいまなお資産家だということだ。ケインの父親は現在はテキサスではなくニューヨークで暮らし、そこで例の新聞社をやっているという。

飛行機の音が聞こえなくなり、ニッキはまた伸びをした。落ち着かない気分だった。しかるべき人たちとは全員知りあいだし、地元のギャラリーで彫刻を売ってもらってそれなりの収入も得ている。だが、心の中は空っぽだった。ときどき兄以外に誰もいないひとりぼっちの身の上がせつなくなってくる。

以前の彼女には夫がいた。すぐにまたいなくなってしまったが。その結婚生活で彼女の幻想はすべて打ち砕かれ、自分自身のセクシュアリティにまで疑問を抱かされてしまった。もとはといえば、ニッキの父がモズビー・トランスという名のサウスカロライナの上院議員に力を借りる必要があったのだ。当時のモズビーはいつまでも結婚せずに独身を続けている状態を世間からうるさく取り沙汰《ざた》されていた。それでニッキの父親が娘を嫁にやるから破産を免れさせてほしいと頼みこむと、二つ返事で応じたのだった。

そのときの喜びを思い出し、ニッキはかすかに身を震わせた。モズビーは彼女より十四も上だったが、ブロンドにブルーの目にスポーツマンらしい引きしまった体を備え持った好男子だった。ニッキはたちまち熱をあげ、大喜びでこの縁組を受けいれた。まだ十八だったのだ。世間知らずだった。無邪気だった。愚かだった。

彼女の父親は怪しんではいたかもしれないが、モズビーの秘密を知ったときにはもう手遅れだった。半年後に彼と別れてきたニッキはひどく動揺しており、ようやく立ち直ったのは離婚が成立してからだった。

自分がどんな目にあったのかは父親にも兄にも決して明かさなかったが、それ以降クレイはことのほか彼女に優しくなった。きょうだいの距離はぐっと縮まり、父が死んだあともチャールストンの高級住宅街バッテリーにある大きな家でいっしょに暮らしつづけた。そしてクレイが政界に打ってでたときにはニッキが最大のささえとなった。組織を作ったり、イベントの準備をしたり、支持してくれそうな人たちに愛嬌《あいきよう》をふりまいて資金を出させたり……。チャールストンの事務所でもワシントンDCでも、クレイを助けるために必要なことならなんでもやり、彼を補佐する接待役として人望を集めてきた。カクテルパーティや晩餐《ばんさん》会の招待客の人選は常に的確だったし、彼女が企画したイベントはみんなの興味をかきたててわくわくさせた。努力が実り、ニッキはたいへんな成功をおさめていた。

だが、かつて味わった不安と自信喪失ゆえに、男性とはいっさいつきあわなかった。もう自分自身の判断力を信じられなかった。一生男っけなしで生きていこうと決めていた。だが、二十五歳にしてニッキは孤独だった。とても孤独だった。

日ざしが強まり暑くなってきた。ニッキは立ちあがり、グリーンとゴールドの水着の上からブルーの薄いカフタンをはおった。そのしなやかな感触が日焼けした肌に心地よかった。と、そのときビーチで動くものに視線を吸いよせられ、ニッキは手すりに近づいた。何か黒いものが波打ち際で波に洗われていた。ニッキは顔をしかめ、もっとよく見ようと手で日光をさえぎりながら手すりに身を乗りだした。頭だ！　あれは人なのだ！

考えもせずに階段を駆けおり、重たい砂に足をとられながら砂浜を走っていく。いくつかの可能性が頭にうかび、心臓がおかしくなったように鼓動をきざみはじめた。もしあれが浜辺に打ちあげられた死体だったら？　もし殺人・死体遺棄事件に巻きこまれてしまったら？　いや、もっと怖いのは、あれが海難事故の被害者だった場合だ。海辺に別荘を持っているというのに、わたしには水難救助の心得がまったくないのだ！　動揺しつつも、ニッキは赤十字の水難救助講習を今度必ず受けることと頭の中にメモした。

そばまで行くと、水につかっている体は男のものだとわかった。筋肉質で身長もかなりありそうな、よく日焼けした男らしい体だ。ニッキはひざまずき、脈を探った。脈が触れた。思わずため息がこぼれ、ニッキはそのとき初めて自分が息をつめていたことに気がついた。

四苦八苦しながら男の体を波の届かないところまで引きずり、引っくりかえして腹這《はらば》いにさせる。それから顔を横に向けさせ、テレビの実録救援シリーズ番組で見たように背中の真ん中を押しはじめた。男は咳《せ》きこんで水を吐いたが、ニッキは押しつづけた。数秒後、男が彼女をはねのけるようにがばと起きあがり、額を押さえた。体つきは引きしまっているが、大きな男だった。これ以上引きずっていく必要がなくなり、ニッキはほっとした。

「大丈夫？」心配して問いかける。

「頭が……痛い」男はまた喉をつまらせて咳きこんだ。

ニッキはちょっとためらってから、彼の濡《ぬ》れた髪をそっとかきわけて調べた。こめかみのすぐ上に切り傷ができていた。血はすでにかたまっているし、それほど深い傷のようには見えないが、それでも彼は意識を失っていたのだ。

「救急車を呼んだほうがいいわ」ニッキは言った。「脳震盪《のうしんとう》を起こしているかもしれないから」

「救急車は必要ない」彼はきっぱりと言い、また咳《せき》をした。「ジェットスキーから投げだされて頭を打ったんだ。そこまでは覚えている」そして額に皺《しわ》を寄せた。「おかしいな、ほかのことは何も思い出せない！」

ニッキはじっと座っていた。カフタンの裾《すそ》が浜に寄せる波で濡れそぼっていた。子どものときからの癖で、次にどうするか考えあぐねて下唇を噛《か》む。

「うちに来て、少し休む？」かすかにチャールストンなまりを響かせて問いかける。

男は顔をあげてニッキを見た。そのとたんニッキの全身に衝撃が走った。彼の顔には見覚えがあった。どこで見たのか思い出せないが、確かに知った顔だと思う。スポレート・フェスティバルで会ったのだろうか？

「たぶん、このあたりの誰かのうちに泊まっているんだと思う」彼はのろのろと言った。

「そんなに遠くから来たはずはないんだから」

「見当識を失ってるのね」ニッキは言った。「しばらく休めば思い出すわ。こういう記憶障害は一時的なものでしょうから」

「きみは看護師なのか？」

ニッキは眉をあげた。「なぜ医師でなく看護師だと思うの？」

「なぜ看護師ではいけないんだ？」男は挑むような調子で言った。

ニッキは両手をあげた。「わかったわ。あなたって頭の切れる理屈っぽいタイプなのね。だけど、そんなことよりあなたを動かせるかどうかが問題だわ。ええと、手押し車があれば……」彼を見つめて続ける。「それをショベルカーがわりにして……」

「ひとりでコメディショーをやるつもりなら、今日はあきらめてもらいたいね」彼はつぶやくように言った。

その言葉になまりはない。強いて言うなら中西部のアクセントだ。防水のロレックスの腕時計をはめており、ハーフパンツの水着にはデザイナーのロゴがついている。短期滞在の客ではない。それに夏休み中の大学生にしては年をとりすぎている。こめかみのあたりの黒髪にまじった銀色の筋を見ながら、ニッキは意地悪く考えた。おそらく四十近くにはなっているだろう。兄より年上であることは間違いない。

いまから必要とされる肉体的接触を考えると居心地が悪かったけれど、ニッキは強いてこの状況に従うことにした。彼をこのまま海岸に放置しておくわけにはいかないのだから。

彼に肩を貸すようにして、片手を大きな背中にまわす。彼のなめらかな肌はオリーブ色に焼け、筋肉が波打っていた。そのくらいの年齢の男にしては健康的だ、と思いながら、広い胸に思わず目をやる。黒く渦巻く胸毛が鎖骨のあたりから腰の低い位置にはいている水着の内側にまでくさび形に続いていた。結婚して以来ニッキはたいていの男に拒絶反応が出るようになっていたが、妙なことにこの男には嫌悪感を感じない。むしろ、いっしょにいるのが自然な気がする。まるで半裸の姿さえ見慣れたものであるかのようだ。

むろん彼の体そのものが、日焼けした長く力強い脚や、その脚をおおっている男性的ではあるが気持ち悪いほど密生してはいない体毛にいたるまで、男に無関心な女でも見とれずにいられないような肉体美にあふれているからでもある。ニッキは彼の手をつかみ、自分の肩にまわさせた。手もすてきだ、と内心つぶやく。大きいけれども贅肉《ぜいにく》はついておらず、楕円形《だえん》の爪はきちんと手入れされている。指輪ははめていない。わざとはめずにいるのだろうか？　腕時計がずれたところに白いラインはない。つまり、年間を通して日焼けしているということなのだろう。

「ゆっくりね」ニッキは優しく声をかけた。彼の筋肉の感触にひどく心が騒ぐ。あの悲惨な結婚以来、男性にこんなに接近したことはなかった。彼に惹《ひ》きつけられるのを感じ、ニッキは慌ててその方面の思考を断ち切った。この人にはわたしの手助けが必要なのだ。いま考えるべきはそのことだけ。

「ひとりで歩けるよ」彼がかすれ声で言い、その言葉を証明しようとしてぐらっとよろめいた。

ニッキは頬がゆるみそうになったのをなんとかこらえた。「一歩ずつゆっくりとね」もう一度繰りかえす。「あなたは怪我《けが》をしているのよ。それがバランス感覚に影響してるんだわ」

「きみのファーストネームはフローレンスっていうんじゃないか？」彼は言った。「さもなければポリアンナとか」

「あなた、海から吐きだされてきたわりにはずいぶん辛口ね」ニッキは言いかえした。「きっと海もさぞ後味が悪かったでしょうよ」

彼は笑いはしなかったが、胸をわずかに硬直させた。おそらく笑いをこらえているのだろう。「かもしれないな」

「眠気とか吐き気はない？」

「ない。だが、頭がふらふらする」

ニッキはうなずき、またいくつかの可能性を考えた。彼の目を見て瞳孔《どうこう》が開きすぎていないかどうか確かめる必要があるが、それはあとでいいだろう。

「きみは看護師なのか？」彼がまた尋ねた。

「看護師ではないわ。ただ応急処置の講習に出たことがあるのよ。それに――」いたずらっぽい上目遣いになって言葉をつぐ。「浜に乗りあげた鯨の具合を見てやったこともあるわ。あなたの場合、鯨と……」

「その先は聞かせないでくれ」彼は言った。「ああ、ひどい頭痛がする！」大きな手を頭にやって呻吟《しんぎん》する。

ニッキの不安がふくらんだ。頭の怪我はうっかりすると命にかかわる場合もある。そんな深刻な事態に対処できるほどの専門知識はないし、ここには電話もない。もし死んでしまったらどうしよう？

彼がニッキの困惑しきった顔を横目で見た。「浜でばったり死んだりはしないよ」いらだたしげな口調だ。「きみはいつもそんなに気持ちが顔に出てしまうのかい？」

「それどころかポーカーフェイスと言われたこともあるくらいだわ」ニッキは考えもせず

に言葉を返し、彼の暗い目を見あげた。そしてその目を見つめながらふと思った。見ず知らずの男と、それもこんなに無愛想な男とこうしているなんて、ずいぶん怖いことだ！

「きみの目はグリーンなんだな、フローレンス・ナイチンゲール」彼は言った。「猫の目のようなグリーンだ」

「わたしは猫のように引っかきもするから、気をつけたほうがいいわよ」勇敢にというよりも無理に強がって、ニッキは言った。

「なるほどね」彼はニッキの肩にまわしていた腕をほんの少し持ちあげ、テラスに続く階段の最後の何段かを自力であがった。それから立ちどまり、頭を押さえてしばし深呼吸を繰りかえした。

「コーヒーを飲めるとありがたいな」ようやく言う。

「同感だわ」ニッキはガラスの引き戸をあけて彼をキッチンに入らせ、テーブルの前の椅子に彼の大きな体がおさまるのを見守った。「大丈夫？」

「ふだんのぼくはきわめて頑健だと思うんだが」彼はきれいに片づいているオーク材のテーブルに両肘をつき、頭をかかえこんだ。「きみは見知らぬ男が海岸に打ちあげられているのをしょっちゅう発見するの？」

「あなたが初めてよ」ニッキは答えた。「だけど、あなたの体の大きさを考えると、明日は客船が乗りあげてほしいわ」

彼はニッキに向かって片方の眉をあげ、ニッキはいそいそとコーヒーの支度を始めた。

「ここにはもう長いのかい？」彼が雑談の種にそう問いかけた。

「わたしたちがここの所有者になって数年たつわ」

「わたしたち？」

「わたしと……ここで暮らしている男性よ」ニッキは曖昧《あいまい》に言った。自分がひとりでここに来ていることを彼に知られるのは危険かもしれない。「彼はいつも金曜の夜に車を飛ばしてくるの」それは嘘《うそ》だった。

見知らぬ男は、その情報を気にとめたようには見えなかった。今日が何曜日かわからないのかもしれない。

「今日は金曜よ」念のためにそう言いそえる。「とてもいい人だから、あなたもきっと好きになるわ」そこでニッキは彼をふりかえった。「まだ吐き気はしない？　眠気も？」

「脳震盪は起こしてないよ」彼は答えた。「なぜわかるのかは知らない。たぶん過去に脳震盪を経験してるんだろう」

「そうとは限らないわ」ニッキは電話に向かい、受話器を取った。

「何をしてるんだ？」彼がかたい声で言った。

「友だちに電話するのよ。医者をやってるの。彼に……ああ、もしもし、チャド？」相手が応答するとそう呼びかける。「実は、さっき頭を打って海岸で倒れていたスイマーを救出したの。気を失っていたけど、いまは意識がはっきりしているわ」意味ありげにじろりと彼を見て続ける。「だけど救急車は呼ぶなと言うの。それで悪いんだけど、ゴルフの帰りにちょっとうちに寄って、彼がうちの床にばったり倒れて死んだりはしないってわたしを安心させてくれない？」

チャド・ホールマンは笑い声をあげた。「いいとも。お安いご用だよ。ただし、いくつか質問させてくれ」

ニッキがチャドの質問を客に伝えると、彼はしぶしぶ答えた。

「そういうことなら、ぼくがそっちに行くまでなんとかもつだろう」チャドは言った。「しかし、もし彼が眠りこんで起きなかったり、ひどく吐いたりしたら、ぼくを待たずに救急車を呼ぶんだよ」

「わかったわ。ありがとう」

「それじゃ、またあとで」

専門家の意見を聞いてほっとしながら、ニッキは電話を切った。「うちの居間に死体がころがるのはごめんこうむりたいわ。ましてわたしの力では引きずっても動かせないような死体はね！」いたずらっぽく言う。

彼はニッキに仏頂づらを向けた。「死体か。死体……」いらだったように首をふる。「何かが頭に引っかかっているのに、なんだかわからない！　ああ、くそっ！」

「もうすぐコーヒーができるわ。カフェインを摂取すれば脳もまた働きだすわよ」

ニッキはカウンターの前のスツールに腰かけた。むきだしの長い脚に彼の視線がまつわりつくのを感じ、軽くにらむ。

「ご自分がここにいる目的について、よけいなことは考えないでもらいたいわ」やんわりと、だが少々高圧的な口調で言う。

「心配いらないよ。グリーンの目をした女は好きではないって自信を持って断言できる」

彼はそう言いかえし、荒く息をつきながら椅子の背に体を預けると、胸毛におおわれた胸を所在なさそうに片手でかいた。ニッキは自意識過剰気味になって、落ち着かなくなった。彼は押しつけがましいくらい男っぽく見えた。実際にそうかどうかは別として。ニッキは思わずもじもじした。

「よかったら何か着るものをお貸しするわ」

「そいつはありがたい。きみの男友だちがここに衣類を置いているんだね？　きみに自分という同居人がいることを忘れさせないために」

彼の皮肉は気に入らなかったが、ニッキは挑発には乗らず、身軽な動作でスツールからおりた。「シャツはちょっときついかもしれないけど、ウエストがゴムのズボンはあなたにもあうと思うわ。いま持ってくる」

クレイの寝室に行き、一番大きな三色使いのシャツと黄褐色のズボンを拝借する。兄がはくとゆるそうに見えるが、浜に打ちあげられていた大男にはぴったりフィットするだろう。

ニッキはそれらの衣類を持ってキッチンに戻った。「バスルームはそっちよ」廊下の先へと顎をしゃくる。「右側の三つめのドア。シャワーを浴びたかったらかみそりや石鹸《せっけん》やタオルもあるわ。おなかはすいてない?」

「そういえば何か食べたいね」

「オムレツとトーストを作るわ」

彼はのろのろと立ちあがり、大きな手で衣類を受けとった。キッチンを出ようと向きを変えたところでちょっと足をとめた姿が、ニッキにはやけに大きく威圧的に見えた。

「いまはまだ何も思い出せないが、ぼくが粗暴な人間でないことは確かだ。それだけは保証する。こう言ったからといって、安心してもらえるかどうかはわからないけどね」

「安心したわ」ニッキはなんとかほほえんでみせた。

「見知らぬ他人の助けを借りることには慣れてないんだ」

「いいことだわ。わたしも見知らぬ他人に助けの手を差しのべることには慣れてないの。だけど、どんなことにも――」

「初めてのときはある」ニッキにかわって彼が締めくくった。「ありがとう」

そして彼は出ていき、ニッキは卵や調味料を出してオムレツを作りはじめた。

彼はシャワーを浴び、ひげも剃《そ》ってから、かわいた衣類に身を包んで戻ってきた。まだ裸足《はだし》ではあるが、ズボンは体にあっている。上半身に張りついたシャツは、運動不足の日常生活では決して身につかない筋肉を誇示している。筋肉質の頑健なスポーツマンなのだろう。ニッキはじっと見てしまわないよう自分を制御しなければならなかった。

「コーヒーに砂糖か何か入れる?」しみひとつないグリーンと白のチェックのテーブルクロスの上に置かれた厚手の白いマグにコーヒーをつぎながら尋ねる。

彼は思案顔で腰かけた。「クリームを入れてもらいたい気がするな」

「あなたはブラックで飲むタイプかと思った」ニッキは面白そうにつぶやいた。

「どうして?」

「さあ。あなたのことを前から知っていたような、なじみ深い感じがするのよね。会ったことはないはずなのに」

彼は肩をすくめた。「ぼくの顔がそういう凡庸な顔なんだろうよ」

ニッキは眉をあげた。「まさか」

彼はかすかにほほえんだ。「ありがとう」コーヒーをすすり、口をとがらせる。「うまいな。ちょうどいい濃さだ」

「コーヒーをいれるのは得意なの。だけどコーヒーとオムレツ以外、ちゃんと作れる自信はないわ。料理を覚えるには忙しすぎて」

「きみの男友だちは何を食べているんだ?」

「彼はファストフードとレストランの料理で生きているのよ。うちではあまり食べないの」

「仕事は何を?」

ニッキは彼に目をやった。「エネルギー関係よ」それは嘘ではなかった。クレイは下院のエネルギー・天然資源委員会のメンバーなのだ。

「へえ。電力会社で働いているとか?」

「まあそんなようなものね」ニッキはあの委員会が握っている電力ならぬ権力を思い、目が笑いそうになるのをなんとかこらえた。

「きみはどんな仕事をしてるんだい?」

「わたし?」笑い声をあげる。「わたしは彫刻をやってるわ」

「どんな?」

「人物像よ」

彼は室内を見まわしたが、そこにある美術品といったらニッキが買ってきた版画ぐらいのものだった。

「作品は画廊で売ってもらってるの」ニッキは言った。

それに対し、彼はコメントは差しひかえた。家の傷み具合を思うと、彼女はあまり金を持っていなさそうだし、いっしょに住んでいる男はもっと貧しそうだ。彼女を信用するのは危険だ。なぜそんなふうに感じるのかはわからないが。「ここには作品を置いてないのかい？」

「胸像が二、三あるわ。見たかったら、あとで見せてあげる」

彼はオムレツを口にした。「うまい」

「ありがとう」ニッキは彼の顔をしげしげと見た。顔色が悪いし、目をあけているだけでもつらそうだ。「眠いのね？」

「ああ。なぜかしばらく睡眠不足が続いていたような気がする」

「女性がらみ？」ニッキはしたり顔で笑ってみせた。

彼は眉根を寄せた。「わからない。ひょっとしたらそうかもしれない」そして顔をあげる。「もしかしたら、ぼくがここにいるのはまずいかも……」

「だからって、どこに行くつもり？」ニッキは説いて聞かせるように言った。「海岸をうろうろしてても仕方がないでしょう？　不審者として警察に引っぱられるのが落ちだわ。どうせ自分の家も忘れてしまったんでしょう？」

「家どころか名前さえ思い出せない」彼は重苦しい口調で言った。「それがどんなに恐ろしいことか、きみには想像もつかないだろうよ」

「でしょうね」ニッキは日焼けした彼の顔や黒っぽい目をまじまじと見つめた。彼は疲労困憊《こんぱい》しているようだ。「もう横になって朝まで休んだら？　チャドが来たら様子を見てもらうよう頼むから。彼は友だちなのよ。厚意で来てくれるんだから、費用のことは心配いらないわ。明日になれば展望が開けるわよ。自分が誰だか思い出すかもしれないわ」

「だといいんだが」彼はうめくように言った。「ええと……この家の持ち主の男だけど、彼、今夜ここに来ると言っていたね？」

ニッキはうなずいた。真実を言うときのようにしっかりと目をあわせていたので、彼は騙《だま》されてくれた。

「それじゃ泊めてもらっても問題ないかもしれないな。信用してくれてありがとう。どこの馬の骨とも知れないのに」

「それはお互いさまよ」ニッキは脅すような調子で言い、にこっと笑った。

客用寝室に案内すると、彼は上掛けをめくりもせずにばったりベッドに倒れこんだ。そして一分とたたないうちに深い眠りに落ちていった。

チャドが来たときにも彼はまだ眠っていた。ニッキはチャドがかばんを手に寝室から出てくるまで居間で待っていた。

「心配いらないよ」居間に戻ってくるとチャドは笑顔で言った。ブロンドのハンサムな見てくれは別れた夫を思い出させるため、ニッキには少々脅威だった。「見当識障害を起こしているけど、じきに回復する。大きなダメージはないからね。明日の朝には記憶もおかた戻っているだろう。ひどい頭痛に悩まされるだろうが、それを乗り越えれば大丈夫だ。薬を置いていくから、頭痛を訴えたらのませてやるといい」そう言ってかばんから錠剤の瓶をとりだし、ニッキに渡す。「そのほかの注意事項はきみも知ってのとおりだ。もし何かあったら電話してくれ。いいね？」

「わかったわ。ありがとう、チャド」

チャドは肩をすくめた。「友だちじゃないか」と言ってにっこり笑う。そして彼は帰っていった。

しばらくしてから客の様子を見に行くと、彼は壁の常夜灯の柔らかな光のもと、全裸であおむけに横たわっていた。

ニッキはその場にたたずみ、体がうずくような感覚や久しく忘れていた熱い飢餓感を懸命に抑えこみながら、なすすべもなく彼を見おろした。この男はいやおうなくニッキを惹きつけた。モズビーにさえこんな気持ちをかきたてられはしなかった――少なくとも初めて会った当初は。日焼けした男らしい体に視線を這わせるうちに、ニッキの中で欲望が痛いほど高まった。

彼は全裸で日光浴していたに違いない。すばらしい体だ。一番男性的な部分にも不快感や嫌悪感は感じない。彼の裸を観賞している自分の慎みのなさに驚いて、ニッキはのぞき見をしているような気さえしてきた。だが、やはり彼にはどことなく見覚えがある。それがニッキの心を波立たせた。むろん彼の裸ほどではないけれど。

男性には苦手意識ばかりが働くのに、なぜかこの男は特別だ。裸の体を目に心地よいと感じている。あの皿ほどの大きさがある手に闇《やみ》の中で肌を撫《な》でられるのはどんな感じだろう？

そう考えてニッキはぎくりとした。きびすを返し、部屋を出ると、彼女はそっとドアを閉めた。

2

その晩は客用寝室のベッドに寝ている男の放恣《ほうし》な姿が頭にこびりついて離れず、何度も目が覚めてしまった。翌朝はいつもより早く起き、こざっぱりとしたブルーの柄物のサンドレスに着がえて裸足《はだし》のまま朝食を作りはじめた。幸い食料の買い置きはたっぷりあった。あの体格から判断すると、客用寝室の男の食欲は並みではないだろう。

スクランブルエッグとソーセージとスイートロールを盛りつけおえたとき、男が客用寝室から居間にやってきた。ニッキが出してあげたクレイの古びたズボンとシャツを着ている。シャツは胸元がきちんとあわさっていなかった。元気がなく、なんだかぼんやりしているように見える。

「気分はいかが?」ニッキは問いかけた。

彼は渋い顔をした。「借り越しになった預金口座みたいな気分だよ。それ以外に具合の悪いところはなさそうだが」彼のしゃべりかたには顕著ななまりはなかったが、わずかに余韻を引くような響きがあった。しかしチャールストンのアクセントとは違う。ニッキにそれがわかるのは、彼女自身の口調にかなりチャールストンなまりが入っているからだ。

「アスピリンがあるけど、のむ?」

「それじゃ二錠ばかりもらおう。ありがとう」

ニッキが薬をとってくると、彼はテーブルの前に腰をおろし、自分と彼女のカップにコーヒーをついでいた。大きな手に錠剤を二錠ふりだし、コーヒーでのみくだす。

「記憶は戻った?」ニッキは尋ねた。

「多少はね」彼は言った。「まだ思い出せないこともある」腕時計を手探りして顔をしかめる。海中に放《ほう》りだされたときに腕時計をしていなかったのだろうか、と彼はいぶかしく思った。ダイバーズウォッチを?

「ああ、忘れるところだったわ!」ニッキがぴょんと立ちあがり、レンジのそばのカウンターから彼の腕時計をとった。「はい、どうぞ。あなたを見つけたときに手首からはずれそうになっていたから、上着のポケットに入れておいたんだけど、それきり忘れていたの。今朝その上着を洗濯機に入れようとして、やっと思い出したのよ。いっしょに洗っちゃわなくてよかったわ」彼女は笑いながら続けた。「だけど、そんなややこしい腕時計、いったいどうやって時間を見るの?」

彼女はダイバーズウォッチを知らないのだ。ということは、これがどんなに高価かということも知らないのではないか?

彼はニッキから腕時計を受けとった。「ありがとう」

「まだ動いてるわよね？」ニッキはのんびりと言いながら卵を食べはじめた。「そのブランドが防水の時計を作っているとは知らなかったわ」

「これはダイバーズウォッチなんだ」彼はそう言い、ニッキの反応を見守った。

「そうなの。スキンダイビングをやるの？」ニッキは明るく尋ねた。

たまにはダイビングもやるが、趣味はヨットだ。が、そこまでは言いたくなかった。

「たまにね」

「わたしもやりたかったんだけど、水が怖くてだめだったわ」ニッキは言った。「ふつうに泳ぐことさえできないの」

「それなのに、なぜ海辺に家を？」彼は好奇心をそそられた。「それとも、この家はきみのものではないのかい？」

ニッキは彼の表情を見て、その意味を正確に読みとった。彼の腕時計は安いものではないし、彼はこちらに教えたくないことまで思い出したのだろう。つまりわたしのことを、玉《たま》の輿《こし》を狙《ねら》う女だと思っているわけね？　それはそれで面白い。

「ええ、まあ。この家は……」自分に関する情報をあまり与えまいとして、ニッキは言葉をとめた。彼の顔は今朝になってみると、ますます見慣れたもののように思えた。「例の男性のものなのよ。彼がいつでも好きなときに使わせてくれるの」

目の前の男はあたりに視線をめぐらした。その表情もまた雄弁だった。

「ハリケーンにやられたのよ」ニッキは急いで言った。「彼が忙しいせいで、まだ全部は修繕しきれないの」少なくとも、それだけはほんとうだった。だが、客の耳にはほんとうらしく聞こえなかったようだ。いままで以上に疑う顔つきになっている。

だが、男はそれ以上は何も言わず、ニッキが作った朝食に集中しはじめた。再び目をニッキの顔に向け、じっと見つめる。

「きみの名前は?」男は好奇心にかられてきいた。

「ニッキよ」彼女は答えた。たとえ彼がニコル・シーモアの名前を聞き及んでいたとしても、ニックネームまでは知らないはずだ。彼女をニッキと呼ぶのは家族と親しい友人だけなのだ。「あなたの名前は?　もう思い出した?」

彼は正直に告げるか偽名を使うか迷って、物思わしげにニッキの顔を見た。ここは彼女のボーイフレンドの家であり、彼女は一時的にここで暮らしているだけのようだ。彼自身はこの地域に来て間がなかった。ほんとうの名前を教えても、ニッキはおそらく聞いたこともないだろう。これまで極力目立たないようにしてきたのだ。彼のような高所得者層には、そうするだけの理由がある。

そこまで考えたところで、自分自身の用心深さに彼は笑い声をあげた。この女は最高経営責任者《CEO》の意味さえ知らないだろう。「マッケインだよ」彼は無造作に言った。「だが、ふだんはケインと呼ばれている」

幸いニッキはコーヒーカップに目を落としていた。だから彼にはわからなかっただろうが、内心では激しく動揺していた。見覚えがあるのにどこで見たとも特定できなかった顔が、いま明瞭《めいりよう》に意識の中に飛びこんできた。彼の名前を聞いて、いったいどこで見たのかも不意に思い出した。クレイが愛読しているビジネス雑誌の中だ。マッケイン・ロンバードは世捨て人と言ってもいいくらい世間から距離を置いており、有名な実業家だというのに写真が公開されることはめったになかった。

ニッキの兄はチャールストンの環境問題をめぐって、マッケイン・ロンバードと激しく対立していた。またロンバードはクレイの議席を狙っている民主党の対立候補を支持してもいた。

ニッキは素早く頭を働かせた。いまロンバードに自分の素性を知られるわけにはいかない。彼とは、何もなかったとはいえ同じ屋根の下で一夜をともにしたのだ。その事実が選挙の際クレイに不利に働くのではないだろうか？　この国も地域によっては――このあたりのように――私生活における品行がいまなお政治家の生命を左右する場合がある。きょうだいの品行さえもだ。そしてロンバードは兄の対立候補を強く推している。

ニッキはカップを握りしめ、練習して身につけた表情を顔に張りつけて目をあげた。心配することなど何もない。わたしの正体を知られないうちに、さりげなく彼をここから送りだせばいいのだ。交際範囲が重なっているわけではないから、もう間近で顔をあわせることなど二度とないだろう。

「いい名前ね。すてきだわ」初めて聞く名前のようなふりをして、にっこり笑いかける。彼は目に見えて肩の力を抜いた。かたく結ばれていた口がほころんで笑みをたたえる。

「いろいろ世話してくれてありがとう。他人に世話してもらったのはずいぶん久しぶりだよ」

「どんな人でも怪我《けが》ぐらいするわ」ニッキは言った。「でも、次にジェットスキーをやるときには、まわりに岩がないかどうかチェックしたほうがいいわよ」

「そうするよ」

彼はコーヒーを飲みほし、しぶしぶ――そうニッキには見えた――立ちあがった。「借りた服は近いうちに返すよ。ほんとうにいろいろありがとう」

「よかったら、お宅まで送るわよ」彼が自分の家を知られまいとして断るに違いないことを重々承知のうえで、ニッキは申しでた。彼はこちらを金に目がくらむタイプだと思っているのだ。笑ってしまうけど。

「いや、結構」ケインは即座に言い、笑顔によって拒絶の言葉をやわらげようとした。「ちょっと体を動かしたいんでね。ほんとうにいろいろ親切にありがとう」抜け目ない目つきになって続ける。「この恩をいずれ返せるといいんだが」

「あら、気にすることはないわ」ニッキはそう言いながら立ちあがった。「困ったときはお互いさまでしょう?」彼の手入れの行き届いた手に視線を落とす。「あなたがわたしの立場でも、きっと同じことをしたわ」

最後のひとことは彼をまごつかせたくて言ったのだが、うまくはいかなかったようだ。いたずらっぽく目をあげると、彼はただ片方の眉をあげ、かすかにほほえみながらこちらを見ているだけだった。

「もちろんだよ」そう答えて大胆にニッキの胸の曲線に目をやりながらも、ケインはまだ落とし穴を警戒していた。

「会えてよかったわ」ニッキは言った。

「こちらこそ」もう一度名残惜しげな視線を投げかけると、ケインは決然とした足どりで大股に玄関へと向かった。通り道の障害物をまたぎ越すような歩きかたを見て、ニッキは彼の自信満々なところを羨《うらや》ましく思った。ニッキにもある程度の自信はあるけれど、持久戦になったら彼を打ち負かすのは難しいだろう。

クレイにマッケイン・ロンバードを過小評価しないよう忘れずに警告しなくては。ただし、その情報源が本人自身だということは明かさずに。

ケインの海辺の館《やかた》はそこを出たときと同じく、きれいに片づいてちりひとつ落ちていなかった。家政婦が来て、彼がいないことなど気にもかけずに掃除していったのだろう。それは驚くようなことではなかった。報酬が支払われているかぎりは、彼が生きていようが死んでいようが誰も気づかないみたいだ。

そんなシニカルなことを考え、ケインは自分自身を叱《しか》りつけた。ときには自分のために女たちが一生懸命になることだってあるのだ。ケインの愛人は彼がさりげなくプレゼントする高価な品々と引きかえに、心から彼を慕っているふりをする。だが、息子ほど彼を慕う者はひとりもいなかった。ケインは目をつぶり、幼い息子の変わり果てた姿を思い出すまいとした。

サイドテーブルには亡き妻といっしょに息子が写っている写真が飾られている。ケインはその写真に目をやり、母親の明るい色の髪と目と笑顔を受けついで陽気な若者に成長したテディの顔を想像した。イブリンとはもう何年も前から心が通わなくなっていたけれど、テディは彼らの両方から愛されいつくしまれていた。だが、自分が慣れないことをやってどうなったか見るがいい、とケインは心につぶやいた。いつものビジネス旅行だよ、とぼくは言ったのだ。よかったらいっしょに行かないか、と。そうしたら着いたその日に恐るべき災厄が降りかかり、一家揃《そろ》って罪もないのに戦渦に巻きこまれてしまった。

ケインはそのことでひどく自分を責めたが、時とともに痛みは少しだけ薄れていった。何があろうと彼は先に進まねばならなかった。

チャールストン郊外の工業地区に新しく自動車工場を作ったのは、正しい方向に踏みだしたその第一歩と言えた。家族を亡くすはるか以前から計画し、家族の葬儀をとりおこなったころにちょうど操業がスタートした。いまではそれが彼の正気を保つ要《かなめ》となっている。

ケインはニットのシャツとショートパンツに着がえ、借りた服を洗濯かごに入れた。ニッキのグリーンにきらめく目が脳裏にうかび、頬がゆるんだ。ニッキはずいぶん若いし、いざとなったらかなり大胆な一面を発揮しそうだ。つかの間ケインは彼女の恋人を羨んだ。ニッキはほっそりして魅力的な体つきをしている。だが、ケインがどうしても女を抱きたくなったときにはクリスがいるし、永遠の女など彼の人生に入りこむ余地はない。そのことはクリスにも言い含めてある。彼女が過剰な期待をしないように。結婚はありえないと。

ケインは電話をとり、チャールストンの自動車製造工場にかけた。彼に必要なのはまた何かで頭をいっぱいにすることだった。

「ウィル・ジャーキンズにつないでくれ」秘書の丁重な挨拶《あいさつ》にこたえ、ケインは言った。

「かしこまりました」

間もなくのんびりした声が聞こえてきた。「休暇はいかがですか、ミスター・ロンバード?」

「いまのところは楽しんでるよ」ケインは無造作に答えた。「きみがコースタル・ウエイスト社との契約を打ち切ったのはなぜなのか知りたいんだが」

つかの間、沈黙が立ちこめた。ジャーキンズは自分の直属の上司がその情報をマッケイン・ロンバード社長に伝えるであろうことを知っていたはずだ。病気であろうがなかろうが、エド・ネルソンはよその工場長とは違って常に目配りを怠らないのだ。「それは、その……打ち切らねばならない理由があったからです」

「その理由とは？」

ジャーキンズはデスクの前で額ににじみだした汗をぬぐい、廃棄物処理の会社に引きとらせる危険物の保管所のほうにちらりと目をやった。危険物の廃棄は自前でやるよりも専門の業者に委託したほうが安くあがると考えられていた。有害物質は市でも埋め立て廃棄場で扱っているが、ロンバード・インターナショナルは創業当初からコースタル・ウエイスト社――ＣＷＣに任せていた。

「前にも申しあげたかと思いますが、ＣＷＣの送り状におかしな点が見つかりましたので」

「そんな話を聞いた記憶はないが」

ジャーキンズはかろうじて平静を保った。「それはですね――」なだめるような口調で言う。「ミスター・ロンバードはお忙しいかたですから、うちのような工場の中のことまでいちいち覚えてはいられないんでしょう。ほかに三つの会社の役員と二つの大学の理事を務めながらでは、こちらの日常的な業務の詳細をすべて把握しておくことなど不可能ではないかと思いますが？」

ケインは深呼吸していらだちを抑えこんだ。相手は廃棄物処理部門の長としてはまだ新人だ。それに彼の言うことにも一理ある。「確かに。すべての会社のあらゆる部門を監督できるほどの時間はない。だが、いつもならこういうことはエド・ネルソンから詳しい報告があがってくるんだ」

「存じてます。しかし、ミスター・ネルソンは腎臓《じんぞう》結石で先週手術したばかりです。まだ体調が戻ってないんです。だからといって社内の問題に通じてないわけではありませんが」ジャーキンズは急いでそう言いそえた。「いまでもミスター・ネルソンが一番ここの状況をわかっています」実はそうでもないのだが、この言葉でＣＷＣを切るという自分の決断にネルソンも同意しているという印象を与えられるだろう。

実際ケインは肩の力を抜いた。ネルソンはチャールストンで生まれ育った男だ。チャールストンの廃棄物処理については裏も表もわかっているだろうし、いい業者を選ぶ目も備わっているに違いない。

「わかった」ケインは言った。「それでＣＷＣのかわりにどこと契約したんだ？」

「それが非常に評判のいい会社を見つけたんですよ、ミスター・ロンバード」ジャーキンズは言った。「ほんとうに評判がいいんです。実際、地元の自動車部品メーカー二社がそこを使っているくらいで。バーク社というんですが」

「バーク？」

「ＣＷＣほど名は売れてないんですよ。若い会社なんでね。しかし、とても勢いのある会社なんです。そんなに法外な金をとるわけでもありませんし」

ケインは頭痛を覚えた。こんなその場しのぎの言い逃れにつきあっている暇はない。来週ネルソンが職場復帰したら、直接彼にきいてみよう。

「わかったよ、ジャーキンズ。そのまま進めてくれ。どこからも文句が出てないならそれでいいんだ。ただし、必ず間違いのない仕事をさせろよ」彼は言った。「もう一度ジェニーを出してくれ」

「わかりました。それじゃ休暇をゆっくり楽しんでください。こちらのことはどうかご心配なく！」

ケインはぶつぶつと返事をし、相手が秘書にかわるのを待った。再び秘書が出ると、見積もり書や通信文やファックスの送信について次々と指示を出す。この別荘には秘書を置いておらず、ジェニーに来てくれるよう頼もうかと一瞬思った。だが、ジェニーはケインに熱をあげており、それを助長するようなことはしたくない。返事は紙に書いてファックスで送りかえせばいいのだ。そうだ、そうしよう。

ケインが次にどうすべきかを考えているころ、工場のオフィスではウィル・ジャーキンズが長いため息をつきながら汗で湿った赤い髪をかきあげ、かたわらに立っている男に力なく笑いかけた。

「危ないところでしたよ」男に向かって言う。「ロンバード社長に業者をかえた理由をきかれました」

「リスクをおかすに値するだけのものが手に入るんだ」ぶっきらぼうな言葉が返ってきた。

「それにここまで来たら、もう引きさがれないぞ」

「そうなんですかね」ジャーキンズは不安そうな面持ちになった。「しかし、ほんとうに大丈夫なんですか？　刑務所行きはごめんですよ」

「心配するな。ぬかりはない」男ははたから見えないように注意しながら、分厚い札束をジャーキンズにこっそり握らせた。

ジャーキンズは眉間《みけん》に皺《しわ》を寄せて札を数えてから、素早くポケットにしまった。彼には白血病の子どもがいるのだが、医療保険はもう切れていた。万策尽きたところに、この葉巻を吸う魔法使いが廃棄物処理の業者をかえるだけで大金をくれると持ちかけてきたのだ。表面上はなんの問題もなかった。だが、ジャーキンズは落ち着かなかった。バーク社はすでに不法投棄で環境問題にうるさい連中とトラブルを起こしているのだ。

「バークはあまり信用できませんよ」ジャーキンズはもう一度試みた。「それにわたしはすでに一度、未処理の廃水をうっかり川に流すというミスをおかしている。もしバークが有害物質を変なところに投棄していると告発されたりしたら、ロンバード・インターナショナルのイメージも悪くなってしまいます」

「バークはどうしてもことと取り引きしなくてはならないんだよ」しゃがれ声の男は言った。「その手助けをするだけだ。心配するな。きみの手引きとばれる恐れはない。金が必要なんだろう?」ジャーキンズがうなずくと、男は彼の肩を叩《たた》いてほほえんだ。そして葉巻をふりまわすようにして言った。「誰も知りはしないんだ。俺《おれ》がここに来たこともな。わかったな?」

「わかりましたよ」

ジャーキンズは男が横手のドアから出ていくのを見送った。男は駐車場に入り、渋いグレーのBMWに乗りこんだ。ああいう車はジャーキンズの給料の一年分ほどもするのだろう。彼の仕事はいったいなんなのだろうか?

クレイトン・シーモアはケーブルテレビの視聴料を左右する新しい法案のことで共和党議員の名簿にあたっていた。友人の議員がその法案を成立させるのに必要なだけの票をとりまとめる手伝いをしているのだ。だが、その過程でクレイはよくわからなくなっていた。彼は窓の外に目をやり、遠くに見えるワシントンDCのビル群を眺めた。早くチャールストンに帰って釣りでもしたかった。選挙区には事務所を二つしか持っていない。たいていの議員は三つから八つぐらい持っているのだが。

サウスカロライナ州にある二つの事務所のどちらにも、フルタイムとパートタイムのスタッフがいて有権者の要請を聞いている。さらにワシントンの事務所にも、立法スタッフや選挙参謀のほかに有権者の相手を専門とするスタッフを置いている。こうして並べてみると大勢の人間を使っているようだが、実際に働いているのはひと握りの人たちで、彼らはみなすばらしい学歴の持ち主だ。ほとんどが修士号の学位を取得しているし、選挙区の事務所を預かる責任者は博士号を持っており、立法コンサルタントはハーバード出だ。

クレイは自分のしてきた仕事には心から満足している。任期中、彼は予算の範囲内でやってきた。これは政治家として誇れることのひとつだった。また、クレイはエネルギー・天然資源委員会と歳入委員会のメンバーとなっていた。日に十二時間から十四時間も働き、国会議員は高い給料をもらいながら怠けているという批判には腹を立てずにいられない。彼には怠けている時間はないのだ。次の議会では、一万を超える新しい法案が提出されることになっている。もし再選されたら――いや、再選されるに決まっているが、とクレイは自分に言い聞かせる――これまで以上におのれに鞭《むち》打って働かなければならないだろう。

彼の一番の補佐役であるデリー・ケラーがドアをノックし、同時にそのドアをあけて入ってきた。すらりと背が高く、ブロンドの髪とブルーの目が魅力的な明るい笑顔の持ち主だ。性格もいいので、誰からも好かれている。だが、デリーは政治学の学位を持つ優秀な女性だ。有能で、必要とあらばしたたかなほどの強さも発揮する。クレイのスタッフの中では一番の古株で、彼とともにチャールストンに帰ったときには、そちらの事務所でも彼女が責任者となる。

「ああ、デリー」クレイは深々とため息をついた。「またぼくを書類の山で生き埋めにしに来たのか？」

デリーはにっこり笑った。「ちゃんと埋めてもらえるよう横になる？」

「ぼくが横になったら、三人の上院議員と新聞記者がひとりのしかかりに来るだろうよ」クレイは腰かけたまま背筋を伸ばした。彼はハンサムだ。背が高く、黒っぽい髪やブルーの目や完璧《かんぺき》な笑顔にカリスマ的な魅力がある。

女たちに愛される男だ、とデリーは思う。とくに弁護士として開業しているベット・ワッツという名のワシントンのロビイストからは熱烈に。彼女は始終事務所に出入りして、彼女の指示をまともに聞くような間抜けな人間を相手にあれこれと指図してまわる。デリーはそれほど間抜けではない。仕事ひと筋で視野狭窄《きょうさく》に陥っている上司が、自分を木の低いところになっている熟れた果実であると気づいてくれるまでひたすら待つのみだ。彼が手を伸ばして自分をもいでくれるのを……。

「一日じゅうそこで立っているつもりかい？」クレイがいらだたしげに言った。

「ごめんなさい」デリーは彼のデスクに郵便物を置いた。「コーヒーをいかが？」

「きみにコーヒーを持ってきてもらうわけにはいかないよ」クレイはうわの空で言った。「きみは高い給料をとっている管理職なんだ。きみがコーヒーを運んできたら、秘書の組合が押しよせてきて、ぼくをホワイトハウスの芝生の上にいけにえとして放りだすだろうよ」

そのせりふをデリーはもう暗記していた。彼女はほほえんで言った。「クリームと砂糖は?」

「ああ、入れてくれ」クレイはにやっと笑った。

デリーは毎度のことながらクレイの大げさな反応に声をあげて笑いながら、コーヒーをいれに行った。彼にはほんとうに笑わされてばかりだ。彼のスピーチが予定されている政治集会にデリーがついていかずにいられないのは、それがあまりに楽しいからだ。クレイはテーブルスピーチもしょっちゅう頼まれていた。

「はい、どうぞ」しばらくして湯気の立つカップを二つ持ってきたデリーは、カップを置くと彼のデスクの横の椅子に腰かけてペンと手帳を手にした。

「ありがとう」クレイは間もなく採決される法案を検討していた。「今日の日程に新項目だ。研修生の誰かにぼくのかわりに調べものをしに行くよう指示してほしい」

「それって伐採関連の法案?」デリーは彼の手の中の書類をのぞきこんで言った。

「そうだよ」クレイはちょっと驚いた。「どうして?」

「あなた、賛成票を投じるつもりじゃないでしょうね？」

クレイは顔をしかめながら、好みのとおりにクリームが入ったコーヒーのカップを持ちあげ、ゆっくりと飲みながらデリーを見た。「いや、そのつもりだよ」

デリーは彼をにらんだ。「自然環境が十年逆行するわよ」

「仕事のない人々に就労の機会が与えられる」

「古い森なのよ」デリーは言いつのった。「世界でも最古の、手つかずの森のひとつだわ」

「原始時代の状態のまま残す余裕はない」クレイは猛然と反論した。「西部の林業に携わる飢えた親子の声を届けに来るロビイストたちと、一度会ってみたらどうだ？　きみの意見を説明するのは、ぼくよりきみのほうがうまいだろうからね。ぼくは腹を減らした子どもたちには弱いんだよ」

「彼らがほんとうに飢えていて、単に熱々のランチを食べられないってだけではないんだと、どうして言いきれるの？」

「懐疑的だな、きみは！」クレイは腰かけたまま身を乗りだした。「経済学の基本を学校で習わなかったのかい？　環境保全は重要だし、ぼくも基本的には賛成だ。実際、サウスカロライナでは企業の有害廃棄物や環境汚染の問題にとり組んできた。だが、この法案はまったく別問題だ。ふくろうを守るために何万エーカーもの使える森林に手をつけるなと言われたって、その一方で仕事も家もなく、もう生活保護を受けるしかなさそうな人たちがいるんだよ。全米の納税者にとってはそのほうが打撃だ」

「そんなことはわかってるわ」デリーは言った。「だけど、こんなふうに次々と伐採してしまうなんて、次がすぐ生えてくるわけでもないのに。ああいう古い森はかけがえのないものなのよ」

「それはそうだ。だが、人の命もまたかけがえのないものだ」

「あなたが見過ごしていることがあるわ」デリーはなおも言った。「その法案の細かい条文を全部読んでみた？」

「どこにそんな暇がある？」クレイは息巻いた。「次から次へと法案が出てくることは、きみが一番よくわかっているじゃないか！　そのすべてに細かく目を通していたら――」

「わたしがかわりに目を通しているわ。聞く耳を持ってくれるなら、その法案のどこが悪いのか詳しく説明するわよ」

「ぼくには立法コンサルタントがついている」クレイはデリーをにらみつけた。「そのトップはハーバード出身だ」

それはデリーも知っていた。メアリー・タナーのことはデリーも好きだった。アフリカ系アメリカ人だが、ハーバードで法律を学んだと知ると、彼女をモデルと誤解していた人々はいちように驚く。メアリーはそれほど美人なのだ。

「確かにメアリーは優秀だわ」デリーは言った。「でも、だからといって必ずしもコンサルタントの意見に従う必要はないはずよ」

「有権者はぼくのスタッフではなく、ぼくを選んだんだ」クレイは冷ややかにデリーを見すえた。

デリーは負けずににらみかえそうとした。が、クレイは仕事の重圧に耐えているのだし、彼の考えを変えさせようとしても採決まであまり時間がない。「わかったわよ。これからもあなたのためにせいぜいあくせく働くわ。だけど、この法案に反対だってことは、これからもしつこく言わせていただくわよ。環境を破壊してまで利益をあげるのは間違っている。それがわたしの考えだわ」

「そう考えるのは、現実を見てない証拠だ」

デリーは彼に厳しい視線を投げかけて部屋から出ていった。あてつけがましくドアをばたんと閉めなかったのは、さすがと言うべきだった。

クレイは複雑な気持ちで彼女を見送った。デリーはたいてい彼の政策に賛成してくれる。それが今回は猛反対していた。あの家庭的なアシスタントが牙《きば》をむいてうなるとは、面白い見ものだった。

やがて電話が鳴り、デリーの冷たい声がミズ・ワッツからだと告げた。

「もしもし、ベット?」クレイは呼びかけた。「調子はどうだい?」

「もうくたくたよ」ベット・ワッツはおどけた調子で答えた。「今夜は会えないわ。会議にカクテルパーティ、上院議員との面会の予定も入っていて、どれもはずせないのよ」

「たまにはロビー活動以外のことをやりたいとは思わないのか？」クレイは言った。

「おしゃれなパーティを開いて、政敵を懐柔するとか？」ベットは揶揄《やゆ》するように言った。

クレイは顔をこわばらせた。「きみがぼくの妹を嫌っていることはわかっている。だが、そういう発言ははっきり言って不愉快だ。用があるなら人間社会に復帰する気になってから、かけ直してくれ」

そう言い捨てていったん電話を切り、今度はデリーにかける。「ミズ・ワッツがかけ直してきたら、ぼくは体調不良で電話に出られないと言ってくれ」

「彼女も原始の森を守りたいって？」

クレイは受話器を叩きつけるようにして電話を切った。

その晩、クレイはニッキに電話した。ベットの皮肉めかしたせりふには触れず、デリーと言い争ったことも話さなかった。デリーはあのあと冷めたコーヒーをいれ直してもくれず、そっけなく〝お先に〟と挨拶しただけで帰ってしまった。おかげでクレイは選挙区の本部長にコーヒーをいれてもらわなければならなかったが、スタンのいれるコーヒーはいつも薄いのだった。

「あと二週間は気を抜けそうにないよ」クレイはしょんぼりと言った。「本格的な選挙運動に乗りだす前に、おまえと少しのんびりしたかったんだが、いかんせんやることが多すぎる」

「少しは休まないとだめよ。議会の開会もそんなに先のことではないんだから」

「わかってるよ。ぼくは下院議員なんだからね」つっけんどんに言う。「だから、うちの法案の採決に備えて有象無象の連中を必死にかき集めているところなんだ。いまワシントンを離れるわけにはいかないんだよ」

「だからといって、わたしが嘆き悲しむなんて思わなくていいわよ」

「そうか？　どっちにしろ休養が必要なのはぼくよりおまえだよ」クレイは笑いながら言った。「調子はどうなんだ？」

「元気よ。とくに変わったことはないわ。浜に大きな魚が打ちあげられたぐらいで……」

「また助けようとしたんじゃないだろうな。おまえを釣りに連れていくと、保護本能が刺激されるのかえらい騒ぎになる」

「今回のはそのまま逃がしてやったわ」兄に秘密を持つことを後ろめたく感じながら、ニッキは言った。クレイに対して隠しごとをするのはこれが初めてだった。「それほどひどい状態でもなかったから。そのまま泳いでいって、それっきりよ」これはまあほんとうのことと言えるだろう。

「面倒なことには首を突っこむなよ」

「それに少しは休むこと。秋になって選挙戦が始まったら休むどころじゃなくなるからな」

「気をつけるわ」

「わかってるわ」ニッキはくすりと笑った。「それじゃ、おやすみなさい」

「おやすみ」

電話を切ると、ニッキはテラスに出て、月に照らされた白い砂浜にリズミカルに波が打ちよせるのを眺めた。白ワインを飲みながら、こんなに孤独を感じたことがかつてあっただろうかと心につぶやく。ミスター・ロンバードはいまごろ何をしているだろう?

3

マッケイン・ロンバード――ケインは自宅のテラスでニッキのことを考えながらハイボールを飲んでいた。今日は充実した一日だった。いや、ケインの一日はたいてい充実している。なぜなら彼にとっては仕事がすべてだからだ。しかし月光のきらめく海を見ているいま、ケインは何か満たされないものを感じていた。

彼は現在三十八歳だ。かつては妻がいて、息子がいた。十二年に及んだ結婚生活は決して完璧《かんぺき》ではなかったが、少なくとも安心感を与えてくれはした。妻との関係は何年かするうちにぎくしゃくしてきたけれど、結婚当初は愛情もあった。いまのケインはまた独身男に逆戻りしているが、自分の未来に再び結婚を思い描けるほどの若さや理想はすでに失っている。すっかり世間ずれして、いつの間にか人間に対する夢をすべてなくしてしまったのだ。人生に対する夢も。自分はあの波のようなものだ、とケインは思った。目的もなく浜に押し流され、そのまま忘れ去られていく。自分が死んでも、この地球にマッケイン・ロンバードが生きていたことを示すものは何も残るまい。

いや、そうでもないか。そう胸につぶやきながら、ケインは喉を焼くハイボールを口に含んだ。ぼくが死んだあとにも会社は残る。社名はいずれ変わるだろうが。名前などいつまでも残るものではない。

寝椅子に体を預け、彼は目をとじた。ニッキ……。彼女の名前はニッキで、髪は黒、目はグリーン、顔は天使のようだった。あの顔も、それに笑いかたも、ケインにとっては好ましいものだった。まだ人生が何かすばらしいものを差しだしてくれることを信じきっているような笑いかただ。ケイン自身はそこまで世間知らずではないが、彼女の笑顔を見ると、こちらまで楽天的な気持ちになる。いまの彼にはそういうものが必要なのだ。

むろん永久にというわけではないけれども。そう、一時的な情事でいいのだ。ただの情事。ニッキはつきあってくれるだろうか？　こちらを魅力的とは思ってくれたようだ。デートに誘ってしばらくつきあったら、いずれ受けいれてくれるのではないか？　ケインはグラスの中の液体を揺らし、波音にかぶさって氷がぶつかりあうかすかな音を聞いた。もしかしたらニッキも孤独なのかもしれない。そう、孤独を感じているのはこの世にぼくひとりとは限らない。孤独は空気のように、いたるところに蔓延《まんえん》している……。ケインのまぶたが重たげにさがった。ちょっと目をつぶろう、ほんの少しだけ……。

気がついたときには夜が明けかかっていた。ケインは相変わらず寝椅子に横たわり、薄ら寒い朝の風を顔に受けていた。グラスはとうに手からテラスに落ち、いまではかわいていた。氷もウィスキーも木の床から蒸発していた。頭の調子はかなりよくなっていたが、それでもまだ痛みの片鱗《へんりん》が残っている。ケインが海に目をやり、ゆうべ考えたことを思いかえしたそのとき、電話が鳴りだした。

家政婦が来ているらしく、電話の音は間もなくやんで、かわりに彼女の甲高い声が聞こえた。

「電話ですよ、ミスター・ロンバード！」

「こっちに持ってきてくれ」ケインはどなりかえした。

家政婦に受話器を差しだされ、小さくうなずいて受けとると、手で彼女を追い払う。

「もしもし？」

「こちらトッド・ローソンです、ミスター・ロンバード」深みのある声が言った。「あなたのお父上や弟さんが経営するニューヨークの『ウィークリー・ボイス』で働いています」ケインがいつまでも黙りこんでいるので、相手はそう続けた。

トッド・ローソンの名はケインも知っていた。ローソンは父が所有するタブロイド新聞社の花形記者なのだ。ニュースを集めるよりも作りだすほうが得意な人間でも記者と呼べるとしたらの話だが。

「ああ、きみのことは知っている」ケインは言った。「ぼくに何か？」

「実はお父上に言われて、ちょっとした調査をするためにチャールストンに来ているんですよ。共和党の現職議員、シーモア下院議員について調べるためにね。で、いま当地のホテルにチェックインしたところなんですが、彼の秘密を探りだすのにどこからあたったらいいか、ご存じではないかと思いまして」

「悪いが役には立てないね。まだチャールストンに来て間がなく、知りあいも少ないんだ。シーモアとも手紙や電話でやりとりしただけの仲でしかないし。ぼくが何かへまをしたら、きっとさんざん叩《たた》かれるだろうよ。二週間ほど前うちの会社でうっかり工場廃水を流してしまってから、彼はぼくを叩くチャンスを狙《ねら》っているんだ。環境を破壊して恥じることのない金の亡者の見本として、テレビでぼくを名指ししたくらいだ」首をふりながら続ける。

「シーモアは産業公害の問題に意欲満々なんだ。それが彼の最優先事項だと言われている」

「そのシーモア議員が西部の森林伐採に関する法案に賛成しているのは興味深いですな」

ローソンが言った。

「西部のふくろうの生息地を守ってやっても、すぐそばの産業公害をほじくりかえしたときほどには政治的な見返りがないんだろうよ」

「でしょうね」

「調査に進展があったら知らせてもらえるかな?」

「もちろん」

ケインは受話器を置いた。シーモアは不思議な男だった。財産らしい財産もないのに、チャールストンの旧家の出というだけで議員に当選した。モズビー・トランス上院議員が肩入れしたおかげもあるのだろう。サウスカロライナ出身のトランス上院議員はハンサムなだけでなく、評判も上々だ。もっとも結婚には失敗したらしく、あっという間に離婚にいたった理由はいまも謎《なぞ》に包まれているようだが、それも花嫁が若すぎたせいだと情報通から聞いている。よくは覚えていないが、その前からシーモアとはなんらかの形でつながっていたらしい。思い出したらローソンに教えてやろう。こちらからわざわざ連絡するほどのことではないが。どうせまたローソンのほうからかけてくるだろう。

サウスカロライナ州チャールストンを含む選挙区の民主党下院議員候補指名の候補者——サム・ヒューイットの選挙対策本部では、ヒューイットと彼のアドバイザーたちのあいだで白熱した議論が繰り広げられていた。

「いまの段階でシーモアの個人攻撃をするのは危険だ」ノーマン・ロンバードが葉巻の煙の中からつぶやいた。彼の突き刺すような視線に、長身で痩《や》せ型のヒューイット候補は落ち着かなくなってもじもじした。「その方面のことは、すべてわれわれに任せてくれ。ぼくの親父《おやじ》はアメリカ一大きなタブロイド新聞のオーナーだし、ぼくたちきょうだいも財政面その他あらゆる点できみをささえてやる。きみはただ有権者と握手して愛想をふりまいていればいいんだ。いまは民主党の指名を勝ちとること以外何も考えるな。本選挙までにはシーモアよりきみの支持者のほうが増えているよ」

「もし支持を集められなかったら？」ヒューイットは不安そうに尋ねた。「ぼくの知名度はいまひとつだ。シーモアみたいに実績もない」

「われわれに任せておけば知名度はあがる」ノーマンは低く笑った。「親父は宣伝のやりかたを心得ているんだ。大丈夫、必ず当選するさ。われわれが保証する」

「違法なことはしないだろうね？」ヒューイットは言った。

その疑問はヒューイットの頭にとりついて離れないようだ。ノーマン・ロンバードは腹立たしげにため息をもらし、葉巻をふかした。「そんな必要はない」もう十回も言ったことを繰りかえす。「要所要所でちょこっと疑惑をかきたててやれば、議席はこっちのものになるんだ。心配するなよ、サム。きみは勝ち馬に乗っているんだ。楽な気持ちで楽しめばいい」

「ぼくは正当な方法で勝ちたいんだ」

「正当な方法で勝った政治家なんてジョージ・ワシントン以来ひとりもいないさ」ノーマンは皮肉たっぷりにジョークを飛ばした。「だが、気にすることはない。きみの良心がうずかないよう、できるかぎりのことをしてやる。さあ、そろそろ遊説に出かけたまえ。もう心配するのはやめて。必ずいい結果を出してやるから」

ヒューイットはこのアドバイザーほどには楽観できなかったが、彼は政界の新参者だった。選挙というものについて、日々知りたくないことまで学んでいる。最初は理想と情熱にあふれていたが、いまでは毎日のように幻想を捨てさせられている。これが建国の父が選挙制度について定めたときに思い描いたものなのかと、首をひねらざるをえない。選挙戦で候補者の適性がなんの意味も持たないなんて、ほんとうにおかしなことだと思う。選挙は政策よりも金と宣伝と個人攻撃の闘いなのだ。そうしたものの上に選挙は成りたっているのだ。勝ちたいかと問われればむろん勝ちたい。だが、なぜ勝ちたいのか、ヒューイットは初めて自分がわからなくなった。

　ロンバード一族が支援を申しでてくれたときには胸がとどろいた。もとはといえばマッケイン・ロンバードの考えだった。ケインとはヨットマン同士ということもあって、うまがあった。ケインがチャールストンに自動車製造会社を立ちあげた際、節税などの点でヒューイットが力になったという経緯もあった。それにクレイトン・シーモアがケインを毛嫌いし、チャールストンに会社を作った当初から、ありとあらゆる手段を講じて彼の邪魔をしてきたことも大きかったと思う。ケインもまたシーモアに強い敵意を抱いたのだ。ケインの会社が廃水を川に流すという不運な事故を起こすと、シーモアはあらゆる角度から彼を攻撃したのだった。

　ヒューイットは汚い政治はやりたくない。選挙には勝ちたいが、シーモアや彼を応援するモズビー・トランスがケインに対して使ったような策略を弄《ろう》してまで勝ちたいとは思わない。彼らのやりくちはヒューイットにとっては衝撃的だった。二人の政治家が市役所に対して不当に圧力をかけ、工場の建築許可を出すのを遅らせたのだ。

市民はこうした不正に憤慨したが、それはケインの父親や弟が経営するニューヨークのタブロイド新聞にあおられた部分が大きいとヒューイットは内心考えている。彼らの新聞はそれ以前からとみに政治色を強め、トランス上院議員の大事なプロジェクトをどぎつい形ですっぱ抜いていた。また、議員たちのスキャンダルを暴きたてる魔女狩りを、まずは南部の議員から始めていくとやんわり脅してもいた。ケインが工場建設を発表したのと同じ時期だった。その時期、シーモアが再選をめざして立候補を表明してもいた。

ケインが近くに来たことでシーモアやトランスは神経質になっている。彼らはいったい何を隠しているのだろう、とヒューイットは思った。

ニッキは中古の小さな赤いスポーツカーで医療センターの近くのマーケットにパンとミルク――永遠の必需品だ――それに果物を買いに行った。帰ってきて車から降りたところで、後ろにもう一台車がとまろうとしていることに気がついた。

見ると、マッケイン・ロンバードがおんぼろの古いジープから降りてきた。一瞬こんなぽんこつをいったいどこで借りてきたのかと思ったが、ジーンズに白いニットのシャツを着た彼の姿を目にしたとたん、心臓が音高く鼓動をきざみはじめた。

ケインはニッキの格好を見てにっこりした。裾《すそ》を切ってショートパンツにしたジーンズやピンクのタンクトップから伸びた肢体は小麦色に日焼けして、バカンスを楽しむヨーロッパの人々を思わせる。

「よく焼けているね」

「わたしの祖先はフランスの新教徒《ユグノー》なの。十七世紀初頭に迫害を逃れてヨーロッパからチャールストンにやってきたのよ」ニッキは言った。「オリーブ色の肌は彼らから受けついだものだわ」

「今日は借りた服を返しに来たんだ」ケインは衣類の包みを差しだした。「洗濯してアイロンをかけてある」

「あなたがやったの?」ニッキはからかうように尋ねた。

ケインは笑ったときの彼女の目のきらめきが好きだった。ニッキといると若返ったような気になれる。「いや、違う」両手をポケットに突っこみ、唇をとがらせてまじまじとニッキを見る。「ちょっとそのへんをドライブしないか?」

ニッキの心臓が飛びはねた。兄の敵とかかわるのはまずい、と自分に言い聞かせる。そんなことはできないと。

「それじゃ荷物を置いてくるわ」彼女は言った。

ケインは中までついてきて、ニッキが傷みやすいものを冷蔵庫に、パンを専用ボックスにしまうあいだ、居間の中をうろうろしていた。

「ちょっと着がえを――」ニッキは言いかけた。

「必要ないよ」ケインが笑顔で言った。「そのままで十分だ」

「それじゃ、もう出られるわ」

ニッキはクレイと自分の関係を示すような写真を飾っておかなくてよかったと内心胸を撫《な》でおろしながら、玄関の鍵《かぎ》を締めた。この別荘には高価なものも骨董《こっとう》品もいっさい置いていない。彼女もクレイも大事なものは何も持ってきておらず、この不動産じたいも鍵を預けてあるいとこの名義になっていた。クレイがここで休暇を過ごすことを詮索《せんさく》好きな連中に知られないためだ。土地の所有者の記録を入手するのは決して難しいことではない。ましてマッケイン・ロンバードのような人間にとっては。

ケインは助手席のドアをあけ、ニッキが乗るのに手を貸した。「中はちょっと散らかってるけど」申し訳なさそうに言う。「ふだんこのジープは釣りに行くときしか使わないんだ。サンティー・クーパー川でバスを釣るんだよ」

「釣りをやるようには見えないわ」ニッキはシートベルトを締め、彼の男らしい浅黒い顔に目をやって、目尻の皺《しわ》やこめかみ近くの銀色の筋を眺めた。ケインは最初に思ったよりも年がいっていた。

「ほんとうは釣りなんて嫌いなんだ」彼は言った。エンジンをかけて手際よくジープをバックさせ、通りに出ると、海沿いのハイウェイを走りだす。日ざしがまぶしかった。気持ちのいい朝で、かもめやペリカンが魚をとろうと波間に急降下し、何人かの住人が浜辺を散歩していた。

「それじゃ、なぜ行くの？」ニッキはうわの空で問いかけた。

「親父が釣り好きなんだ。親父とはほとんど共通点がなくてね。釣りにつきあうのは親父に会う口実みたいなものさ。親父や弟たちに会うためのね」

「弟さんがいるの？」

「二人いる。子どものころには三人の息子がおふくろをてんてこ舞させたものさ。きみの家族は？」ケインはニッキをちらりと見た。

「わたしの家族はほとんど残ってないの」ニッキはよそよそしい口調で静かに答えた。

「それは気の毒に。寂しいだろうね」

「そうでもないわ。友だちがいるから」

「きみをあの家に同居させてくれる友だちとか？」

ニッキは屈託なくほほえんだ。「ええ」

ケインはあの家の持ち主を調べるべし、と頭の中に書きとめた。ニッキとつきあっている男の名前が知りたかった。彼女に対する興味がつのっているという事実をその気持ちが証明していることには彼自身気づかなかった。

砂浜には人々がタオルを敷いたり、折りたたみ式の寝椅子を広げたりしはじめていた。あたたかな初夏の日で、空には白い雲がちらほらうかんでいた。

「海って好きだわ」ニッキが窓の外を眺めながら、グリーンの目に笑みをたたえて言った。「内陸部にはとても住めそうにないもの。貨物船や漁船さえもわたしには魅力的なの」

「わかるよ」ケインは言った。「ぼくもずっと港町で暮らしてきた。おかげで海の眺めや大きな船の音がなくてはならないものになっている」

彼の言う港町とはヒューストンのことだろうが、ニッキは彼の出身地を知っていることを明かすつもりはなかった。「ここに住んでいるの？」

「いまは休暇中なんだ」ケインは答えた。それは嘘《うそ》ではなかった。「きみはここに住み着いているの？」

「いえ、住んでいるのはもっと先の沿岸部よ」ニッキは正直に答えた。

「チャールストン？」

「まあね」

「まあねって、どういう意味かな？」

「わたしは海沿いの地域に住んでいるの」そうなのだ。ニッキはバッテリー地区の優雅な古い館《やかた》に住んでいた。そこは国の歴史遺産に指定されており、一年のうち二週間だけ観光客に公開される。

だが、ケインは彼女の家を勝手に想像していた。いままで見たかぎりでは、彼女はガレージセールで売られているような服しか持っていないみたいだ。なんだかかわいそうな気がする。冷淡な恋人のほかに頼る者もなく、経済的にもあまり余裕がなさそうだ。車も六〇年代に人気のあったMGの古いミジェットに乗っているし。

「コーヒーでもどうだい？」外に色あせた黄色いパラソルのついたテーブルを出している小さなファストフードの店に顎をしゃくり、ケインは尋ねた。

「いいわね。行きましょう」

ジープをとめて二人は降りた。ケインがコーヒーを買うあいだに、ニッキは海を前にしたテーブルへと歩いていった。コーヒーをどのように飲むかをききもせず、ケインはクリームと砂糖を持ってきて、驚いた顔のニッキにいたずらっぽく笑ってみせた。

「ぼくは記憶力がいいんだよ」向かいに腰かけて言う。

「覚えておくわ」ニッキも微笑した。

ケインは日焼けした顔を天に向け、目をとじて潮風を受けた。その力強く彫りの深い顔はちょっと獅子《しし》を連想させた。大きすぎはしないけれどまっすぐに伸びた鼻、ひいでた額に濃い眉、セクシーなのに力強さを感じさせる薄い唇。目は大きく、ブラウンの瞳が黒く縁取られている。その目がいま面白がっているような光を宿してニッキを見つめていた。

「あなた、スペイン系に見えるわ」見とれていたことに気づかれてしまったのが恥ずかしくて、ニッキはぶっきらぼうに言った。

ケインは苦笑した。「ぼくの曾《そう》祖母がスペインの名門の出だったんだ。彼女はサンアントニオの親戚《しんせき》を訪ねた際に牧場で働いていた曾祖父と出会い、それから五日めに結婚した。二人で石油を求めてヒューストンに引っ越したときには、たいへんなスキャンダルになったそうだ」

「面白いわね。それで石油は出たの？」

「スピンドルトップで原油が噴出した一九〇一年、ぼくの曾祖父もボーモントで試掘をしていたんだ。二カ月のあいだにひと財産を作ってすぐに失った」曾祖父がじきにまた損失を倍にしてとりもどし、石油会社を作ったことまでは言わなかった。

「お気の毒に」ニッキはコーヒーから目をあげた。「奥さんは彼がすべてを失っても去っていかなかったの？」

「彼女はそんな女じゃなかったよ。生涯夫のそばを離れなかった」

「最近そういうのって珍しくなってるわよね。一生夫のそばにいるって」ニッキはせつなそうに言った。「いまでは結婚相手も消耗品だわ。誰も一生ものだなんて思ってない」

ケインは顔をしかめた。「そんなに若いのに、ずいぶんシニカルなんだな」

「わたしは二十五よ。もう若いとは言えないわ」ニッキはプラスティックのカップにかかっている、きれいに磨かれた自分の爪をじっと見おろした。「それに、いまの社会じたいがシニカルなのよ。利潤の追求が人間の暮らしよりも優先されている。アマゾンのジャングルでは政府が国際的な大企業に土地を開発させるため、平気で先住民を殺しているって聞いたわ」

ケインはニッキを見つめた。「これだけ世界の人口がふくれあがっているのに、耕作可能な土地に未開の文化を残しておく余地があると思うのかい？」

ニッキのグリーンの目がきらりと光った。「耕作可能な土地をすべて開発してしまったら、人類はいずれコンクリートやスティールを食べなければならなくなるわ」

ケインは嬉《うれ》しくなった。彼女のきれいな黒髪の下ではちゃんと脳が活動しているようだ。傷だらけのテーブルの上にコーヒーカップをすべらせ、彼はニッキにほほえみかけた。

「進歩には犠牲が伴うものだ」

「いまみたいな調子で自然環境を破壊していったら、地球の存続じたいが危うくなるわ」

ニッキはやんわりと言った。「それとも人口の一パーセントが残りの九十九パーセントを養っているという現実をあなたはご存じないのかしら？　農業に最適の肥沃《ひよく》で平坦《へいたん》な土地というのは、残念ながら建設用地としても最適なんだけどね」

「その一方で、仕事がなければ人間は農産物を作る余裕もなくなる。新たな企業の誘致は雇用の増加につながって、その地域の人々の生活水準を向上させるんだ。乳飲み子をかかえた母親や育ち盛りの子どもたちの食生活を向上させる」

「それはそのとおりだわ」ニッキは勢いこんで身を乗りだした。「でも、生活水準をあげるためには代償を支払わなければならない。農業の機械化に伴って、農家は機械を購入するために生産量を増やさなければならなかったわ。それで食料の値段が高騰した。そのうえ生産量をあげるために使われる殺虫剤や化学肥料は有害物質を土壌にしみこませ、地下水脈を汚染してしまう。確かに生産量はあがるけれど、値段は高騰し、環境汚染は進む一方なのよ。だからよけいに生産量をあげなければならない。悪循環だわ」

「すごいな、まるで経済学者みたいだ」ケインは言った。

「経済学は大学で勉強したのよ」

「へえ」ケインはにっこりした。「専攻はなんだったんだい?」

「卒業はしてないの」ニッキは顔を曇らせた。「三年半で燃えつきて中退してしまったのよ。いずれまた復学して、きちんと卒業したいわ。一学期通えば卒業に必要な単位がとれるの。専攻科目の歴史と、副専攻科目の社会学と」

「それは楽しみだな」ケインはつぶやいた。「きみほどの頭脳があれば、卒業後は政界に入れるかもしれない」

その言葉にニッキは得意で愉快な気分を味わったが、表には出さなかった。自分がすでに政治の世界に足を突っこんでいることをケインに知られてはまずい。

「あなただって、なかなかのものだわ」

「ぼくは経営学が専攻だったんだ。副専攻は経済学とマーケティングだ」

「それじゃ、いまはその方面の仕事をしているの？」無邪気を装い、ニッキは言った。

「まあね」ケインはあっさり答えた。「マーケティング関係の仕事だ」

「面白そうね」

「面白いときもあるにはある」はぐらかすように言い、コーヒーを飲みほす。「ちょっと海岸を歩かないか？　朝と夕方に海岸を散歩するのが好きなんだ。頭がすっきりするんでね」

「わたしもよ」

「似たもの同士だな」ケインがひとりごとのようにつぶやき、ニッキはほほえんだ。

ケインは使い捨てのカップを捨てると、ごく自然にニッキの手をとった。

彼が意図的に肌を触れあわせてきたのはこれが初めてだ。その力強い指がニッキのほっそりした指にからみついた瞬間、火花が散って全身がうずきだしたような気がした。ニッキにとっては久しぶりの感覚だった。モズビーと別れて以来の……。

そこまで考え、はっとして気が動転したようにケインの顔を見あげる。

「どうしたんだい、ニッキ？」ケインは優しく問いかけた。

その深々とした声は彼の手のぬくもり以上にニッキの心をかき乱した。ニッキはケインの目をひたと見つめながら、彼の味さえ舌に感じたように思った。

「べつになんでもないわ」つかの間の沈黙の末に言い、ためらいがちに彼の手の中から自分の手を引き抜く。「行きましょう」

ケインは彼女が両手をポケットに突っこみ、腰に巻いたヒップバッグを形のいいヒップの片側にぶらさげて歩きだすのを見つめた。なんだか怖がっているみたいだ。ひと晩泊めてくれた女にしては奇妙なふるまいだ、とケインは思った。あのときはぼくを怖がってなどいなかったのに。

彼が追いついてくると、ニッキは申し訳なさときまりの悪さを感じて立ちどまった。困惑したような痛々しい笑みをうかべてケインを見あげる。

「わたし、原則として男の人は信用しないの。女に注意を払いはじめた男はたいていある目的を持っている。それを誤解となじられたことは、ただの一度もないわ。だからいまのうちにはっきり言っておくけれど、わたしは軽い気持ちで男の人とベッドをともにするような女ではないの」

「少なくとも正直ではあるな」ケインはそう言いながら、ビーチのほうにニッキを促して再び歩きだした。

「わたしはいつでも正直だわ」ニッキは言った。「正直は最良の策だと思っているの」

「あの家の持ち主とは寝ているの？」

「それはあなたには関係ないわ」

「確かに」ケインはポケットに手を入れ、白い砂浜をぶらぶらと歩きつづけた。近くまで波が打ちよせ、頭上ではかもめが白地に黒の縁取りのある翼を広げて飛びかっている。

「あなたってすごく大きい」ニッキが言った。

ケインはくすりと笑った。「背が高いだけで、大きくはないよ」

「大きいわよ。百六十四センチのわたしから見たら、大男だわ」

「ぼくは百九十もないいんだよ。せいぜい百八十七だ。きみがちびだから、大男に見えるだけさ」

「言葉に気をつけたほうがいいわよ。わたしはまだ成長期なのよ」ニッキはすまして言い、きらめく目で彼をにらんだ。

ケインは含み笑いをもらした。「よくまわる舌だな」

「よくまわる頭でしょ？　ええ、ありがとう」

「さて、きみがぼくとは寝ないとはっきりしたところで、手をつないでいいかな？　ぼくの手、冷たいんだ」

「それでもまだ下心があるんじゃないかと疑いたくなっちゃうけど」ニッキはそう言ったが、ポケットから左手を出して、彼のあたたかな手を握った。

「冷たくないじゃない」抗議の意をこめて言う。

「冷たいさ。きみにわからないだけだよ」ケインはニッキと手をつないですたすた歩きだしたが、彼女の顔が紅潮してきたことに気づくと、口元をほころばせた。「ずいぶんやわだな。ぼくの歩調にあわせるのはきつい？」

「ふだんのわたしなら、あなたなんかに負けないわ。いまは肺炎から回復したばかりなのよ」

ケインは不意に立ちどまり、しかめっつらになった。「肺炎から回復したばかりだって？　だめじゃないか、こんな寒い風にあたったら。どうして黙っていたんだ？」

彼が心配してくれたのが嬉しくて、ニッキは安心させるように言った。「もう一週間前から起きてるのよ。それに、この一週間ずっとうちでぶらぶらしていたわけでもないし」

「しかし、しばらく体を動かしてなかったんじゃないか？」

「まあね」ニッキは答えた。スポレート・フェスティバルの手伝いは電話をかけたり、座ってできる補助的な仕事をしたりするだけだったのだ。まだ気力に体力が追いついていない状態だった。

「頭も動いてないのかもしれないな」ケインは低くつぶやいた。

ニッキがむっとしたとき、ケインはやにわに力強い腕で彼女の体をかかえあげた。向きを変えると、ニッキを抱いたまま来た道を戻りはじめる。

ニッキは思いがけない喜びに息をつめた。男性の力をこんな形で実感するのは生まれて初めてだった。自分がか弱い存在になったかのようなこの感覚が心地よいのか不快なのかはわからず、心の迷いを目ににじませて至近距離でケインと視線をからませる。

「きみがいま何か言いたいのはわかっている」ケインは優しく言いながら微笑した。「だが、口には出さないでくれ。きみを運ぶあいだ、ぼくの首に腕をまわしてしっかりつかまっているんだよ」

ロマンティックな映画のワンシーンでもあるまいし、とニッキは心の中で皮肉った。だが、奇妙なことに文句も言わず、ためらいもせずに彼の言葉に従った。小さな吐息をもらし、体毛が渦巻いているシャツの胸元に視線を落とす。ケインが彼女の体を揺すりあげてかかえ直すと、全身に甘美な震えが走った。両手をケインの首にまわし、曲線を描いている喉元に頭をもたせかける。

「ニッキ」ケインがしゃがれ声で言い、突然腕に力をこめた。ニッキの柔らかな胸が彼のかたい胸板に押しつけられた。

もうそれは冗談めかした優しい抱きかたではなくなっていた。ニッキは車のほうへと運ばれながらケインの肩に爪を食いこませ、体じゅうで彼を感じていた。胸のいただきがかたくとがり、心臓が激しく高鳴っている。腹部の下のほうが熱を持ち、前触れもなくうずきはじめた。

「ああ、ニッキ」ケインはそうささやき、タンクトップから出ている首に突然熱い唇を押しあてた。

ニッキは目をとじてため息をついた。風が顔のまわりで髪を躍らせ、ほてった頬を冷やす。ケインはあたたかく、たくましく、スパイシーな匂《にお》いがした。ニッキは彼に服を脱がされたくなった。裸にされて、胸や腿の内側にキスをされたかった。ビーチに横たわり、この青空の下で抱かれたかった。

理性も分別もかなぐり捨て、彼女はケインの豊かな髪に指を差しいれた。そして自分の鎖骨の下の、柔らかなカーブを描いているあたりに唇が来るよう、彼の頭を引きよせた。

4

　ケインは頭がくらくらしていたが、ニッキにくちづけを促されるとはっとわれに返った。ここは人目の多い海岸だし、自分はそんなややこしい立場に身を置ける男ではないのだ！

　慌てて顔をあげ、ニッキを砂浜におろして立たせると、心の動揺を表に出すまいとしながら一歩さがる。こんな強烈な感覚は久しぶりだ。ケインはニッキのとろんとした、けぶるようなグリーンの目を無言で見つめた。

　ニッキもまた狼狽《ろうばい》し、それを隠せずにいた。彼女の肌に唇が触れる寸前でケインは思いとどまったのだ。ニッキは中途半端な状態で放《ほう》りだされた気分だったが、それでも冷静さは保たねばならなかった。

「ありがとう」彼女は言った。「あなたがわたしをわたし自身から助けだしてくれることはわかっていたわ」いやおうなく昂揚《こうよう》した気分でなんとか言葉を続ける。

　ケインはわれ知らずほほえんだ。「そうらしいな。だけど、ぼく自身よくそんなことができたと信じられない思いだよ。ぼくはチャンスを棒にふるような男ではないし、きみの唇は熟れたりんごのようだ」

「そう思ってもらえたなら嬉《うれ》しいわ」

ケインは上機嫌で笑いだした。「だったら、もっと静かで人気《ひとけ》のない場所に行かないかい？」

「行きたいのはやまやまだけど」ニッキは風で乱れた髪をかきあげた。「でも、わたしたちはそういう無鉄砲なことはしないってことで合意したはずよ」

「きみがそう言っただけで、ぼくは合意してはいない」

ニッキの脚は変になっていた。なぜか動いてくれないのだ。それに体の奥のうずきもおさまるどころかひどくなっている。長いこと空白の時期が続いていたのに、こんなふうにいきなり男性に対する情熱が燃えあがるなんて皮肉な話だ。しかも、その男性が兄の最悪の敵だとは！

「わたしを誘惑するのはやめて」ニッキはきっぱりと言った。もう一度髪をかきあげる。

「わたしは品行方正な女なのよ」

「それも、ぼくと長く過ごすうちに変わるかもしれないよ。明日、セーリングに行かないか？」

ニッキの手が髪のそばでぴたりととまった。「セーリング？」

「目が輝いたね。ヨットは好き？」

「大好きよ！」

ケインは小さく笑った。「明日の朝早く、迎えに行くよ」そこでいったん口をつぐむ。

「きみが出かけられるんならね」

彼のききたいことがニッキにはわかった。彼はいっしょに暮らしている恋人がいやがらないか確かめたいのだ。

「彼は嫉妬《しっと》はしないわ」ニッキは笑いながら言った。

「そうなのかい？」

目でニッキの顔をなぞりながら、ケインは心配になってきた。こういうチャンスに飛びつこうとしているなんて、ぼくは現実を見失いかけている。ニッキの体に惹《ひ》かれているのだ。ただそれだけだ。だが、もうひとつ脅威となることがある。もし彼女に自分の素性を知られてしまったら？

いや、心配しすぎだ。ケインは自分自身をあざ笑った。素性を知られたらどうなるというのだろう。ぼくと清らかな一夜をともにしたからといって、彼女が恐喝してくるとでもいうのか？

「いっしょに暮らしている彼とは……オープンな関係なのよ」ニッキは言った。

「だからといって、ぼくが彼のかわりを喜んで務めるとは思わないでくれよ」ケインはゆっくりと言った。「きみはすごく魅力的だし、いっしょにいるのは楽しい。だけど、ぼくは恋人を募集してはいないんだ。恋人は間にあってるんだよ」

その言葉になぜわたしがショックを受けなければならないの？　ニッキはそう自問しつつ海のほうへと目をそらした。わたしだって恋人なんか求めてはいない。あんな過去があるんだから。だから彼が恋人を募集してないのは、かえって好都合じゃない？

「恋人なんてわたしも必要ないわ」ニッキは気もそぞろに言った。「それに純粋に体だけの関係というのもお断りよ。でも、友だちになるのは構わないわ」ケインと目をあわせ、そう付け加えてにこっと笑う。「わたしって友だちが多いほうではないの」

「親友が何人もいるなんて自慢する人間のほうが信じられないよ」ケインは辛辣《しんらつ》に言った。「よし、それじゃ友だちってことで」

「それから船に妙なものを積みこまないでよ」素早く気分を切りかえ、先刻までの雰囲気に戻ってニッキは言った。「マストに縛りつけられてレイプされたり、裸にされて鮫《さめ》を釣るための疑似餌《ぎじえ》にされるのはまっぴらよ。約束して」

ケインは顔をほころばせた。「約束するよ」

「それじゃ明日セーリングに行きましょう」

「決まりだからね」彼は言った。「じゃあ行こうか。家まで送るよ」

その夜、ニッキは良心の呵責《かしゃく》にさいなまれながらテラスでひとり座っていた。クレイが進捗《しんちょく》状態を知らせるため電話してきたときにはよけい落ち着かなくなった。

「ひとり味方が増えたよ」クレイはそう言って、ある議員の名前をあげた。「そっちはどんな一日だった？」

「いい一日だったわよ」ニッキは声に笑いを含ませた。「それより、ふくろう論争はどうなったの？」

「相変わらずだよ。デリーとはひとことも口をきかなかった。環境保護派の候補者が、新たな雇用の創出と経済的繁栄のためとはいえ古い森を残してふくろうを守ることに反対するなんて、気でもおかしくなったのかと彼女は思っているんだ」

「ひょっとして満月だったとか？」

「やめろよ、ニッキ。おまえはぼくの妹じゃないか。血は水よりも濃いはずだぞ」

「かもしれないけど、それが何か関係あるの？」

「さあ、いまは頭が働かないよ。体の調子はどう？　少しは休養がとれたか？」

「十分とれたわ」ニッキはそこで口ごもった。「わたし……ある人と知りあったの」

「ある人？　男か？　まともで誠実な男なんだろうな？」

「いちおうそのように見えるわ。彼が明日セーリングに連れていってくれることになったの」

「よかったじゃないか！　どういう男なんだい？」

「ごくふつうの人よ」ニッキは嘘《うそ》をついた。「仕事は……自動車関係なの」

「えっ？　整備工か？　いや、整備工でも悪いことはないな。おまえを溺《おぼ》れさせない程度の操船技術はあるんだろうね？」

「自分でやると決めたら、どんなことでもやりとげられる人だと思うわ」ニッキはうっとりとつぶやいた。

「おいおい、おまえはほんとうにニッキか？」クレイがからかった。「男とはずっと無縁だったのに」

「あら、いまだって無縁は無縁よ。ただ今度の人はちょっと違うの。あんな人は初めてだわ」

「もてる男かい？」

「さあ。たぶん、もてるんじゃないかしら」

「ニッキ」クレイはためらいがちに呼びかけた。ニッキは若い身空で暗い過去を背負った傷つきやすい女なのだ。「ぼくも何日かそっちに行こうか？」

「だめよ！」ニッキはそう叫んでから咳払《せきばら》いして声を落とした。「つまりそんな必要はないってこと」

「しかし心配だよ」

「兄さんだって、わたしをこの世界から守りきれるわけではないのよ。わたしもいつかは自分の足で立ちあがらなくちゃならないの」

「それはそうかもしれないが」クレイはあきらめたように言った。「わかったよ、好きにしなさい。ただし、ぼくが必要になったらいつでも電話するんだぞ。わかったな?」

「わかったわ」

「それじゃまた電話する」

電話を切ると、ニッキはつめていた息を吐きだした。クレイがこっちに来たら、彼の最悪の敵とばったりでくわしかねない。事態はややこしくなりつつあり、ニッキはケインとの関係を始まる前に断ち切っておくべきだと考えた。だが、それがなかなかうまくいきそうにない。すでにケインは心の中に入りこんでいる。この心が最後には壊れてしまわないことを祈るばかりだ。

ケインは自分が金持ちであることをどのように隠しつづけるつもりなのだろう? ヨットでのセーリングに連れていかれたら、どれほど鈍い人間でも金持ちだと気づくのに。

その問題を翌日ケインはうまい手で解決した。ニッキを乗せるつもりでいたヨットが借りられなかったから、モーターボートにした、と言ったのだ。とてもいいモーターボートだが、彼がふだん乗りつけているヨットとはやはり違う。

ニッキはこっそり笑みをこぼし、乗り物が変わったことを特別な反応を示すことなく受けいれた。

「ヨットに乗せてあげると言ったけど、強風のときには危険が伴うんだよね」ニッキに手を貸してモーターボートに乗せながら、ケインは言った。「今日はかなり風が強い」

確かに風はあるけれど、ヨットが大きな影響を受けるほどではない。それよりもニッキの家に泊まった〝ふつうの〟男が百万ドル以上もする大型ヨットに乗ってくるのはまずいということだろう。

「わたしはモーターボートも好きよ」ニッキは本心から言い、ケインが操縦席におさまってエンジンをかけると目を輝かせた。猫が喉を鳴らすような音をたて、エンジンが始動した。

ケインは彼女に目をやってほほえんだ。「きみはセーリングが得意なの？」

「それはいずれわかるでしょうよ」

その返事にくすりと笑い、桟橋からボートを発進させる。

ボートはなめらかに水上をすべりはじめた。エンジン音も決してうるさすぎはしない。ニッキは風で乱れた髪に片手をやりながら、顔にかかるかすかな水しぶきに笑い声をあげた。

「きみには陰気にふさぎこむときはないのかな？」興味津々といった調子でケインが尋ねた。

「だって悲観的に考えても仕方がないでしょう？」とニッキは答えた。「人生は短いのよ。

時間の浪費は罪だわ。毎日がクリスマスみたいに新しいことの連続なんだから」

ニッキは人生を楽しんでいるのだ。ケインは楽しみかたを忘れていた。暗い目をかなたの水平線に向け、ほんとうに人生がいかに短いか、その現実を自分がいかに痛切に思い知らされたか、考えまいとする。

「どこに行くの?」ニッキが言った。

「とくには決めてない」ケインはおかしそうに彼女を見た。「釣りをするのがいやでなければ、考えているところはあるけどね」

「わたしは構わないけど、あなたは釣りは嫌いなんでしょう?」ニッキは笑いながら言った。

「むろん嫌いだ。だが、やめてしまうわけにはいかないんだよ。家族みんなの顔をつぶすことになるんでね。その防水シートの下に道具がある。ちょっと川に出て、釣れそうなところで停泊しよう。アイスボックスと昼食も用意してきた」

「あなたって、ほんとうに人を驚かせてばかりだわ」ニッキはコメントした。

ケインの黒っぽい目がきらめいた。「まだこんなものじゃないよ」つぶやくように言うと、彼は再び操縦に集中した。

草の茂った空き地を見つけ、ケインはボートを岸につないだ。それから二人は釣竿《つりざお》を手にして川岸に腰をおろすと、浮きが川面《かわも》に揺られ、ときにひょいと動くのをじっと見守った。昼食はサンドイッチとポテトチップスとソフトドリンクだった。ニッキはこの実業界の大物が釣り仲間としても最高の相手であることに内心びっくりした。子どものころにいまは亡き祖父と釣りに行って以来、川岸に座って釣糸をたれる楽しみを彼女は久しく忘れていた。

「あなたはしょっちゅう釣りをするの？」ケインに尋ねる。

「父親や弟たちとはね。女性とはしない」ケインは広い肩を上下させた。「ぼくが知っている女性はみんな餌《えさ》にする虫や釣針にさわりたがらないんだ。その点、きみは気難しくないね」

「そうね。ほかの面では気難しいところもあるかもしれないけど」ニッキは静かに答えた。「樽《たる》の中の魚を狙《ねら》うのでないかぎり、釣れるか釣れないかは五分五分だけど、わたしは油で揚げたバスが大好きなの！」

「魚のはらわたをとることができるのかい？」

「もちろん」

ケインは楽しげに笑った。「そういうことなら今日何か釣れた場合には、きみのところで夕食をごちそうになろう。きみに先約がなければね」ニッキを見つめて締めくくる。

「向こう二週間はなんの予定もないわ」

ケインはほっとしたようだ。長い脚を投げだし、釣竿を引いて針の先を確かめる。「ぼくの餌には何も食いついてないな」不服そうな口調だ。「まだ一度もあたりがない。あと十分待ってもかからなかったら場所を変えよう」

「移動したとたん、百匹もの大きな魚が安心してここに集まってくるのよ」ニッキは言った。

「かもしれないな。魚にとって不運な日というのもあるはずだけど」

「それはこっちが何を狙っているかによるわ」ニッキは不意に手ごたえを感じ、意識を集中した。「見て！」

さっと竿を引き、立ちあがる。釣針にかかった魚はニッキをずいぶんてこずらせた。ニッキは岸を移動しつつ、ひとりごとをつぶやいたり舌打ちしたりしながら、引いてはゆるめを繰りかえして竿を操った。そのうちようやく獲物が疲れてくると、自分を見守っていたケインをふりかえり、その情けない表情に笑い声をあげる。

「わたしが釣り落とすのを期待してたんでしょう？　おあいにくさま。ほら、今夜の夕食が釣れたわ」

ぐいと引きあげ、釣糸の先の大きなバスを川岸に放りだす。ケインがそのバスをアイスボックスに入れているあいだに、ニッキは再び針に餌をつけた。

「わたしが食べるものは手に入ったわ」彼女は言った。「あなたは何を食べるのかしらね」

ケインは彼女の横に座り、自分の釣竿を手にとった。「いまに見てろよ」そう言いかえす。

二時間後、アイスボックスには大きなバスが三匹おさまっていた。二匹はニッキが釣ったものだった。ケインはごみとアイスボックスと釣りの道具をボートに積みこんだ。ニッキはつかの間かすかな優越感にひたった。

ケインは悲劇的な過去も仕事も心配ごとも忘れ、ニッキとのんびりしたひとときを楽しんだ。彼女といっしょにいるだけで、自分の地位についてまわる苛酷《かこく》な緊張状態からその一本気な心が解放されるようだった。ケインはひとりでいることに慣れており、起きている時間は常に仕事のことが頭から離れなかった。家族に死なれてから、金を稼ぐことをほかのすべてのかわりとしてきたのだ。何を食べても砂のように味気なかった。寝つきは悪く、いつも睡眠不足だった。妻と息子をあの痛ましい結果に終わった旅行に連れていって以来、ただの一日も休暇をとっていなかった。

おそらくそのように疲労がたまっていたせいで注意力散漫になり、頭を怪我《けが》してしまったのだろう。だが、心の底からくつろいで楽しそうにしているニッキを見ると、怪我をしたのも悪くはなかったと思う。今回のことは一生忘れられない経験になるだろう。しかしほかのあらゆることと同様に、彼女のこともいっとき楽しんだらそれで最後にするつもりだ。彼女と別れたあとは二週間もしないうちに名前さえ思い出せなくなるだろう。そう考えるとケインは落ち着かなくなった。

　ニッキはケインの不安そうな様子に気がついた。肉体的な面ばかりでなく、精神的にもわたしに惹かれはじめているのだろうか？　彼に恋人がいることを知らされたときには動揺してしまった。むろんこちらにも恋人がいると彼は思っているのだが、それは事実とかけ離れている。だけど、事実になる可能性だってあるのだ。ニッキはケインに抱きしめられたときの感触を思い出しながら心につぶやいた。ケインがわたしの恋人になっても不思議はないのだ。彼の体のたくましさ、大きさはこちらの胸が震えるほどだ。モズビーは最後までニッキを抱くことができなかった。情熱の伴わない軽い愛撫《あいぶ》しかできなかった。だからニッキは息のつまるような熱いキスとはどういうものか、自分が体の欲求に屈するとはどういうことなのか、いまも知らないままだった。この男と出会うまでは。ケインと親密になるべきでない理由は山ほどある。その第一が、彼にくっついている謎《なぞ》の恋人の存在だ。ニッキはほかの女とどのように張りあったらいいのかわからなかった。いままで張りあう必要などまったくなかったのだ。

　さまよいがちな思考を彼女は釣りのことに引きもどした。今日は生涯で最ものんびりした一日になった。それを終わりにするのは寂しかった。ケインは夕食をごちそうになると言っていたが、いまの彼はほかのことに気をとられているようだ。彼の頭には魚のこともニッキのこともない。彼をこんなにうわの空にさせているのは、いったいどのような思いなのだろう?

「魚のはらわたをとるのを手伝いたいけれど、いったん帰って電話しなくてはならないんだ」アイスボックスを持ってニッキを家の玄関先まで送りながら、ケインは言った。

「仕事の電話?」ニッキは尋ねた。

ケインは無表情だった。「まあ、そんなようなものだ」それ以上は何も言わず、形ばかりの微笑を投げかけ、手をふりながら去っていく。

ニッキは家に入ったものの、彼のよそよそしさが気になった。いったいどんな仕事があるのだろう?


ケインは電話の向こうで怒りに任せて毒づく声に辛抱強く耳を傾けた。

「あなた、今夜のウォルトンのパーティにいっしょに行くって約束したじゃないの!」クリスはわめいた。「なのに、よくそんなことが言えるわね? ひと晩じゅう拘束されなきゃならない仕事って、いったいなんなのよ?」

「きみには関係ない」ケインは静かに言った。クリスの無遠慮さや思いやりのなさにいらだちはじめていた。クリスは優秀な精神分析医であり、彼女の知性には文句のつけようがない。だが、互いに安全なセックスを求める気持ち以外、二人をつなぐ絆《きずな》は何もなかった。クリスは肉体以外の面では自分の思いどおりに支配できる男がいいのだ。一方ケインは相手が男であれ女であれ、他人の指図を受けるタイプではなかった。だからクリスにはもううんざりしているのだ。とくに今夜はわずらわしかった。

「それじゃ、いつ電話をくれるの？」クリスはかたい声で言った。

「時間ができたときに。今後はもうあまり会わないほうがいいかもしれないな」

　クリスはちょっと口ごもってから、ふてぶてしく答えた。「そうかもしれないわね。あなたってベッドでは最高だけど、わたしといっしょにいるときでさえ仕事のことを考えているみたいだから」

「ぼくは企業家だからね」

「あなたは企業そのものだわ。歩いてしゃべる企業そのもの。やっぱりセラピーを受けるべきよ。あの一件以来、あなたは変わってしまって——」

　ケインはそれ以上聞きたくなかった。「また電話するよ。おやすみ」

　そしてクリスが何か言うより先に電話を切った。もう彼女の精神分析はたくさんだった。

　クリスはいつでも、ベッドをともにしているときでさえ精神分析をやりだすのだ。いや、ベッドをともにしているときはなおさら、とケインは心の中で訂正した。彼が攻撃的にふるまえば抑圧されたマゾヒストのレッテルを貼《は》るし、優しくすれば彼女に対して優越感を持っているからかえっておもねるのだと言いだす。最近ではあまりのうっとうしさに興ざめしてしまって、セックスを完遂できないほどだった。クリスはその現実に怒りおかしくなり、ケインがかかえる真の問題とは性的不能《インポテンツ》だと決めつけた。

彼女のいやみは痛烈だが滑稽《こっけい》でもあった。ケインはクリス以外の相手では不能になったことなど一度もないのだ。現にニッキが相手だと、顔を見ているだけでこれまでにないほど欲望を覚えてしまう。ニッキには男を憎んだり蔑《さげす》んだりする理由は何もないのだろう。彼女は知的であると同時に女らしく、悪意を持って男を揶揄《やゆ》するようなところはなかった。

ケインは立ちあがり、ジーンズとスエットシャツをドレススラックスと着心地のいい黄色のニットシャツに着がえた。ニッキと食べる魚のフライのほうがクリスと食べるプライムリブやカクテルよりはるかに魅力的に思えた。

自分で輸入したワインのストックの中から一本選び、持っていくことにする。ニッキは高級な白ワインを少しは知っているだろうか？　頭のいい女ではあるが、経済的には不遇だ。きっとシャルドネとヨハニスベルグ・リースリングの違いもわからないに違いない。だが、そうしたことはこれから自分が教えてやればいいのだ。それ以外のことを教える件については、まだ考える勇気がなかった。へたをしたら彼女はアルコールよりもさらに中毒性が強いかもしれない。

ケインがニッキの家のドアをノックしてあけてもらったときには、ニッキは魚の内臓をとってフライにし、フルーツサラダとそのサラダにあう芥子《けし》の実入りドレッシングを作っていた。

彼女はちらりとふりかえってほほえんだ。「どうぞ入って」フリルのついた花模様のサンドレスを着ているが、きれいに日焼けした背中はほとんどむきだしで、前のバストだけが慎み深くおおわれている。裸足《はだし》でキッチンテーブルに向かう彼女を見て、ケインはその女らしい美しさに体の中が熱く沸きたつのを感じた。自分の交友範囲の中にピンストライプのビジネススーツよりも女らしい格好をしている女性を見たのはいったいいつ以来だろうかと、記憶を探る。ニッキの装いは彼の好みにぴったりあっていた。体の曲線を誇示するわけではないが、否定もしていない。知性に自信があるからこそ、女らしさを隠す必要も感じないのだろう。

「ちょうどサラダとドレッシングができたところよ。食器のセッティングをお願いできる?」ニッキは陽気に言った。

ケインは躊躇《ちゅうちょ》した。これまで生きてきて食器のセッティングをした記憶などただの一度もない。子どものときでさえ、キッチンにはいつもメイドがいたのだ。

「お皿はそこよ」ニッキは食器棚のほうに首を傾けた。「フォーク類は二番めの引き出しで、ランチョンマットとナプキンは三番め」ケインの表情に気づくと、おかしそうに顔をほころばせる。「テーブルセッティングのやりかたは知ってるでしょう?」

「いや、よくは知らないんだ」

「それじゃ早く覚えるべきね。いつかはあなたも結婚するかもしれないし、台所仕事ができるほうがずっと喜ばれるわよ」

ケインはそのひやかすような言葉には反応しなかった。ただ興味をそそられたようにニッキをまじまじと見つめる。ニッキは遅ればせながら自分が知らないことになっている彼の亡き妻のことを思い出した。

「ぼくは誰とも結婚したくないんだ」ケインは意外にもそう言った。「とくに出会ったばかりの女とはね」むしろ優しく言葉をつぐ。

「それじゃ、いまわたしとは結婚したくないってことね。なにしろわたしのことは知りもしないんですものね。でも、わたしのたぐいまれなる特質や素朴な願いを知ったら、きっとわたしの指に指輪をはめさせろとせっついてくるでしょうよ。わたしはお断りしなくちゃならないけど。わたしにはもう決まった相手がいるから」

ケインの顔が険しくなり、目が鋭い光を放った。ニッキから視線をそらし、引き出しの中をあさりはじめる。「決まった相手ね」ケインはつぶやいた。「きみの様子を見にも来ないくせに。もしまたこの家がハリケーンの直撃を受けたらどうするんだ？　犯罪者か何かが押しいってきてきみをレイプしたり、もっとひどいことをしたりしたら？」

「彼はときどき電話をくれるわ」ニッキはすまして言った。

「ずいぶん妥協してるんだな」ケインは言いかえした。「その程度にしか構ってもらえなくて、よく我慢できるものだ」

「べつにあなたに賛成してもらう必要はないわ」

「そりゃよかった。ぼくには賛成できないんでね。だからといって、ぼくが夕食をともにする以上のことをしてあげるつもりはないけどね」ケインはきっぱりと言って、テーブルに珍妙かつ不可思議な順番で食器を並べだした。

ニッキは彼の嘲笑《ちょうしょう》にはとりあわなかった。「あなた、ほんとうにテーブルセッティングを覚える必要があるわ」ケインが皿の真ん中にフォークとナイフをひとかたまりにして置いたのを見ながら言う。

「ぼくにはテーブルセッティングを職業にする気はないんだ」

「それじゃ好きになさい。ただし一流ホテルでウェイター助手の職にありつけなくても、わたしのせいにしないでよ。わたしは基本ぐらいは教えようとしたんですからね」

ケインは小さく忍び笑いをもらした。ニッキは料理をテーブルに出し、あるべき形に食器を並べかえた。

「これ見よがしだな」ケインがなじった。

ニッキはにっこり笑い、膝を折って軽くお辞儀した。「どうぞ座って」

ケインはニッキのために椅子を引き、彼女が逡巡《しゅんじゅん》しているのを見ると言った。「ぼくのほうは冬が来るまでこうして立っていてもいいんだよ」

ニッキは深いため息をつき、彼が引いてくれた椅子に腰かけた。「古い習慣ね」

「マナーに古いも新しいもないし、ぼくはマナーを捨てるつもりはないんだ」ケインはニッキの向かいに腰をおろした。「食事の前に祈りを捧《ささ》げる習慣も捨てるつもりはないよ」

ニッキは彼にならって素直にこうべをたれた。ケインには好感が持てた。彼は臆《おく》することなく自分の信念を貫きとおす人間らしい。

食事の途中で政治の話になると、ニッキも自分の意見を堂々と述べた。

「製材業者への助成金を節約するために古い森をめちゃくちゃにするなんて犯罪的だと思うわ」

ケインは濃い眉をあげた。「そうだな。確かに犯罪的だ」

ニッキはフォークを置いた。「あなたは環境保護論者なの?」

「常にそうとは限らないが、自然を守ることは重要だと思っているよ。それがそんなに意外かい?」ケインは怪しむように問いかけた。

その質問は是が非でもうまくかわさなければならなかった。ニッキは無邪気な笑みを強いて顔に張りつけた。「男の人はたいてい進歩や発展を支持するものだから」

ケインはしげしげと彼女を見つめ、ようやく疑念を捨て去った。「ぼくも進歩や発展は支持しているが、自然保護はそれ以上に大事だ。しかし、何がおびやかされているかによって優先順位は変わってくる。人間がどれほど努力しても、もう絶滅を免れそうもない種があることは、きみも知っているだろう?」

「ええ。だけど、いまは世界のいたるところで開発が進められているような気がするわ。そんなのおかしいわよ！」

「関心の高い団体やグループの介入で開発計画が中止になったという話はたまに聞くな。しかし、そう年じゅうあることではない」

「力がすなわち正義だという世の中はほんとうにいやだわ」

「だが、現実に社会はそうなっているんだ。金と権力を持ったひと握りの連中がこの世のルールを作っている。これは昔からそうだったんだよ、ニッキ。文明が始まって以来、ひとつの階層が社会を動かし、他の階層が奉仕する」

「かつては、実業家たちは利潤の追求のため自分たちが行使する不公正を正当化するのに、科学的ダーウィニズムを持ちだしたものだわ」

「科学的ダーウィニズム」ケインは驚きの表情を見せた。「そうだ、適者生存の理論が自然界から産業界にまで拡大されたんだ」そう言うと、あきれたように首をふる。「信じられない話だ」

「いまも当時と変わってないわ」ニッキは指摘した。「大企業が小さな会社をのみこみ、対抗できないところは倒産する……」

「それにいまはアダム・スミスの『国富論』のおいしい部分をちょこちょこっと引用し、市場への介入の危険性を訴えることもできるわけだ。沈みつつあるものは沈ませろ、政府はいかなる介入もすべきではない、と」

ニッキは興味をそそられて彼を見つめた。「あなた、ひょっとして副専攻科目に歴史もとったの？」

「講座はいくつかとったよ。暗黒時代のね」ケインは言った。「歴史は好きなんだ。歴史と考古学がね」

「わたしもよ。でも、あまり詳しくはないの」

「大学に復学すればいい」ケインは言った。「それが無理なら、公開講座に出るとか」

ニッキは口ごもった。「それもいいわね」

だが、実行する手段は持っていないのだ。言われなくてもケインにはわかった。返事をしたときのニッキがどこか恥ずかしそうに首を縮めていたから。

ぺらぺらしゃべるのはやめなくては、とニッキ自身は考えていた。そのうち口がすべって、兄のことをうっかり話してしまうかもしれない。だが、大学について彼女が言ったことは嘘ではなかった。モズビー・トランスとの離婚の際の取り決めの中に、彼に大学の学費を出してもらうことも含まれていたのだ。そしてモズビーはちゃんと出してくれた。ニッキは単位をとるため一生懸命勉強した。つらい経験で味わった苦悩が、彼女をはるかな高みへと駆りたてていた。だが、貫徹はできなかった。三年次を修了したところでクレイの選挙運動を手伝うために中退せざるをえなかったのだ。ケインには話せないけれども。

「きみは彫刻以外にどんな仕事をしてるんだい？」ケインがやぶからぼうに言った。

ニッキはどう答えたらいいのかわからなかった。兄を補佐するパートナー役を務めているとは言えなかった。だが、兄のために家のことをやっているのは事実だ。

「わたしは家を守ってるの」明るい笑顔で言う。

ケインはニッキにまだ何か隠れた才能があるのではないかと期待していた。これだけ知的な女なのだ。しかし、彼女はボーイフレンドに囲われている女という立場で満足しているようだ。がっかりだ。ケインは野心的で有能な女が好きなのだ。自分が簡単に優位に立てたり、支配できたりする女はつまらない。

「そうか」彼は静かに言った。

その失望したような顔を見ても、ニッキはそれ以上何も言葉を足さなかった。面倒なことになる前に彼が関心を失ってくれたほうがいいのだ、と自分自身に言い聞かせる。しょせん、こちらの素性を明かすことはできないのだから。

5

ニッキが食器を片づけているあいだ、ケインは居間の中をぶらついて棚に並んでいるささやかな蔵書を眺めた。ニッキはよく本を読んでいるようだが、ここにあるのは古い法律書ばかりだ。

「それはわたしの父の本なの」ニッキは言った。「父は弁護士になりたかったんだけど、時間がなかったのよ」

それに金も、とケインは心の中でつぶやき、ニッキをちらりと見た。「きみの本はないのかい？」

「たくさんあるわよ。ここには置いてないけどね。この家は嵐《あらし》やスコールが来ると浸水しがちだから、わたしたち……」ニッキははっと気づいて言い直した。「わたし、貴重なものは置かないようにしているの」

貴重なものなどろくに持ってはいないだろうに。ケインは彼女の体にそっと視線を這《は》わせ、露骨な性的メッセージを送ることなくその曲線美を観賞した。

「あなたは、ほかの男のような目ではわたしを見ないのね」ニッキがためらいがちに言った。ケインが眉をあげると、恥ずかしそうに笑う。「つまり、あなたに見られても自分自身を劣っているとか安っぽいとか感じはしないってこと。男が自分に向かって口笛を吹くと、女はどうしても警戒してしまうわ。男の人たちはそういう行為がひとりでいるときの女をどれほどおびやかすか、わかっていないのかもしれないけど」

「きみみたいに魅力的な女が相手だと、言語能力に欠けた男は自分の唯一の武器を使うしかないんだろうよ」

「武器ね」ニッキはその言葉を舌の上でころがし、渋面を作った。「確かに武器ね。女の誇りを傷つけ、屈辱を与えるための武器」

ケインは彼女に近づいた。「そんなせりふを聞かされるとはがっかりだな。きみのこと、女にしては珍しいタイプだと思っていたのに。女であることを自然に受けいれているタイプだとね」

「もちろん自然に受けいれてるわ」ニッキは言った。「女であることを楽しんでもいる。だけど、すんなり受けいれられない言葉や態度があることも事実だわ。性的いやがらせは不愉快よ」

「男も攻撃的な女に不愉快な思いをさせられることがあるのだと言ったら信じてもらえるかな?」ケインはやんわりと言った。

ニッキは小さく声をあげて笑った。「信じるわ。だけど世間ではふつうそうは思われない」

「現実を知ったら驚くから」

ニッキは細い眉をかすかに寄せた。「彼女、攻撃的なの？」

ケインはぴたっと動きをとめた。「彼女？」

「あなたの……恋人よ」

鋭いな、とケインは思った。鋭すぎる。彼は笑みをうかべたが、それは苦々しげな笑みだった。「ああ、攻撃的だね。ぼくをインポテンツにする方法まで考えだしたくらいさ。しかもそれを面白がっているらしい」

ニッキは顔を赤らめた。「ごめんなさい」ソファーに腰を落とし、忙しそうにクッションを並べかえる。

「いや、こっちこそごめん」ケインはしゃがれ声で言った。ニッキの向かいの肘掛け椅子に腰かけ、膝の上で腕を交差させて彼女が目をあわせるまでじっと見つめる。「きみはその年齢にしては、ずいぶん恥ずかしがり屋なんだな」

「そう？」ニッキはうつろにほほえんだ。

彼女が恥ずかしがり屋だという事実はケインの気をそいでしかるべきなのに、そうはならなかった。彼はニッキに目をこらし、彼女のうわついた態度と、露骨な表現に対する反応とのギャップについて考えた。「きみといっしょに暮らしている男――彼とは恋人同士ではないのかい？」


　ニッキは彼を見つめかえしながら、自分の秘密がばれないような返答を必死に考えた。

　ケインの唇が開かれ、ため息が吐きだされた。

「こうした状況に合致する答えはひとつだけだ。きみをこの家に住まわせている男は……

同性愛者《ゲイ》なんだろう？」

　ニッキは居心地が悪くなってもじもじした。この家がクレイトン・シーモアのものだと万一知れてしまった場合のことを考えると、ケインにそんな誤解をさせておきたくはなかった。だが、自分がこの家の持ち主とベッドをともにしていないということはもう顔つきからばれてしまっているようだ。

「違うわ」ニッキは短く答えた。「彼はゲイではないわ」

　ケインはニッキをひたと見すえた。「それならなぜここに来ないんだ？　一夜かぎりのつもりできみを抱いたのに、きみのほうが執着して離れられなくなっているのか？」

　ニッキは目をきらりと光らせて立ちあがった。

「わたしのことなんか何も知らないくせに、ずいぶん想像たくましいのね」

　ケインも立ちあがり、両手をポケットに突っこんだ。「きみの話は筋が通っていない。ぼくははっきりした答えが聞きたいだけだ。きみに恋人はいるのか、いないのか？」

その質問には兄を巻きこまずに答えることができた。「わたしはけがれを知らない乙女ではないわ」ニッキは言った。これなら嘘《うそ》にはならないはずだ。なぜならモズビーと結婚していたのは事実だから。

「それはそう思っていたよ」ケインは言いかえし、ニッキの全身をゆっくりと見まわした。

「きみがほしい」単刀直入に言う。

ニッキは平然と彼を見つめかえした。わたしったら、何を期待していたのだろう？　永遠の愛の誓いやきらめくダイヤの指輪？　深く息を吸いこんで言う。「いつまで？」

「お互い相手に飽きるまで」

彼は冷酷な男だ。うすうす気づいてはいたけれど、こうして証拠を突きつけられるとやはり心穏やかではいられない。その胸に向こう見ずに飛びこんでいかなくてほんとうによかった。そう思いながらニッキは足元に視線を落とし、サンダルの先からのぞいているピンクの爪先を見おろした。「わたしは遊びで男性と関係を持つようなことはしないと言ったはずだわ」

「ああ、聞いたよ。だが、ぼくはただで遊びの相手をさせようとしているわけではない。いままで金持ちではないような印象を与えてきたけれど、ぼくは経済的には余裕があるんだ」ケインが距離をつめ、そのたくましい体で威圧するようにニッキの前に立ちはだかると、コロンの香りが鼻をくすぐった。「ニッキ、大学を卒業するまでの学費をぼくが出すよ。ここで暮らさなくてもすむよう住まいも提供しよう」

　ニッキは憤怒《ふんぬ》に体が震えだしそうだった。彼にはわたしがどういう人間だかわからないのだ。わたしの知能が高いことはわかっても、そんなことは彼にはどうでもいいのだ。彼がほしいのはこの体だけ。だけど、わたしはそんな安っぽい女じゃない。

　ニッキが冷たいグリーンの目を向けると、そこにみなぎる敵意にケインはひるんだようだった。「わたしに値札はついてないのよ」ニッキは冷ややかに言った。

　ケインの口元に冷笑がうかんだ。「そう？　それじゃ、もしぼくが結婚指輪を差しだしたら？　それでも気持ちは変わらない？」

　結婚という言葉を耳にした瞬間、ニッキの脳裏に悪夢のごとき記憶がよみがえった。

「結婚なんて興味ないわ」彼女はかたい声で言った。

「それじゃきみは世界の稀少種《きしょう》だな」ケインはしだいにじれ、いらだちをつのらせた。

ニッキの反応は予想外だった。「たいていの女は、いい話を持ちかけられたら喜んで身を投げだすものだ」

　ニッキは体の両わきで拳《こぶし》を握りしめ、懸命に平静を保とうとした。横柄な相手に見せる儀礼的で空疎な笑顔を何年もかけて練習してきたのだ。その成果をいま彼女は披露した。

「それじゃ、あなたの知ってるそういう女たちをあたったほうがいいと思うわ。どうぞもう帰って」

「正直に言ったのは、きみに対する誠意のつもりだったんだが」ケインは彼女の拳を見てそう言った。

「ええ、それはほんとうにあなたなりの誠意なんだと思うわ。あなたがわたしの知性や人間性など度外視し、ただ肉のかたまりとしか見てないことをはっきりさせてくれたんだから」

ケインは眉をひそめた。「昨日のきみはそんなに引っこみ思案ではなかったのに」

「ちょっとキスしただけで、自分の思いどおりになると思っているの？」ニッキは目を見開いた。

これはこたえたようだ。ケインの目に怒りの炎が燃えあがった。「いったい何さまのつもりだ？」

「ご心配なく、単にあなたから取り引きを持ちかけられた女にすぎないわ。あなたにはこの家を出たとたん群がってくる女が大勢いるんでしょうよ。どうか運転に気をつけて。今日はモーターボートに乗せてくれてありがとう。それじゃ、さよなら」ニッキは笑顔で最後にそう付け加えた。

そのわざとらしい笑顔の小憎らしいことといったら！　ケインは身をひるがえし、ずかずかと玄関に向かった。女に対してこれほど激しい憎悪を感じたのは初めてだった。

自宅に帰り着いたときにもまだ衝撃から立ち直れず、自分に優しい気持ちを抱かせた女に向かってなぜあんなあからさまな誘いかたをしてしまったのか理解できなかった。自分自身の行動が解せなかった。

前の日に海岸で彼女を抱きあげ、いまこの場で自分のものにしたいと切実に願ったときのことを思い出すと、ケインはますます混乱した。自分自身の支離滅裂ぶりが怖かった。ニッキに対する欲望はふくれあがるばかりだった。今夜は彼女を忘れるため、どうしても別の女が必要だった。

だが、クリスに電話するのは論外だ。クリス以外にもこういった時ならぬ欲求を満たしてくれそうな女友だちは二人いる。問題は彼女たちが多少なりともケインに惚《ほ》れているということだ。こちらからベッドに誘ったりしたら、その気持ちをますます助長させることになるだろう。ああ、ちくしょう。ケインは心につぶやいた。自分をその気にさせたのはニッキなのに、彼女にだけはその欲望を満たしてもらえないなんて！　まったく皮肉な運命だ。

ニッキはケインを送りだしたあと、掃除をするとテラスに出て腰かけた。嵐になりそうな天気だった。海上に灰色の雲が立ちこめているのを見て、ニッキは熱帯性低気圧が発達して嵐になるという予報がはずれてくれるよう祈った。彼女の人生にもう嵐はたくさんだった。

あんな下劣な提案を持ちかけられて、マッケイン・ロンバードに肘鉄を食わせた女はいままで存在しなかったのだろうか？　たぶんいなかったのだろう――少なくとも彼の職業を知っている女の中には。ケインは確かに金持ちなのだろうが、彼がわたしをお金で釣ろうとしたことにはほんとうに腹が立つ。貧しい女だから財力にものをいわせれば簡単になびくと思ったのだろう。

ニッキは怒りの涙をぐいとぬぐった。家に帰ったケインが今宵《こよい》をひとりで過ごすとは考えられなかった。彼にはセックスの相手を務める女が山ほどいるはずだ。写真はあまり公表されていないけれど、それでも彼の名はよくゴシップ欄に登場する。若くして妻を亡くしてから多くの女性と浮き名を流してきたのだ。ゴシップ記事を信じるなら、彼はプレイボーイと言ってもいい。おそらく自ら慰めを求めるまでもないだろう。それも非常に腹立たしかった。

モズビーは女が好きではないためにニッキを拒絶した。そしてケインは彼女と遊びのセックスをしたがった。もう自分は一生ひとりぼっちで生きる運命のような気がしてくる。それもいいかもしれない。ニッキは自分に言い聞かせた。どうせ男性といっしょになって幸せになる自信はないし。モズビーとの悲しい一幕を経験してからは、自分自身の判断力が信用できなかった。でも、ケインはモズビーとは違う。

だけど、いくら違うとしたって、やっぱりこれでよかったのだ。兄が嫌っている男に夢中になりたくはないし。うっかり夢中になりかかり、自分ではどうすることもできなくなりそうだったのだから、ケインがストップをかけてくれたことには感謝すべきなのかもしれない。結果的に彼はわたしの心を失恋の痛みから救ってくれたのだろう。いつかケインもわたしの正体を知ることになるだろうし。だが、そう自分を説得しても、深い失意は夜が明けても癒《いや》されはしなかった。

クレイは週末をチャールストンで過ごすため、ふくれっつらのデリーを同行して旅客機に搭乗した。デリーは将来有望なワシントンの役人と芝居を見に行く約束があったのだが、クレイがこの旅行につきあわせ、わざと彼女をワシントンから引きずりだしたのだ。自分でもよくわからない理由により、クレイはこのアシスタントに誰ともデートなどさせたくないのだった。

彼がときどき気まぐれにデートするベット・ワッツは、妹のニッキについて辛辣《しんらつ》なせりふを吐いたけれど、ベットはデリーのことも嫌っている。南部の女は考えられないほど無能で男好きだというのがベットの考えで、南部女の態度は女の品位をさげると言って見くだしていた。一方デリーはデリーで、ベットのことを自分が女であることを否定して胸の大きな男になろうとしていると見なし、やはり見くだしていた。

「いい加減にぼくをにらみつけるのはやめたらどうだい？」クレイはなだめるような笑顔

で言った。「額に皺《しわ》が寄ったまま戻らなくなって、プロレスラーみたいになっちゃうぞ」デリーは頭をひとふりしてブロンドの髪をはねあげた。「いいわ。プロレスラーになったら自分ひとりの力で大金を稼げるようになるもの」

「転職なんかしたらぼくと言いあう楽しみがなくなって、寂しくなるに決まってる」クレイはすまして言った。

「寂しくなんかならないわ。あなたに住みかを奪われたふくろうをうちで飼うから」

今度はクレイのほうがデリーをにらみつけた。「ぼくが西部の森から鳥たちを追い払うわけではないんだぞ」

「だって、それを認める法案に賛成するつもりなんでしょ?」デリーは肩を怒らせて闘志をあらわにした。

「製材業者には仕事が必要なんだよ」気のない調子でクレイは言った。

「彼らを働かせたいんなら、別の仕事につけるよう再教育するプログラムを政府がお金を出して作るべきだわ。いずれはそうしなければならないのよ。国じゅうの木が伐採されてしまったらね」

「伐採されたところにはまた植林されている」クレイはそっけなく言った。「人の話を聞いてないんだな」

「聞いてないのはあなたのほうよ。近ごろでは次から次へと伐採されているから、いくら植林しても追いつかないのよ。現実に目をつぶるのはやめて、少しは反対意見にも耳を貸すべきだわ」デリーはつんと顎をあげた。「ミズ・ワッツ以外の人の話を聞いたって罰はあたらないはずよ。彼女はロビイストよ。賛否両論の立場からあなたに進言しているわけではないの。彼女を雇っている人たちの意見を代弁しているだけだわ。そして彼女を雇っているのは製材業者なのよ」

「忘れちゃいないよ」クレイの声は不穏な響きをはらみつつあった。

「採決のときにはぜひとも思い出してちょうだい」機体が着陸し、デリーはシートから立ちあがりながら言った。「わが国の納税者はミズ・ワッツとベッドをともにするなどという恩恵は受けてないわ。だから、あなたと同じように彼女の意見に賛同するとは限らないのよ」

クレイははじかれたように立ちあがった。こんなにむかっ腹が立った記憶は過去に一度もなかった。「おい、デリー！」

「あら、あなたが彼女とベッドをともにしているってことをわたしが知っていてはおかしいかしら？」デリーは無邪気を装って言った。「だけど、知らずにすむわけはないわ。当の彼女があの建物で働いている人全員にあなたとの関係を誇示しているんだから！」

クレイは歯を食いしばった。デリーは大げさに言っているだけだ。そうに決まっている。

「そんなはずはない」

「だって彼女、あなたのデスクの真ん中の引き出しからピンクのレースの下着を出したのよ。管理スタッフ三人が見ている前でね」デリーはそっけない口調で続けた。「彼女、あなたに話していないの？　それはまたずいぶん思慮に欠けるわね」

クレイが衝撃を受けとめかねているうちに、デリーは向きを変えて乗降口のほうに通路を歩きだした。激しい怒りと自分の立場に対する突然の不安とに身を震わせながら、クレイも乗降口に向かった。だが、彼は急ぎはしなかった。頭が冷えるまでデリーに追いつきたいとは思わなかった。

クレイトン・シーモアのスタッフの中でも新参者の元調査報道記者マーク・デイビスは、トランス上院議員の選挙区管理責任者であるジョン・ハラルスンの協力で、ある企業の興味深い内部事情を紙面で暴露したばかりだった。ボトルに残っているジンを氷の入ったグラスにつぎながら、彼は自分ひとりのアパートメントでその記事をじっくり読みかえした。ハラルスンはこの話を教えてくれた際に、情報源は絶対に明かさないと彼に誓わせていた。自分はこの件では表に出たくないので、デイビスの手柄にしてくれ、と言って。

「面白い」マーク・デイビスはつぶやいた。「こいつはなかなか面白い」彼は地元の最大手である優良な廃棄物処理会社のコースタル・ウエイスト社――ＣＷＣの営業マンを紹介され、彼からマッケイン・ロンバードが最近理由もなしにＣＷＣとの契約を突然破棄し、かわりに別のあまり知られていない業者に廃棄物の処理を任せるようになったことを聞いたのだった。

この営業マンはいったいなぜなのか理解できないといまだに憤っていた。ＣＷＣは危険な廃棄物の処理にかけては非常に評判のいい会社なのだ。運搬にあたるドライバーはそのための特別な訓練を受けているし、車両も有毒物質の運搬を唯一の目的として設計されたもので、安全のために二重被覆が施されている。運転手たちは交通事故や漏出事故にも適切に対応できるよう訓練されており、その仕事の確かさは国内のニュースで大きくとりあげられたこともあるくらいだ。それなのにマッケイン・ロンバードはなぜか突然ＣＷＣから別の業者に乗りかえたというのだ。そのせいで評判が落ちるのをＣＷＣは何より心配しているらしい。

契約を打ち切られた理由についてロンバードに問いあわせたか、とマークはきいてみた。むろん問いあわせた、と営業マンは答えた。だが、ロンバードは電話に出ようとしなかったそうだ。それもまた妙な話だった。マッケイン・ロンバードは抗議や論戦から決して逃げない男として知られているのだ。

彼が新たに契約した廃棄物処理業者の名前もきわめて興味深いものだった。バーク。その名を冠した会社が電気めっき工場から出た化学物質を町の小さな処理場ではなく、地元の空き地にそのまま投棄したかどで告発されたのはわずか一年前のことだ。汚染物質がその土地の川に流れこみ、近隣の農家で牛が何頭か死んだのだ。川の水に何か怪しげなものがまじっていることに気づき、科学的分析を依頼したのはその農場主だった。彼が雇った弁護士が調べた結果、バークの会社のトラックがそのあたりで何度か目撃されていた。バークと電気めっき加工で出る廃棄物を結びつけるのは難しくはなかった。この郡に電気めっきの会社はひとつしかなく、そこの廃棄物は市のごみ投棄場には捨てられないことになっていたのだ。農場主がバークを訴えると、検察当局は調査を開始した。だが、起訴されそうになってもバークはやめなかった。廃車寸前の二台のおんぼろトラックで相変わらず廃棄物を運んでいた。にもかかわらず、それを市の投棄場に捨てるところは目撃されなかった。となると、その廃棄物をいったいどこに捨てているのかという疑問が生じてくる。

マークは靴を脱ぎながらほほえみ、ベッドサイドテーブルにグラスを置くと、ベッドにごろりと寝ころがった。ロンバードは工場廃水を川に流した容疑で有罪を危うく免れた過去がある。すでに環境問題の専門家たちには標的候補として目をつけられている。ハラルスンは廃棄物の捨て場が気になると言っていたが、これ以上は外部の手を借りないと調べられないとのことだった。

バークとロンバードの会社のつながりを見つけ、そこに不法投棄がかかわっていることをすっぱ抜けば、ロンバードにはかなりの打撃になるはずだ。たちまちお手あげの状態となるだろうし、その問題をクレイが告発すれば彼の再選に大きなはずみがつくだろう。もしかしたら例のふくろう問題から世間の注意をそらすこともできるかもしれない。マークもデリーもクレイがふくろう論争に巻きこまれないよう最大限の努力を払ってきたが、これがその問題でも有利に働くかもしれない。

物事はいずれ正しい方向に行かざるをえないのだ、とマークはしたり顔で胸につぶやいた。電話に向かい、クレイの自宅の番号にかける。金曜の夜だから、クレイの居所はたやすく想像がついた。クレイトン・シーモアは金曜の夜七時には決まってチャールストンの自宅に帰っているのだ。

疲れた声で応答するかと思ったが、シーモア候補はむしろ叩《たた》きつけるような調子で言った。「月曜まで待てない用事とはいったいなんなんだ？」

マークはためらった。「ひょっとしたら悪いときに電話しちゃったのかもしれませんね」かすかに声をうわずらせる。「しかし、マッケイン・ロンバードが、有毒廃棄物をどこか沿岸部の湿地帯に不法投棄していると思われるいかがわしい処理業者と契約したことを、早くお伝えしたほうがいいんじゃないかと思いましてね」

「なんだって？」

やった。マークはにやっと笑った。「信じられますか？　環境問題においてはどこからもつつかれまいとあらゆる点で慎重にやってきた男が、突然評判の悪い処理業者を使うようになったんです。それも業界では一番信頼の置ける会社を切って！」

「事実だけ知らせろ、マーク」

「いま言ったことは事実ですよ。二、三日待ってもらえれば証明できます」

「よし。それじゃきみの給料をあげてやろう。大幅にな」

マークは大声で笑った。「それじゃ証拠はサブタイトル入りのＤＶＤにしてきますよ」

「でかしたぞ、マーク。きみを雇ったときから、きっと手柄を立ててくれると思っていたよ。ただし、一線を越えないよう気をつけろ。相手につけいる隙《すき》を与えるなよ」

「わかってます」

「それじゃまた。ありがとう」

クレイは先刻までの憂鬱《ゆううつ》な気分もどこへやら、上機嫌で電話を切った。マッケイン・ロンバードはこの選挙区で下院議員の席をめぐってクレイと争うことになる民主党のサム・ヒューイット候補を支援すると公言しているし、ケインの弟のひとりはヒューイットの選挙参謀を務めている。そればかりでなくケイン本人が、クレイトン・シーモアは家柄がいいだけで政治家としての頭脳も手腕もないというような侮蔑《ぶべつ》的な暴言を吐き散らしていた。

対立候補の一番の支持者が環境問題に関して法をおかしていることをすっぱ抜くのは、選挙の闘いかたとしては少々うさんくさい手かもしれない。だが、それで選挙戦が有利になるなら、クレイは利用するつもりだった。これまでまったく手段を選ばない連中に何度も痛い目にあってきたのだ。

少なくとも袖《そで》の下を受けとるのとはわけが違うのだから……。ニッキなら〝げすな戦略〟と呼ぶであろうその手段を、クレイはそう考えて正当化した。ニッキが知ったら反対することは間違いない。だが、市のためにはなるのではないか？　それに、あのろくでもないふくろうのことでぼくを責めたてている連中もこれでおとなしくなるかもしれない。

それまでニッキに知らせる必要はないだろう。ニッキには休暇をとらせなければならないのだ。その休暇を、自分がいかにして対抗馬を引き離そうとしているか電話をかけて邪魔したくはない。あとでその時間はいくらでもできるのだ。

それにしても、あの若いマークがよくこんなおいしいスキャンダルを掘りだしたものだ。仕事熱心なあの若者に今後は注目すべきだろう。彼は貴重な人材だ。

デリーは小さなアパートメントで荷物をほどきながら、クレイにつきあわされてチャールストンに来なかったら堪能《たんのう》できたはずのしゃれたディナーと芝居を心から惜しんだ。クレイはふだん土曜には必ず仕事を休むのだが、明日はどうしてもはずせないし、きみがいなくては仕事にならないとデリーを説得したのだった。

もっとも食事と芝居をともに楽しむはずだったワシントンの役人を、デリーはそれほど好きなわけではない。むしろ退屈な相手だと思っている。ただ、クレイに男は彼ひとりではないと示すにはいい機会だっただけだ。

わたしったら何をごまかそうとしているの？　デリーは鏡に向かって問いかけた。豊かなブロンドの中に白髪がまた二本増えている。大きなダークブルーの目の端には小皺が寄り、目の下には睡眠不足によるくまができている。クレイの下で働くようになって六年たつが、彼はわたしには目もくれない。政治家としての交際に忙しく、わたしに目を向ける時間はないのだ。

当人は用心深く隠しているけれど、クレイには複数の女性が存在する。デリーは彼にサインの必要な文書を手渡したり面会の約束があることを思い出させたりするだけで、その女性陣には加わらず、クレイも彼女の狭い交際範囲をからかうだけにとどめている。むろん交際範囲が狭いのは彼のせいだ。デリーには自分の鈍感なボス以外にデートしたい相手がいないのだから。

二年前に初当選してわたしをワシントンに連れていった新人の下院議員は、わたしの目の前で変わりつつある。そう思いながら、デリーは寝る支度をした。自然保護派の立場で立候補したクレイなのに、近ごろは様子がおかしい。ふくろうを守ることに無関心なのは彼らしくないふるまいの最たるものだ。

デリーがクレイにここまで噛《か》みついたのは今回が初めてだが、彼の考えに反対したことは前にもあった。議会での彼の各議案に対する賛否に、有権者から怒りの手紙が届いたこともある。ベット・ワッツと寝るようになってから、クレイは環境保護に関する法案にはほとんど反対票を投じているのだ。それに地元のニュース番組に出ていた調査報道記者を雇い、自分が支持する議案を通すためにほかの議員の弱みを探らせている。また、かつての義弟であり、環境保全派とは正反対の立場に立つモズビー・トランス上院議員と最近にわかに親密度を深めている。大きな法案ではトランスが望むとおりに投票し、そればかりかトランスのために議案を二つ提出したくらいだ。

ニッキはこうしたクレイの変化に気づいているのだろうか、とデリーは思った。ここのところニッキは体調を崩していたし、クレイはこの半年かつてないくらいにワシントンで長く過ごしていた。ベット・ワッツとトランス上院議員がときおり会っているのは周知の事実だ。おそらくベットはトランスにそそのかされてクレイを誘惑したのだろう。それとも、ほかにもまだ何かつながりがあるのかもしれない。ニッキとモズビー・トランスが離婚した理由は誰も知らない。だが、ニッキをよく知るデリーに言わせれば、破局の原因を作ったのはトランスに違いないのだ。ニッキとやっていけないのはよくよくだめな人間だけだ。

デリーは暗く沈んだ気分でベッドに横たわり、上掛けを引っぱりあげた。以前はクレイとあんなに言い争うことなどなかったのに、いまでは言い争う以外のことなどもう一生できないような気がする。近いうちにニッキに彼のことを話さなければ……。

ベット・ワッツがパソコンの画面上で議事録に目を通しているとき、電話が鳴りだした。彼女はうわの空で受話器をつかんだ。

「ベット?」

その声でパソコンの画面から目をそらす。「ええ、そうよ、モズビー。何か用?」

「ロンバードの件はぼくに任せるよう、クレイを説得してくれないか?」

「いいわ、約束する」ベットは優しく言った。「大丈夫よ。彼はわたしの言いなりだから」

「だといいんだが。勝手なことはさせるなよ。わかってるね? ひとりでは何もやらせるな」

ベットは口ごもった。「ええ、それは任せて。だけど、どうして?」

「どうしてもだ。きみに知らせる必要が出てきたら教えるよ。それじゃおやすみ」

電話を切ったベットは興味津々だったが、心配はしていなかった。モズビーは慎重で用心深い男なのだ。でも、いったい何を考えているのだろう?

6

最初はごく簡単だと思ったのに、と心につぶやきながら、ケインはヨットで大西洋に乗りだした。ニッキを無視してさえいれば、彼女が自分に及ぼす影響力など日ざしの中の霧のごとく消えてしまうと思っていた。ところが消えてはくれなかった。あれから三日が過ぎたが、ケインは一年前妻子に死なれたとき以上に自分の孤独を痛切に意識していた。

浅黒い顔を上に向け、彼は吹きつける風の感触を楽しんだ。彼の先祖にはイタリア人とスペイン人、それにギリシャ人もいたという。体の中に地中海人種の血が流れているせいで、セーリングがこんなに好きなのかもしれない。

ケインは背後の乗組員をちらりとふりかえった。彼らはスピネーカーをあげようと奮闘していた。その追い風用の大きな帆があがるのを見て、ケインは胸を躍らせた。帆が風の愛撫《あいぶ》を受けて情熱的な恋人のように突然いっぱいにふくらむと、ヨットは勢いよく水面を切って走りだした。

風が狂った指のように髪をかき乱し、ケインは生きている喜びに声をあげて笑った。セーリングのときはいつもこうだった。ケインはこのスリルを、スピードを、風や潮流の不確かさを愛していた。違う時代に生まれていたら海賊になっていたに違いない。少なくとも船乗りにはなっていたはずだ。これほど気分を昂揚《こうよう》させてくれるものはないのだ。セックスもこの快感にはかなわない。

ケインはホイールをまわし、ヨットがどこかの愚か者の操る高馬力のモーターボートと衝突しそうになったのをなんとか回避した。モーターボートの後流に抗《あらが》いながら、小声で罰あたりな言葉を吐く。

「ばかやろう」彼はつぶやいた。

乗組員のジェイクが笑い声をあげた。「海は広いんだ。頭のおかしいやつだっている」

ケインより年上のジェイクは痩《や》せ型のタフな男だ。赤い髪には白いものがまじり、肌は風雨にさらされた革みたいになっている。この苛酷《かこく》なスポーツに耐えてきたほかのタフな船乗り同様、ジェイクも精神的に自由な男で、そこがケインとの共通点だった。ケインは少年のころから困難なときにはジェイクに助言やささえを求めてきた。ジェイクはさまざまな点で、ニューヨークのタブロイド新聞社のオーナーであるケインの実父以上に父親らしい存在だった。

「何かに悩まされているな?」ロープのきしむ音やスピネーカーのはためく音が入り乱れる中、彼がケインを見つめて言った。

「ああ」

「つらい記憶か？」ジェイクは探るように言った。

ケインはゆっくりと息をついた。

「いろいろだよ。厄介ごとが束になって襲いかかってきたような気がする。とくにほっそりした黒髪の女性がね」

「女の悩みか。プロの女ではないんだな？」

ケインはくすりと笑った。「プロではないよ。何があろうと避けねばならない生真面目《きまじめ》なタイプだ」

「ということはクリスみたいなタイプとは違う」

ケインはじろりとジェイクを見た。「ああ、クリスとはまるで違う。彼女は金で動くような女ではない」

「どういう女なんだ？」

「知的で誇り高い。それに所有欲と自立心が強い」ニッキのことはあまり話したくなかった。「ぼくはもう痛い目にはあいたくないんだ。あんな打撃を受けるのは人生に一度きりで十分だ」

「それだったら深入りは避けないとな」年上の男はあっさり言った。風をはらんだ帆を見あげ、その光景に微笑をうかべる。「いい調子だ。アメリカズカップにこの船を出すべきだな」

「アメリカズカップに出る気はないよ」

「なぜ？」

「ひとつには……暇がない」

ジェイクは達観したように肩をすくめた。「それはそうだろうが、最高のスリルを味わえないのはもったいないじゃないか」

「いや、あれを見ろよ」ケインは水平線を指さした。「こうしてデッキで過ごす時間こそが最高にスリリングだ。べつに世間に対して何かを証明する必要性など感じてないんだし。とりわけ自分が世界一のヨットマンだってことはね」

「そう思えるのはいいことだ。たいていの人間は目に見えない漠然とした目標に向かってひた走らなければいけないと思いこんでいる」

「他人を喜ばせる必要はないさ。自分自身が満足していれば十分だ」

ジェイクは手すりに寄りかかり、ひたとケインを見つめた。「その考えは、少々利己的だな」

「ぼくは利己的な男なんだよ。人に与えるすべを知らないんだ」ケインは荒涼とした暗い目で彼を見つめかえした。「ぼくたちが人生と呼んでいるこの冷たい池の中のほかの小魚と同様に、ぼくも凡庸をよしとして偉業や知性を罰する社会で生きながらえようとしているだけだ」

「シニカルだな」

「それはみんな同じだろう？　周囲を見まわしてみろよ。自分が出世したり利益をあげたりしたいがために他人の寝首をかきかねないやつらばかりだ。そうでない人間がいったい何人いる？」

「ひとりはいる。わたしだ」

ケインはほほえんだ。「そうだな。あなたはそんなことはしない」

「きみは年がら年じゅう動きまわっている。そろそろチャールストンに戻って一番得意なことをすべき時期なんじゃないかね？」

「一番得意なことか」ぼんやりと言う。「会社の経営か、それとも地元の政治家の応援か？」

「両方だよ。わたしは大企業を率いているわけではないが、それでもひとつは言えることがある。部下に仕事を任せてしまうのはきわめて危険だということだ。たとえどれほど優秀な部下でも、任せきりにしてしまうと必ず何かがおかしくなる」

ケインはジェイクの顔をじっと見た。

「あなたの経験から学んだことかな？」

ジェイクは低く笑った。「そのとおりさ。レースの途中で艇から降りたら、アメリカズカップの優勝杯を奪われてしまった」

「あなたのせいじゃない」

「毎日そう言ってくれ。いつかは自分でもそう思えるようになるかもしれない」ジェイクは水平線のほうに視線を投げかけた。「嵐《あらし》になりそうだな。ひと荒れ来そうだ。もう戻ったほうがいいだろう。きみがまた海と闘う喜びにとりつかれてしまう前にな」

ケインも以前に風の吹き荒れる中を航海したときのことはよく覚えていた。ケインは笑いながらヨットを出したが、ジェイクは楽しめなかったのだ——船酔いしたせいで。

「せいぜい笑うがいいさ」ジェイクはつぶやいた。

「ごめん。ぼくはときどき困難にチャレンジしたくなってしまうんだ」ケインはわびるように言った。「物でも人でも闘う相手が必要なんだよ。この世界に息がつまって、ストレスを解消しないではいられなくなるんだ」

「この世界にはみんな息がつまっているが、きみには人並み以上にいらだつ理由がある。今日でちょうど一年じゃなかったか？」

「そう、一年だ」ケインは家族を死にいたらしめた自動車爆破事件の記念日など覚えていたくはなかった。厳しい表情でホイールをまわし、ぐいと船首の向きを変える。おかげで船体が不安定に傾いた。

「おい、気をつけろ！」ジェイクが叫んだ。「こんなに大きな船でも転覆することはあるんだぞ」

「記念日なんてものは嫌いだ」ケインが心の痛みを声にあらわにして言った。「大嫌いだ！」

ジェイクはあたたかな重い手を彼のがっしりした肩にかけた。「落ち着け、ケイン」優しい口調だ。「時間がたてば、きっと乗り越えられる」

ケインは胸のむかつきを覚えた。ときどき傷口が開くが、今日はことのほかひどかった。水しぶきが顔にかかり、濡《ぬ》れたところを風が冷やしていく。ケインは前方に視線をすえ、冷たい頰にあたたかい液体が伝っていることには気づかぬふりをした。


ケインが海辺の家に帰ってくると、クリスが待っていた。彼女がいつでも好きなときにやってきて、誰かれ構わずいばり散らしていいのだと思っていることは腹立たしいかぎりだ。今日のクリスはトッド・ローソンがケインのスコッチウィスキーを飲んでいることに文句を並べたてていた。皮肉なことに、ローソンといっしょに飲みながらだ。

それにしても、ローソンがここにいるのはなんのためだろう？

ケインが入っていくと、言い争っていた二人は揃《そろ》って彼をふりかえった。トッド・ローソンは百八十センチをゆうに超える長身で、ブロンドの髪にいかつい顔をしていた。顔の傷は戦地で特派員をやっていたころの名残だ。キャリアウーマンに偏見があり、クリスをにらみつける表情にそれが明確に表れている。

「ぼくが紹介するまでもなさそうだな。ここで初めて会ったんだろうがね」ケインは言った。バーコーナーで自分のためにスコッチを指の幅二本分つぐ。

「会ったというよりは、でくわしたというほうが適切だわ」クリスがつっけんどんに言い、ローソンに険しい視線を戻した。「男同士で仕事の話ができるように、わたしは退散しましょうか？」

「なぜ退散するんだい？」ローソンが無邪気を装って言った。「自分も男のつもりでいたんじゃなかったのかい？」

クリスの顔がみるみる赤く染まった。髪を引っつめにし、ピンストライプのスーツで身をかためた彼女にとって、いまの言葉は強烈な鞭《むち》のひとふりのようなものだった。ぱっと身をひるがえし、彼女らしくもなくケインに言葉をかける余裕さえ失って、つかつかと出ていく。いつものケインだったら彼女の肩を持ってやったかもしれないが、今日は日が悪かった。悲嘆が心に重くのしかかっていたのだ。

「バッグも持たないんだな」ローソンが手ぶらで帰っていく彼女を見送って、物憂げに言った。「いや、わかってますよ。女らしくバッグを持ち歩くなんて変節にほかならないってわけだ」

ケインは眉をあげた。「何しに来たんだ？」父の会社の花形記者にいらだちの表情を向けて問いかける。

「最近調べあげたことを話しに来たんですよ」

ケインの手がスコッチのグラスを持ったままぴたりと動きをとめた。「なんのことだ?」

「スコッチをストレートで飲んでますね?」ローソンはそう言いながら距離をつめてきた。

「だったら悪い知らせもストレートに受けとめられるでしょう。クレイトン・シーモアがあなたのことを探ってます。噂《うわさ》によれば、あなたを環境破壊の容疑で告発するべく材料を探しているらしい。先月の一件があったから、ネタは必ずあると自信満々のようです」

「先月、廃水を川に流してしまったのはただの事故だ。起訴はされなかった」ケインはかたい声で言った。

「確かに起訴はされなかった。しかし、シーモアはいったん事故が起きたところでは何度でも繰りかえされるはずだと考えているらしい」

ケインは風で乱れた髪を片手でかきむしった。工場長が長く休んでいるのは問題だし、廃棄物処理の責任者が新人だということもわかっていた。先月の廃水漏出事故もその新入社員の責任だった。だが、彼はただ仕事に慣れていなかっただけだ。ケインはそうローソンに告げた。

「慣れていようがいまいが、ぶざまなミスだった。なるべく早いうちに事故の経緯を詳しく調べたほうがいいですよ」

「シーモアはなぜぼくのことを探っているんだ?」

「あなたの父上が発行しているタブロイド新聞が、製材業者側についている彼を吊《つ》るしあげているから。それに、あなたの弟ノーマンがサム・ヒューイットの選挙参謀を務めているから。さらにロンバード家が一家をあげてシーモアの対立候補であるヒューイットを支持しているから。しかしシーモアがあなたのあら捜しをしている背後では、彼のかつての義弟が糸を引いているんだと思いますね」

「シーモアのかつての義弟とは?」

「上院議員のモズビー・トランスですよ」

ケインはしかめっつらになった。「トランスがなぜぼくを狙《ねら》うんだ? 彼は景気対策一本やりの政治家——環境より働き口を重視するので悪名をとどろかせている男だ。彼を火あぶりにするためなら環境保護団体が薪《まき》を提供するだろうよ。西部のふくろうの問題についても、シーモア同様伐採に賛成している」

「今年は上院の選挙はないから、ふくろう保護派を敵にまわしてもたいした痛手ではないんでしょう。しかし今年の下院選で再選を狙うシーモアは、ふくろうの法案をめぐって地元で批判を浴びている」ローソンは皮肉っぽく続けた。「それでも場所とタイミングを選んで選挙区内の産業公害をすっぱ抜いたら、世論はシーモア支持に傾き、晴れて当選できるというわけだ。彼が何をつかんだのかはわかりませんが、何かをつかんでいるのは確かです。ジョン・ハラルスンが手を貸しているとしたら——実際貸しているんですけどね——つかんでいないわけがない」

「ハラルスン」

「トランス上院議員の選挙区管理責任者ですよ。いかがわしい男だ。汚い手を平気で使う」

「そんな男をシーモアが使っているのか？　シーモアらしくないな。ぼくは根っからの民主党員だが、それでもシーモアに関する記事を読んだかぎりでは、彼は他人を中傷して点を稼ごうとするような政治家ではない。シーモアは理想主義者なんだ」

「きっと政治の世界では理想主義とは世間知らずの遠まわしな言いかただと学んだんでしょうよ。どんな理想をかかげようが世界は変わらないんだから」

「だからといって、あきらめないのが理想主義者だろう？」

「シーモアはあなたに狙いを定めるつもりです。ふくろうの問題が持ちあがって以来、あなたのお父上の新聞には頭をかかえていただろうし、マスコミの取材を受けるたびに支持率はさがっていった。もしあなたに怪しいところを見つけられれば、あなたの家族の信用を失わせることができるんです。そして、ひいてはヒューイットに打撃を与えられる。なぜならあなたの弟が彼の一番の相談役だから。少なくともお父上はそう考えていますよ」

「きみは父の会社の花形記者だ。きみの考えはどうなんだ？」

ローソンは空になったグラスを置いた。「あなたの会社が、もう環境になんのダメージも与えていないことを確かめたほうがいいと思いますね」

「さっきも言ったように、工場廃水の漏出は純然たる事故だったんだ。心配するような後ろ暗いことは何もない」

「ずいぶん自信がおありのようだ」ローソンは静かに言った。「ですが、あなたは二週間も仕事を休んでいる」

「うちの管理職は優秀なんだ」ケインはだんだんいらいらしてきた。

「そうですか?」ローソンは背筋を伸ばした。ケインと同じくらいの身長がある。「それじゃ、なぜCWCのようないい会社を切ったんです?」

「CWC」ケインはうなずいた。「ああ、思い出したよ。うちの新しい廃棄物処理の責任者から話を聞いた。彼いわく、CWCは途方もない金をとりながらいい加減な仕事しかしてなかったそうだ。それで、もっといい業者にかえたってことだったんだ。もう少し安い費用で手堅い仕事をする業者にね」

「それは非常に興味深い。CWCは高い評価を受けています。最近特集記事も組まれたくらいだ。ハイテクを駆使し、きわめて能率的にやっているそうですよ」

ケインは口をとがらせ、渋い顔をした。「そうなのか? それじゃ、うちの仕事で何かミスったんだろう。チャールストンに戻ったら調べてみるよ。それで、シーモアに関しては何かわかったのか?」

「まだたいしたことはわからないんですがね。しかしシーモアとトランスのつながりについては、ちょっと気になる噂を耳にしました」

ケインは冷ややかに笑った。「よく調べてくれ。彼が何かつかんでいるとしたら、こっちも少々てこ入れの必要が出てくるかもしれない。やれやれ、ほんの数日休みをとっただけで、すべてがめちゃくちゃだ。工場に電話して、新しい責任者に話を聞いたほうがよさそうだな」

「わたしならそれはやめておきます」ローソンは言った。「先にわたしに内偵させてください」

「なぜ?」

「もしほんとうに何か妙なことがおこなわれているとしたら、われわれが怪しんでいるのを知っている人間はなるべく少ないほうがいい」

「シーモアの下で調べているやつが不正を見つけるのを待っていても仕方があるまい」

「確かにその点は心配ですね。こちらの情報提供者はシーモアはもう何か見つけたと考えている。さらに厄介なことに、なんらかの証拠も握っているのではないかと」

ケインは首筋をさすった。日に焼けたところにさわって身をすくめる。「降ればどしゃぶりってやつだな」つぶやくように言う。

ローソンは自分のグラスを置いた。「ハラルスンがからんでいるせいで、こちらはまだ事実関係を押さえきれていませんが、何か出てきたらすぐに連絡しますよ」

ケインはうなずいたが、彼の心はすでに廃棄物処理のささいな問題を離れ、ニッキのことに引きもどされていた。

ジョン・ハラルスンはモズビー・トランスの事務所で腰かけ、にやにやしていた。

「驚いたよな。ロンバードの会社がCWCを切り捨て、かわりにあの無責任なバークの野郎と契約したとは。バークを覚えているかい？　一年ばかり前有害廃棄物を沼地に捨てたと訴えられながら、まんまと罪を逃れた男だ」

「きみがなぜそんなことを知ってるんだ？」モズビーは興味をそそられて問いかけた。

ハラルスンはとぼけた。「情報網さ。情報提供者があちこちにいるんだ」

モズビーはハラルスンをまじまじと見つめた。ハラルスンはときに奇跡を起こすが、モズビーはどうやってなしとげたのか決して問いただしはしない。しかし近ごろのハラルスンは少々手に負えなくなってきたようだ。これからはもっと気をつけなくてはなるまい。モズビーの私生活にはある不穏な秘密があり、ハラルスンが誰かを怒らせたせいでその秘密をかぎまわられるような展開になることは是が非でも避けなければならないのだ。

「先を続けてくれ」

「バークは通常ロンバードがCWCに払っていた額の十五分の一で廃棄物処理を請け負っているんだが、ロンバードの会社からはCWCが請求していたのと同じだけの額をとっているんだ」

モズビーは顔をしかめた。「しかし、それはバークとつるんだ社員の不正であって、ロンバード本人に責めを負わせることはできないんじゃないか？　それでロンバードが得をしているわけではないんだから」

「得をしているように見せかけることはできるさ」ハラルスンはすまして言った。「社員が受けとっているリベートのことは黙っていればいいんだ。ロンバードがそういう形でコストを切りつめていると糾弾すればいいんだよ。この不況でつい最近やつが社員の何人かを一時解雇《レイオフ》したのは周知の事実だし」

モズビーは迷いの表情を見せた。「それだと真実を隠蔽《いんぺい》することになってしまう」

「永久に隠蔽するわけじゃない」ハラルスンはあっさり言ってのけた。「メディアがニュースとしてとりあげ、何度か報道するまでのことさ。マスコミは企業の環境汚染をとりあげるのが大好きなんだ。地球を救えってやつだな」

「しかし……」

ハラルスンはきつい目つきになって身を乗りだした。「ここでロンバードを痛めつけておかなかったら、いずれやつの手下がきみとニッキの結婚に関する真実を探りあてるぞ。

それをマスコミにかぎつけられたらどうなると思う?」

「それは困る」モズビーは動揺した。「考えるのも耐えられない!」

「そうだろう? シーモアが落選するだけでなく、あんたも議員の座を追われるかもしれないんだ」

モズビーは汗をかいていた。彼が自分の地位を守るために理想を曲げたのは、これが初めてではなかった。「わかったよ。やるべきことをやってくれ」ちらりと相手の顔を見あげる。「ただしクレイにはどうやったのかわからないようにしてくれ。調べさせる人間に誰か心あたりはあるのか?」

「もちろん。司法省に属する男だ。FBIの捜査官なんだ」

「ちょっと待ってくれ。FBIの職員を私用に使うのはまずい……」

「大丈夫だよ。いま彼は休暇中なんだ。休暇をとらなかったら解雇すると脅されて、ようやくとった休みだがね。本人はぶらぶらしているのが退屈らしく、ぶつぶつ文句を言っている。ちょっと相談があると持ちかけたら、一も二もなく飛びついてきたよ」

「信用が置けるのか?」

「コマンチ族の人間なんだ」

「名前は?」

「コルテス」

モズビーは不安がやわらぐのを感じて、思わず頬をゆるめた。ハラルスンはいつも奇跡を起こしてくれる。「冗談だろう？」

「ほんとうさ。彼の曾《そう》祖父がスペイン人だったんだ。彼は自分の家系における唯一の悪い血だと言っているよ。彼の皮肉のセンスも相当なものだ、メキシコを征服したスペイン人の名前を使っているんだから。暇なときにはオクラホマで家族と過ごしている。オクラホマではコルテスの名は口にできないがね」

「調査の腕は？」

「折り紙つきだ」

「利害の衝突はないだろうね？」

「われわれが彼に手伝ってもらっていることを他言しなければね」ハラルスンはしゃあしゃあと言った。

その言葉にモズビーは厳しい表情を見せた。

「冗談だよ。何も問題ない」ハラルスンは低く笑った。「休暇中に彼が何をしようが、彼の勝手というものだ。べつに違法なことをやってもらうわけじゃないんだし」

ほんとうにそうなのだろうか、とモズビーは思った。「ああ、そう願いたいものだ。要するに環境保護条例違反の実例を探してもらうだけだ」

「そのとおり。だから、あんたは何も知らないふりをしてろ。あんたに災いが降りかからないよう必要なことはやってやるから」

モズビーはじっと相手を見つめた。「ぼくには何も隠さないでくれよ」

「隠す必要が出てこないかぎりはね」

「ぼくにテキサス人を助けてやれって言うのか？」

「そうじゃないよ、コルテス」ハラルスンは自分より肌の浅黒い男を急いでなだめにかかった。コルテスは筋肉質の体に大きな黒い目の持ち主で、骨格のはっきりした鋭角的な顔は傷だらけだった。

ハンサムではないけれど、この引きしまった長身の男はそれでも女たちを惹《ひ》きつけずにはおかないらしい。いずれにせよＦＢＩの捜査官としての彼の実績は際立っており、ほかのハンサムな何人かよりもはるかにまさっていた。

「ぼくがテキサス人を嫌っていることはわかっているはずだ」コルテスは言った。彼はほとんどまばたきをしない。そういうところもまた人を落ち着かない気分にさせた。

「俺《おれ》の歴史観によれば、テキサス人もまたコマンチ族があまり好きではなかったはずだ。しかし、べつにテキサス人を助けてくれと頼んでいるわけではないんだ。テキサス人が連邦議会の小委員会に呼ばれるように、手助けをしてほしいってことさ」

「なんだ、そうなのか」

「そうなんだ。ちょっとした助けが必要なんだ。きみに探偵仕事をしてもらって……」

「しかし、ぼくは現在休暇中だ。探偵仕事なら自分ですればいい」

「コルテス……」ハラルスンは手のひらにあるものをのせて差しだした。

コルテスは眉根を寄せた。「これはなんだ？」

「見ればわかるだろう？　きみがこの五年間なんとかして買うなり借りるなり盗むなりしようとしてきたものだ。これをきみが最初に提示した額で売ってやろう」

コルテスの顔がこわばった。「その額では買いたくない」

「いや、買いたいはずだ」それが自分のものであることを強調するように、ハラルスンはひょいと指ではじいた。

コルテスはうめいた。「ああ、そのとおりだ。ちくしょう、人の一番弱いところを突きやがって！」

「他人との取り引きをもくろむなら、相手の弱点を知っておくべきなんだ」ハラルスンはくすりと笑った。「で、どうする？」

コルテスは白人社会にいるときには決まってポニーテールにしている黒い髪に手をやった。髪をほどくとよけい人目を引くような気がするのだ。「わかったよ」苦々しげに彼は言った。「ただし、引き受けるのはぼくが常軌を逸したコレクターだからにすぎないんだぞ」

ハラルスンはコルテスに十九世紀の二ドル五十セント金貨を握らせてやった。コルテスはどこか敬虔《けいけん》ささえ感じさせる手つきでそのコインを扱いながら、つぶやくように言った。「こいつをどれほど探しつづけたことか……」

「知ってるよ。なにしろ暗号セクションのハリーがそいつを売ると言いだしたその日に、おたくの鼻先をかすめて買いとったのが、たまたまトランス上院議員に頼まれた調べもののためFBI本部に行っていたこの俺なんだからな」

コルテスは皮膚が焼きつきそうな目で彼をにらんだ。「そのとおりだ。わかったよ、条件をのもう。ロンバードのところの社員とバークが何か具体的な形でつながっていないかどうか調べてみる。もし犯罪がからんでいたら、適切な機関に通報する」

「通報するのはこっちでやるよ」ハラルスンはにやりと笑った。「ほんとうだ。信じてくれ」片手を胸にあてる。「俺にだって良心はあるんだ」

「あるとしたら財布にしまってあるんだろうよ」先住民の男は言った。「あんたのことはよくわかっているんだ。そっちもぼくの弱みをつかんでいるかもしれないが、ぼくだってあんたの弱みはつかんでいる。犯罪がおこなわれたのを知りながら、あんたは通報していない」

ハラルスンは居心地悪そうな顔でコルテスを見た。そんなところまでは考えが及んでいなかったのだ。コルテスとは知りあいにすぎず、いい友だちとは言えないが、それでもときとして互いに便宜をはかりあっている。

コルテスはしたりげな笑みをうかべた。ハラルスンのことは好きではないが、たまには彼が役に立つこともある。法に触れることでなければ、ここらでちょっとばかり恩を売っておいても損はないだろう。コルテスはコインを手に向きを変え、ジャケットをとりに行った。「何かわかったらすぐに連絡する」


ニッキは遠くを航行している貨物船をよく見ようとして、海に入っていった。チャールストンが港町として開けた当初はどんな感じだったのだろうかと考える。大きな帆船が貴重な荷を積んで――香辛料やラム酒、それに悲しいことだが奴隷たちを積んで――この港に入ってきたのだろう。

ここからは海賊も出ている。女海賊のアン・ボニーや彼女の仲間のスティード・ボネットだ。ニッキは大学で当時のことを学んですっかり魅了され、植民地時代の歴史を三講座もとったほどだった。あの謹厳実直なジョージ・ワシントンが生きた人間としてニッキの中で立ちあがってきたのも、百戦錬磨の彼が一七九四年に独立戦争当時の制服に身をかため、一万五千人もの志願兵を率いてウィスキー反乱の鎮圧に乗りだし、そして武装蜂起《ほうき》したペンシルバニアの蒸留業者たちをほとんどただの威嚇だけですみやかに一掃したさまを講義で聞いたからだった。あのときに従来のジョージ・ワシントンのイメージとはかけ離れた男が、伝説の中からくっきりとした輪郭を持って飛びだしてきたのだった。ニッキは海底の砂に爪先をめりこませて歩きながら、不意に孤独を感じた。一週間前には知りもしなかった男が、頭に、心に、大きな位置を占めているなんて不思議だった。むろんケインはニッキをそんな存在にはしたくないだろう。それはすでにはっきりしている。ニッキを玉《たま》の輿《こし》を狙う女と見て、自分の正体が知れないうちに手を切ろうと考えたのかもしれない。ところがこちらはすでに彼の正体を知っており、しかも同じくらい十分な理由があって極力関心を持つまいとしているのだからおかしなものだ。

ふと寒気に襲われ、ニッキは自分の体を抱きしめた。もう肺炎は完全に治ったと思っていたけれど、もう別荘に戻って熱いスープでも飲んだほうがいいだろう。そして今夜は早く寝るのだ。そうすればマッケイン・ロンバードのこともじきにほろ苦い思い出に変わるだろう。

夜中にニッキはひどい咳《せき》の発作で目を覚ました。喉と胸が痛かった。これは医者にみてもらう必要がありそうだった。ニッキはチャド・ホールマンに電話した。だが、チャドは留守だった。ニッキは再び横になった。もう少したてばチャドもきっと帰宅する。ちょっと目をつぶり、あとでもう一度かけ直そう。

だが、そう思いどおりにはいかなかった。ニッキは眠りこんで、朝まで目を覚まさなかった。気がついたときには声が出なくなっており、咳《せ》きこむと色つきの痰《たん》が出た。炎症を起こしていることは知能が高くなくても察せられた。気管支炎か、さもなければ肺炎がぶりかえしたらしく、熱も出ていた。吐き気がして起きあがることもできない。しゃべれなかったら、いったいどうやって人を呼んだらいいのだろう？　受話器を指で叩《たた》くことはできるけれど、チャドは医師であって通信の専門家ではない。助けを求めさえすれば、チャドのことだからケインをみに来てくれたときと同様、必ず来てくれるだろうに。それにクレイも。

でも、船乗りならモールス信号を知っているわ。ニッキはぼんやり考えた。そうよ、ヨットマンなら知っている！　わたしがSOSと自分の名前をモールス信号で伝えさえすれば、ケインに来てもらえるのだ。わたしに深入りしたくはないだろうけど、この非常時にそんなことは気にしていられない。クレイの立法コンサルタントであるメアリー・タナーのボーイフレンドが初めて買った短波用ラジオを持ってきたときに、モールス信号に興味を持ってほんとうによかった。彼とメアリーはとっくに別れてしまったけれど、わたしはまだモールス信号を覚えている。

ケインの電話番号もわかっていた。いっしょに出かけた日に教えてくれたのだ。ニッキは苦労して電話をかけた。短い間があき、呼びだし音が鳴りだした。ニッキは待った。三度。四度。五度。落胆しかけたとき、いらだたしげな男の声が応じた。「はい、どなた？」

忙しいのだ、とニッキは思った。ふだんはケインの家政婦が応答するのだとは思い及びもしなかった。もし相手が家政婦だったら、ケインにとりついでもらうことさえできなかったのだから、ニッキにとっては幸いだった。彼女は受話器を指で叩いた。

「もしもし？　そちらはいったい……」

ニッキは切られてしまうのを恐れ、かすれたうめき声をもらした。もう一度受話器を叩く。〝S……O……S……〟

その信号にケインが気づいた。「なるほど、言いたいことはわかった。何かトラブルがあって、しゃべれないんだな？　クリスだろう？」クリスにはモールス信号を教えたことがあるので、そう尋ねる。

〝とん〟と一度だけ叩く音がした。ケインは顔をしかめた。「ノーは一度、イエスは二度だ。もう一度答えてくれ」

〝とん〟

ケインは逡巡《しゅんじゅん》した。クリスでないとしたら誰だ？　ジェイクか？「モールス信号で名前をつづれるかい？」

しばし間があり、咳が聞こえた。その咳にケインはぎょっとした。「ニッキ？　ニッキなのか？」

〝とん、とん〟もう一度〝とん、とん〟と叩く音がした。「わかった。二分で行く」

受話器を置き、ケインは玄関に走った。

ニッキは枕《まくら》に頭を落とし、感謝の涙を青白い頬からかわいてひび割れた唇へとしたたらせた。ケインがわかってくれたのだ。それに、あの声は心配そうだった。もしかしたら幻想かもしれない。でも、いまは幻想でも構わなかった。ニッキはひたすら眠りたかった。

7

玄関の外までケインが来た音が聞こえたが、ニッキは具合が悪すぎて、彼にどうやって入ってもらうべきか考える余裕さえなかった。だが、ケインのことだからどうにかして入ってくるに違いない。彼は非常時でも必ず物事をやりとげるタイプなのだ。ニッキにそれがわかるのは、彼女もまた同じだからだ。あとになってから反動でとり乱すことはあっても、ここ一番というときには常に冷静にふるまえるのだ。

ケインは鍵《かぎ》のかかっていない窓を見つけ、そこから入りこんだ。ベッドで寝ているニッキは、肺に水が入ってしまったような呼吸音をたてていた。

「これはひどい」彼はつぶやいた。

ニッキのまぶたがあがり、やつれた顔の中で苦痛に翳《かげ》ったグリーンの目が彼をとらえた。

「ケイン」彼女はささやいたが、声にはならない。

ケインは時間を無駄にはしなかった。ニッキの体を上掛けでくるんで抱きあげ、自分が乗ってきた車に運びこんだ。そしてわずか十分後には最寄りの病院の救急処置室のベッドに横たわらせていた。

ニッキにとってそれからあとのことはぼんやり霞《かす》んでいる。人の声や、むきだしの肌に触れた金属の冷たさ、注射針の感覚だけは覚えているが、それきり深い眠りに誘われ、幸いにも苦痛は遠のいていった。

目が覚めると、暗い室内の見慣れぬベッドで寝ていた。キングサイズのベッドで、白とブラウンとグリーンの色調はカーテンやベッドカバーにも使われていた。家具は黒っぽい地中海風で、この館《やかた》の主《あるじ》同様頑丈な部屋の作りだ。

ニッキは起きあがろうと身動きしたが、あまりに大儀で起きられなかった。

ケインがドアをあけて入ってきた。黒と白のタオル地のローブをはおっただけの格好で、髪は整ってはいるが濡《ぬ》れている。その体からは石鹸《せっけん》の匂《にお》いがした。

「何かいるかい?」ケインは尋ねた。

「トイレに行きたいわ」ニッキはしゃがれ声で答えた。

「よし」ケインは上掛けをはがし、淡いブルーのシルクのネグリジェを着たニッキを両手でそっと抱きあげた。「シルクか。そういうのは彼が買ってくれるのか?」バスルームへとニッキを運びながら問いかける。

「わたしが……自分で買うのよ。なぜわたしをここに連れてきたの?」

「またきみのところの客用寝室で寝るのは気が進まなかったんだよ」ケインはそっけなく

言った。「きみがうちに泊まるってこと、きみの恋人にどうやって連絡したらいいのかな?」

「彼はいま海外なの」ニッキは嘘《うそ》をついた。「連絡したくてもできないわ」

ケインはため息をついた。「それじゃ、少なくともその心配はしなくてすむわけだ」ニッキをおろして続ける。「もし助けが必要になったら遠慮なく声をかけてくれよ」

「ええ」

数分後、顔も洗ってさっぱりしたニッキがドアをあけると、ケインは再び彼女をベッドに運んだ。

彼女をおろしたその横に自分も腰かけるが、バスローブのベルトがゆるみ、襟のあいだからたくましい胸がのぞいている。「これをのんで」ケインは小さなガラス瓶から錠剤をひとつ出して言った。「医者の指示だよ」ニッキがためらっていると、そう言葉をつぐ。

ニッキは大きな手から錠剤をとり、痛む喉に苦労して流しこむと、しかめっつらのまま水のグラスを返した。その目がケインの素肌に吸いよせられる。慌てて視線を引きはがすと、彼が自分の胸を見おろしてくすりと笑った。

「いい見ものだったかな? たいしたことじゃないよね? きみはもう見たことがあるんだから。浜に倒れていたぼくを泊めてくれたあの日、部屋の戸口でぼくの裸をじっと見ていた」

ニッキは赤くなった。「気づいていたとは思わなかったわ」

「内心得意だったよ」ケインはベルトを結び直した。「だが、ぼくには恋人がいるんだ」

「ええ、そう言ってたわね」

ケインは手を伸ばしてニッキの鎖骨のあたりの熱く湿った肌に触れた。ニッキは思わず体を引いた。

「ぼくはとげのある言葉をいくつか口にした」ケインは静かに言った。「そうした言葉をきみは忘れられないだろう。おそらくそのほうがいいんだ。いまのぼくにはいろいろ面倒なことが多すぎるんでね」

「わたしもよ」ニッキはつぶやいた。「あなたとは友だちになりたかっただけだわ。恋人になりたいなんて言った覚えはないもの」

「確かに」ケインは物憂げに言った。「しかし、きみの目はずっとそう言いつづけてきた」

片手をニッキの胸にやり、かたくとがったいただきをそっと撫《な》でながら彼女の反応を見守る。

ニッキは身を震わせ、息をつめた。

「こんなちょっとした愛撫《あいぶ》に、これほど敏感に反応するなんて」蠱惑《こわく》的な声でささやきながら、ケインは大きな手で胸のふくらみをとらえ、親指と人さし指でその先端のかたいつぼみを優しくつまんだ。

ニッキは形ばかりの抗議のしるしに片手を彼の手首にかけはしたものの、すでに呼吸を乱していた。

ケインは思案するような目で彼女をじっと見つめた。ニッキはこんなふうにされることには慣れていないようだ。まったく未経験な処女のように、やめさせなければという気持ちと屈してしまいたい思いのあいだで激しく揺れ動いている。だが、彼女が喜びを感じているのはあまりに明白だ。それに奇妙な不安を感じていることも。

「彼は全然抱いてくれないのか？」ケインはひっそりと言った。「きみは男の愛撫に飢えている」

「お願い……やめて」ニッキは震えながら言った。

ケインは彼女のネグリジェに目を落とした。身ごろを体にまといつかせている細い肩ひもは、彼の手ですでに片方が肩からはずされている。ケインはその肩ひもをゆっくりとおろし、胸のふくらみをあらわにした。ニッキはいま起きていることが信じられないかのように、彼を見つめたまま目を見開いた。

「きみはぼくに体をさわらせてくれた。次は見せてくれないか？」深みのある声でケインはささやいた。

ニッキは彼の手首に爪を立てた。これが現実のはずはない！　わたしは病気だし、無力だし、きっと薬のせい……。

「そうだ」ケインはそうささやき、シルクの生地を徐々に下げながら、突然沈黙の立ちこめた室内で、きめこまかなクリーム色の肌が形よく盛りあがっているのを観賞した。ただ見られるだけでは耐えられないなんて、ニッキはいままで一度も思ったことがなかった。もっと若いとき、モズビーに女としての自信を打ち砕かれる以前にも、これほど原始的な欲求を感じたことはない。

「きみはまだ少し熱があるんだ。さわるとこんなに熱い」ケインはそう言いながら指先で彼女の肌をそっとなぞり、いつくしんだ。「とくにこの一番かたくなっているところがね。ぼくが愛撫すると身震いしてしまうんだね、ニッキ？　ぼくの腰に両脚をからみつかせ、ぼくをその体に迎えいれたくなってしまうんだろう？　なぜなら、そうする以外に体のうずきをとめられなくなっているから」

「やめて……」ニッキは声をつまらせた。

「きみと同様ぼくもそれを望んでいる」ケインはささやいた。「ほら、ニッキ。見てくれ」

ケインは彼女をとらえているのと同じ情熱に体を熱くして立ちあがった。ローブのベルトをほどいておもむろに脱ぎ捨て、高ぶった男の証《あかし》を誇示するようにニッキの前に立ちはだかる。全身が見事に日焼けしており、その色をそこなう白い筋の一本さえない。

ニッキは真っ赤になったが、目をそらすことはできなかった。ケインは美しかった。芸術家が作品に見とれるように、うっとりと彼の体に見入る。これはまさに芸術品だ。

「完璧《かんぺき》だわ」ニッキはつぶやいた。

「きみも完璧だ」ケインは気がおかしくなりそうなほどの欲望にかられ、かすかに脚を震わせた。

「ああ、ケイン」ニッキも自分の欲望をどうすることもできずにうめいた。

「これほど欲望を感じたのは久しぶりだよ」ケインは事務的な口調で言った。「しかし、いまのきみはぼくを満足させられる状態にはない」

そしてもっぱら意志の力だけでバスローブを拾い、再び着こんだ。そんなケインを、ニッキは横たわったままなすすべもなく見つめた。病気でなかったら、こんなに受動的ではいられなかったに違いない。

「癖になりそうだ」ニッキが肩ひもをあげるのを見ながら、ケインはぽつりと言った。

「何が？」

「きみに体を見せること」かすかにほほえんで答える。「これまではこんなふうに興奮したときに明かりがほしいと思った記憶はない。きみは明るい部屋でセックスしたことがある？」

ニッキは体の震えをとめられなかった。「わたし、病気みたい」

「実際、病気なんだよ」ニッキの具合が悪いことを思い出し、ケインは罪悪感を抱いた。

「こんなことをして悪かった。ネグリジェ姿のきみを見たせいで分別をなくしてしまったようだ。きみに必要なのは静養であって、性的なほのめかしではないのに」

「いまのが、ただのほのめかし?」ニッキは思わずそう問いかけ、彼が顔を寄せてくるのを見た。

「なんとかそういうことにしておきたいんだ」ケインは答えた。「ぼくときみがつきあってもうまくいくわけがないという現実は、いまでも変わらないんだから」

「ほんとうにそう思う?」ニッキはおずおずと尋ねた。

ケインは不本意ながらもあきらめたような表情で彼女の横に腰かけた。「ニッキ、ぼくは一年前に妻と息子に死なれているんだ」暗い声で続ける。「例の恋人がいても、妻子の死はいまだに受けとめきれずにいる。ときどき悪い夢を見て眠れなくなってしまうんだ。何も感じないように一生懸命努めてきたせいで、自分がどう感じているのかわからなくなっている。まだ時期尚早なんだよ」

「かわいそうに」ニッキは優しく言った。「奥さんとお子さんが恋しいのね」

「ああ」ケインは両肘を膝につけ、うなだれて頭をかかえた。「毎日毎日思い出している。もういい加減に疲れたよ」

「わたしの病気、うつるかしら?」しばし間を置いてニッキは言った。

「さあ。肺炎にもうつるのとうつらないのがあるけれど」

「もしうつる可能性が気にならなかったら、ここでわたしと寝てもいいわよ」しわがれ声で一語一語言う。

ケインは冷ややかに彼女を見おろした。「どうして？」

ニッキはなんとか弱々しい笑みをうかべた。「誰かがあなたを抱きしめてあげる必要がありそうだからよ」上掛けから両手を出し、ケインのほうに差しのべる。

その腕の中になぜ自分が吸いこまれていったのか、二時間後もまだケインにはわからなかった。セックスが目的でなかったことは確かだ。ニッキの抱擁には優しさ以外の何も感じられなかった。ケインは寄りそうように横たわり、ニッキを抱きしめて悪夢と化した自分の人生を受けいれようとした。ニッキは彼の髪を撫でながら、あまり意味のないことを優しくささやきつづけ、ケインの胸をえぐる痛みを徐々にとかしていった。

「奥さんとお子さんがこの世にいなくなっても、あなたはまだ生きていていいのよ」彼の耳元でニッキはささやいた。「彼女たちもあなたを愛し、恋しがり、見守っているわ」

ケインは彼女の背中に手をまわし、そのぬくもりが自分に力を与えてくれるのを実感した。まるで内なるもの、心に、魂に、精神に触れているかのような信じがたい感覚だった。このまま触れつづけていたいかどうかはケイン自身にもわからない。だが、その驚異的な感覚が彼の疑念や不安を押しのけ、不意に彼女と抱きあっている甘美さが心をいっぱいに満たした。けれど、ただ抱きあっているだけでは物足りなかった。

「頼む」ネグリジェを脱がされそうになったニッキがわずかに抵抗すると、ケインはささやいた。「頼むよ。ひと晩じゅう肌をあわせていたいんだ。セックスはしない。ただこうして抱きしめていたいんだよ」

　そう言いながらケインがバスローブを脱いだ数秒後には、ニッキも彼と同様全裸になって横たわっていた。ニッキは慣れない接触に震えながら体を引こうとしたが、ケインはそれを許さなかった。

「怖いんだね？」声に驚きと優しさの両方をこめて言う。「怖がることはない。きみは病人だし、その弱みにつけこむような恥ずべきことはしないよ」

「絶対に？」ニッキは不安そうに言った。

　ケインは彼女の背を撫でおろし、そのなめらかな感触に陶然として声をもらした。ニッキも思わず体を彼に押しつける。

「いや、絶対とは言いきれない。だけど、きみを放すことはできないんだ」かすれ声でケインはささやいた。ニッキの腰を引きよせ、長い脚を彼女の腿のあいだに割りこませる。

「だめよ」ニッキは彼の腰を押さえて即座に言った。「やめて」

　ケインは顔をあげ、彼女のおびえた目をのぞきこんだ。不可解だ。とりあえず脚は引っこめ、彼女の不安をやわらげるようにゆっくりと背中を撫でながら、優しく名前を呼びかけてまぶたにキスをする。その愛撫で彼女の決意は揺らいだ。彼がわたしに触れているのだ……。

ニッキはケインの腕をつかんだが、彼の動きはとまらなかった。ゆったりと優しく、だが容赦なく攻めてくる。ニッキが突如痛みを感じたとき、ケインが愕然《がくぜん》としたように叫んだ。

「まさか!」

ニッキは唾《つば》をのみこんだ。探るような指先の動きが心地よくて脚が震えているが、手は彼の無遠慮な手を押さえていた。

「あなたにはわからないわ」ニッキは力なく言った。「男の人にはわからない……」

ケインは不意にあおむけに寝ころがり、目を見開いて天井に躍る影を見あげた。体がうずき、心もうずいていた。上掛けの上に投げだされた彼の体を、窓から差しこむ月の光がうかびあがらせている。たったいま知ったことが彼にはとても信じられなかった。

「ケイン?」ニッキがしゃがれ声でささやいた。

「彼はゲイなのかい?」

ニッキははっとした。「彼はわたしとは寝ないのよ」曖昧《あいまい》に答える。

「なぜ?」ケインは食いさがった。

「それは……あなたが思っているようなこととは違うの」

ニッキが動いたのを感じてそちらに顔を向ける。彼女は上掛けをかけようと手を伸ばしていたが、ケインはその手を押さえた。

ニッキを見る彼の目はそれまでとは違っていた。大胆なことには変わりないが、いまは驚きと好奇心がないまぜになっている。

「誰かに抱かれたいと思ったことはないの？」

「それはあるわ」ニッキは正直に答えた。モズビーにプロポーズされたときには、彼も自分と同じ情熱に胸を焦がしているのだと思って喜んだものだった。

「だが、抱かれはしなかったんだね？」

ニッキは平静な態度で彼の目を見つめかえした。「彼にはできなかったのよ。わたしを抱きたい気持ちはあったのかもしれないけど、でも……できなかったの」

ケインは息をつめていた。「それでも、きみはほかの男には抱かれたくなかった？」

ニッキは寂しげにほほえんだ。「ええ」

ケインは微笑を返すことなく黙って目を見すえた。「そうか」

「あなたの恋人も……どういうわけかあなたを不能にしてしまうって言ってたわね？」

ケインは眉をあげ、その目にかすかにユーモアの光をきらめかせた。「ああ。しかし、きみが相手だとぼくの反応も違ってくる」

ニッキは力なく笑った。「そうみたいね」

ケインは彼女の裸身を目で優しくいとおしんだ。「いまのきみは何かできる状態ではない。でも、もっと元気になったら……」

ニッキは彼の胸に目を落とした。彼に自分の過去を、それに現在を、語ることはできない。ずっと嘘をついてきたのだ。いずれはそれがばれるだろう。

「そう簡単にはいかないわ」

「わかっている。妊娠したくないんだろう?」ケインは彼女の平たい腹部に視線をさまよわせると、そこが亡き妻のかつてのおなかのように大きくふくらんでいくさまを想像して思いがけない喜びを感じた。妻は息子が生まれるまで子どもをほしがってはいなかった。生まれたばかりの小さなわが子をその手に抱いて愛することを学びはじめるまで、妊娠させられたことを恨んで文句ばかり言っていた。

「子どもを持つって……たいへんな責任を伴うことだわ」ニッキは自分が口にしていることを自覚もせずにひとりごちた。

ケインは聞いてはいなかった。ニッキの下腹部に片手を置くと、その大きな手が臍《へそ》のあたりまで肌をおおった。

「妊娠は防げる」彼は言った。「たいていの病気と同様ごくシンプルな方法でね」再びニッキの目に視線を戻す。「その方法を使えば、なんのリスクもなく妊娠も感染も防げるんだ」

「わたしがセックスを望まない理由はそれしかないような言いかたね」ニッキは言った。口論ができるほどの体力はなく、病気のせいで頭もぼうっとしていた。いま自分が裸で男の腕に抱かれているのもそのせいに違いない。「ケイン、わたしにとってセックスは単なる手軽な楽しみとは違うの」穏やかに言葉を続ける。「わたしは所有されるのでなく、愛されたいのよ」

「ぼくが愛しかたを知らないと思う？」ケインはやんわりと言い、再び手を動かしはじめた。「きみを喜ばせる方法とか、きみの想像を絶するような強烈な快感の与えかたとかを、ぼくが知らないと思うのか？」

ニッキは震えがちな吐息をもらし、彼の手を体から引きはがした。「あなたがほしいのは性的欲求を満たしてくれる体だけ。しかも、あなたにはその相手をしてくれる女性がすでにいるのよね？　わたしはそういう結びつきでは飽き足りないの。もっと全人格的なまじわり、完全な結びつきでなければいやなのよ。永遠がほしいの」

ケインの顔が険しくなり、目に嘲《あざけ》りの色が広がった。「永遠なんて幻想だよ。永遠を手に入れられる人間なんていない」

「わたしは手に入れてみせるわ」ニッキはかたくなに言いはった。

「不可能だ。きみは夢の中で生きているんだ」

「だったら夢の中で生きつづけるわ。一時的な欲望にかられて抱かれ、そのあと読みおえた朝刊みたいに捨てられるのはごめんよ」

ケインは驚いたように眉をあげた。

「わたしの言う意味はわかっているはずだわ。誰が相手でも、わたしは性的対象になるつもりはないのよ」

「きみはいま裸だ」ケインは指摘した。「ぼくも裸だ」

ニッキは顎まで上掛けを引っぱりあげた。「わたしは病気なのよ」なじるように言う。

「そう、病気だった」ケインは自分の忘れっぽさに苦笑をうかべた。「ぼくに出ていってほしい？」

出ていってほしい。いや、ここにいてほしい。彼の目を見つめながら、ニッキは迷いに迷った。

ケインは上掛けをつかんで自分の体にもかけ、ニッキを抱きよせた。「ぼくの胸に頬をつけて眠りなさい」

そう言われれば異議はなかった。目をとじると、体が彼ととけあうような気がした。ほんの数十秒でニッキは眠りに落ちていった。


朝、目覚めてみると、彼女は自分のネグリジェを着ており、ケインはいなくなっていた。ゆうべのことは夢だったのだ、とニッキはぼんやりした頭で考えた。夢にしてはずいぶんリアルだったけど。自分の愚かさがおかしくて、彼女は笑い声をあげた。わたしったら、もっとしっかり現実を見すえなければ。

しばらくしてケインが様子を見に来たときには、ニッキはどぎまぎすることもなくにっこりほほえんで、体はもうだいぶ楽になったと言った。

「ぼくはちょっと何本か電話をかけなくてはならないが、昼までにはまたここに戻ってきて、きみといっしょに食事をするよ。ミセス・ビールにお茶でも持ってこさせようか？」

「いいえ、結構よ。彼女が朝食に持ってきてくれたジュースがまだ残ってるわ」

「そう」

ケインはにこやかにニッキの顔を見た。病みあがりでも彼女はきれいだった。

「昨日よりは血色がいいな。胸の調子はどう？」

「よくなったわ」ニッキは安心させるように言った。「ここに連れてきて、面倒をみてくれてありがとう、ケイン」

「気遣ってくれる人もいないきみをひとりにするわけにはいかなかったんだよ」ケインは静かに言った。

いや、気遣ってくれる人はいる。ニッキには彼女を愛する兄がいるのだ。しかし、それを言うわけにはいかなかった。「ともかくありがとう」クレイがゆうべ遅くに電話をよこし、わたしが海辺の別荘にいないのを知ってしまっていたらどうなるだろうか、と内心うろたえる。心配してこっちに駆けつけ、警察沙汰《ざた》にするのではないだろうか？　そうなる前に、なんとかクレイに連絡をつけなければ。

そう思いながら、ニッキは当惑気味にケインを見つめ、われ知らず頭のすぐ横の皺《しわ》ひとつない枕《まくら》に目をやった。

ケインは戸口から室内に入ってきて、ベッドの横で立ちどまった。「ニッキ、あれは夢ではなかったんだよ」真面目《まじめ》な口調で言う。

ニッキはふと目を伏せた。上掛けの上の自分の爪がピンクの氷のように見えた。「それじゃ、あなたはもう知ってるのね……」

「ああ、知っている。それはきみも同じだ」ケインは問いかけるようにほほえんだ。「ぼくの体についてきみが知るべきことはすべて知っている。それがどうかした？　ぼくは誘惑はしなかったよ。ちょっとさわりはしたけどね」

「ええ、そうね」

「だったら、そんな打ちひしがれた顔をしないで。純白の道徳心は、ちょっといちゃついたくらいではそれほど汚れはしない。きみも火遊びはできるくらいの年だろう？」

それじゃケインは火なのだ、と彼を見つめて胸につぶやく。ケインは野火であり、わたしに触れるたびにわたしを燃えあがらせる。こんな無力感は生まれて初めてだ。

「あなたはほんとうのわたしを知らないのよ」ニッキは言った。「いつか知ったときには不快に思うかもしれない」

「けがれを知らないバージンにいったいどんな暗い秘密があるんだい？」ベルベットのよ

うに柔らかな声でケインは言った。

「知ったら驚くかもしれないわよ」

「驚かないかもしれない」ケインは彼女の卵形の顔にかかった髪を、声と同じほどの優しさでそっとかきあげた。「ぼくが今後きみを愛することは決してないんだ」

「わたしもあなたを愛したりはしないわ」

ケインは背をかがめ、額に、まぶたに、そして頬に軽く唇を触れた。唇には触れるか触れないかのところでとめる。

「肺炎がうつるわよ」哀願するようにニッキはささやいた。

「肺炎はじきに治る」ケインはささやきかえし、その姿勢のまま一瞬ためらったが、すぐにまたすっと頭をあげた。

彼はいきいきとして活気にあふれ、大きくたくましく見えた。ニッキは彼に見とれてしまうのをどうすることもできなかった。

「あまり調子に乗らないほうがいい」ケインはブラックユーモアをこめてからかった。

「ゆうべのことはまだぼくの記憶になまなましく残っているんだ」

「彼女とはあんなふうに寝ることはないの？」ニッキは唐突に尋ねた。

彼女のとがったまなざしにケインは小さく含み笑いをもらした。「裸ではね」さらりと答える。「いつも無我夢中で時を過ごし、終わると起きあがって帰るんだ。お互い優しさを求めるようなことはない。実際、彼女はセックスじたいもそれほど好きではないんだ。ぼくも彼女が好きなのは男を支配することであり、ぼくがそんな関係に耐えているのは、ぼくも彼女同様心の絆《きずな》なんかに縛られたくないからだ。ときどきさっと抱ければ、それだけで満足なんだよ」

ニッキは好奇心をそそられた。枕にもたれたまままわずかに身動きし、ケインを見つめる。

「こんなことをきいていいのかわからないけど、奥さんともそんな感じだったの？」

「妻には結婚当初はとても優しい気持ちで接していた。相思相愛だったからね。ほかの誰とも経験したことのない高みにまで到達したよ。だが、彼女がテディを身ごもってから、すべてがおかしくなってしまった。テディが生まれると、あの子が彼女の生きがいになったんだ。おそらくは、ぼくも同じだったんだろう。親になったことで、ぼくたちは互いを失ってしまったんだ」息子の名を口にしたせいか、彼の目の中で何か恐ろしいものが揺らめいた。テディの命を奪い、あらゆる希望を吹きとばしたあの爆弾さながらに、悪夢が爆発した……。

「ケイン！」

ニッキはなんとかベッドから体を起こし、震える脚で立ちあがった。彼の表情が痛ましかった。ケインは汗をかき、目を危険なまでに光らせてかっと見開いていた。

「大丈夫よ、ダーリン」ニッキは彼を抱きしめてささやいた。「大丈夫、大丈夫」

ケインは唾をのみこみ、びくっと体を震わせた。ニッキの肩に両手をかけ、恐怖と闘う。まる一年封印していたのだ。それがニッキを前にして一気によみがえってしまった。彼女の差しだす慰めが彼を感じやすくさせていた。いまなら話せる。話しても大丈夫だ。悪夢が襲いかかってきてもニッキが抱きしめてくれるから……。

「ケイン、過去をふりかえらないで」ニッキは彼の胸に頬をすりよせた。「自分自身を苦しめてはだめよ」

「二人は死んだんだ」ケインはぞっとするような声でつぶやいた。「スクラップと化した車の中で、変わり果てた姿となって」

ニッキは彼を抱く手に力をこめた。話を聞くのは耐えられそうになかったけれど、いま彼をひとりにはできなかった。彼女は柔らかなニットのシャツの上から大きな背中を優しくさすりながら、ケインが心にあふれだしたつらい記憶をうつろな声で言葉につむいでいくのを聞いた。話をとりとめもなく前後させながら、彼はかすかに声を震わせてすべてを吐きだそうとしていた。

「かわいそうに」ニッキはささやいた。「つらかったのね、ケイン」

その声もいまのケインの耳にはろくに聞こえなかった。妻子が死んだ事件の話をするのはこれが初めてだ。ひとたび話しだしたら制御がきかなくなってしまった。ケインは力尽きるまで恐怖と悲嘆を語りつづけた。

「彼らは何もわからなかったのよ」ニッキは安心させるように言った。「一瞬のことで、苦しむ暇もなかったはずだわ。それがせめてもの救いね」

「ぼくの息子だったんだ」ケインは声をつまらせた。「その息子が見るも無残な姿に……。ああ！　だめだ！　考えるのも耐えられない！」

ニッキは彼が悪夢を再現させているあいだ、その濡れた目や顔にそっとキスをして慰めた。少なくとも、いまケインはひとりではなかった。ひとりぼっちで悪夢と闘わずにすんでいるのだ。相手は女なのに、ケインはためらいなく頼ってすがりついていた。

ニッキには彼が悪夢から脱した瞬間が直感的にわかった。彼の意志が再び力を盛りかえした瞬間が。

大きな手が彼女の肩を荒々しくつかんだ。「いままで誰にも話したことがなかったんだ。友だちのジェイクにさえも」

「つらい経験を言葉にするのはいいことだわ」ニッキは静かに言った。

「そうらしいね。クリスもよく言っている。彼女は精神分析医なんだ。ぼくとセックスしていないときにはぼくの精神分析をやっている」ケインは悲しみや苦悩をさらけだしてしまった自分自身に怒りを覚え、ここにいてそれを聞いていたニッキにも怒りを感じて、腹立ちまぎれにそう言った。彼女が身をかたくしたのを感じながら、さらに追い討ちをかける。「クリスはベッドでは非常に積極的でね。上になるのが好きで――」

ニッキは彼の手をふりほどいて体を引いた。ケインは彼女が気分を害するのを百も承知でわざと恋人の話を聞かせたのだ。

「そんな話は結構よ」ニッキは突き放すように言った。「わたしはあなたの助けになりたかっただけ。あなたに永遠だの心の絆だのを求めているわけじゃないわ」

ケインは彼女をにらみつけた。「それはよかった。そんなものは一度でたくさんだ」

「あなたは信じないでしょうけど、わたしもそれがどういうものかは肌身にしみて知っているのよ」

「ああ、覚えているよ」ケインは冷笑をうかべて言った。「彼はできなかったんだよな?」

ニッキの顔が蒼白《そうはく》になった。さっと背を向け、再びベッドに横たわって上掛けを引きあげる。

ケインはニッキの表情を見て自己嫌悪に陥った。彼女は慰めようとしただけなのに、ぼくは自分の弱さを受けいれられなかったのだ。ニッキと出会うまでは自分を無敵と信じていたから。

「悪かった」彼は重苦しい口調で言った。「つまらないことを言ってしまった」

ニッキは目をあげたが、何も言わない。

ケインはポケットに両手を突っこんだ。ベッドに寝ている彼女を見ると心が千々に乱れた。「何か必要なものがあったら、いつでも声をかけてくれ」

「大丈夫よ」ニッキはよそよそしい口調で答えた。「面倒をみてくれてありがとう」

「ほかにみてやれる人間はいないだろう？」ケインはそう言いかえして戸口に向かい、それから足をとめた。「モールス信号はどこで習ったんだ？」

「友だちにアマチュア無線をやっている人がいたのよ」

ケインはほほえんだ。「ぼくもモールス信号を知っていると思ったんだね。なぜ？」

「あなたは船に乗るから」

ケインの表情がわずかに変わった。「モーターボートの運転ができるってだけで、モールス信号を知っていると思ったのかい？」

ニッキは自分がうっかり口をすべらせたことに気がついた。ヨットマンならモールス信号を知っていても不思議はない。だが、ただのモーターボート乗りが知っているだろうか？ たぶん……。もしかしたら……。この場は、はったりで切り抜けなければならなかった。

「ええ、だって現に知っていたじゃない？」無邪気なふりをして言う。「船を操る人はみんなモールス信号を学ばなきゃいけないのかと思っていたんだけど。だって通信機器が壊れたり、雑音で聞きとれなくなったりする場合もあるでしょう？」

ケインの心に湧《わ》きあがった疑惑はゆっくりと晴れていった。「そうだね」彼は答え、ばかみたいに突然疑い深くなった自分自身を嘲るように笑った。

やれやれと言わんばかりに首をふりながら向きを変え、部屋から出ていく。ニッキは彼が閉めていったドアを長いこと見つめていた。不快な記憶を心に秘めているのはケインだけではなく、彼のせいでニッキも、また自分のつらい過去を思い起こしていた。早く体を治してここから出ていかなくては。だが、チャールストンはひどく遠く感じられ、クレイにまだ連絡もしていなかった。自分があの海辺の別荘に帰るまでクレイが電話をかけてこないよう、いまは祈るしかない。もしそんなことになったら、無用なトラブルを招きかねなかった。

8

コルテスは人に見られるのが嫌いだった。大都市では通りを歩いていても人目を引かずにすむけれど、チャールストンには小さな町の雰囲気があり、濃いブロンズ色の肌にポニーテールの彼は異邦人のように見えてしまう。サングラスをかけ、グレーのスーツを着ていてさえ、ひとりだけ目立ってしまうのだ。いや、かえってスーツが彼の独自性をより際立たせているのかもしれない。いま町を歩いている人たちの中でスーツを着ているのは自分ひとりのような気がする。

だが、ここに来たおかげで、クレイトン・シーモアが興味を持ちそうな情報をいくつか採集できた。マッケイン・ロンバードは数日ほど会社に顔を出さなかった時期があり、彼の部下にあたる工場長も同じころ病気で欠勤していた。そしてちょうどその時期に、バークの廃棄物処理会社がＣＷＣにかわってロンバードの自動車工場と契約を結んでいた。だがロンバードにとってそれ以上に致命的なのは、業者がかわったと彼が報告を受けていたことだ。ロンバード社長は了承したのだ、とコルテスが話を聞いた二人の社員は言った。

コルテスは続いてバークの会社にも探りを入れた。バークに仕事を頼むことを検討している中小企業の経営者を装って、直接会社におもむいたのだ。そしてバークとロンバードの契約について耳寄りな情報を仕入れた。

「あんた、チェロキー族かい？」情報を提供してくれた人物にはそうきかれた。「チェロキー族なら見たことがあるよ。首長たちがあの大きな頭飾りをつけて立っている姿はなかなか迫力があった。あれだけの羽根を集めるには何羽もの鷲《わし》を殺さなければならなかったんだろうな」

コルテスは奥歯を噛《か》みしめて曖昧《あいまい》にほほえむだけにとどめた。東部のチェロキー族は観光客の前以外では頭飾りなどつけない、頭飾りをつけるのは平原部族だけだ、と本心では言ってやりたかった。チェロキー族は一八二〇年代には独自の文字と独自の新聞を持つ非常に進んだ社会を作っていたし、首都ニューエチョタは同時代の白人の町とほとんど変わらなかったのだ。それに鷲を殺すのはいまでは違法行為とされ、この法をおかせば刑務所行きになりかねないのだということも教えてやりたかった。

だが、コルテスは黙っていた。これまでの歳月で白人がアメリカ先住民というものを十把ひとからげにして型にはまった陳腐な見かたしかせず、またそうした昔ながらの見かたは夏の太陽のようにずっと変わらぬものなのだということを学んでいたのだ。すでに斧《おの》を隠し持っているのではないかという目でコルテスを見ている男に、アメリカ先住民の真実を教えるには時間があまりに足りなさすぎた。それに、こうした状況に直面するのはこれが初めてではない。

使える情報をどっさり手に入れたコルテスは、いま小さなカフェでサンドイッチとコーヒーの食事をとりながら、淡いブルーの目があからさまにこちらを値踏みしていることに気がついた。彼は首をねじり、相手をにらみつけた。ふつうならそれだけで相手を威圧し、好奇のまなざしを断ち切ることができた。だが今回は違った。彼女はわずかに頭を傾けた。

プラチナブロンドの髪に光が反射し、その輝きにコルテスは一瞬気をとられた。せいぜい二十歳そこそこだな、と彼は心につぶやいた。華奢《きやしや》な体つきで、髪以外はとくにきれいでもない。こんな暑い日なのに、大きなデニムのジャケットに身を包んでいるのが奇妙だ。そのジャケットにはところどころ土がついて汚れている。彼は眉間《みけん》に皺《しわ》を寄せた。見たところは神経質そうな娘なのに。視線をさげると、足元はウエスタンブーツだ。それもしゃれたタイプのものではない。使いこまれ、泥がこびりついた傷だらけのブーツ。それで好感度は一気にアップした。

コルテスは黒い目を再び彼女の目に戻した。彼女はまるで彼が気分を害したのを見抜いたかのように薄くほほえみ、またコーヒーを飲むことに専念した。

コルテスは眉をあげた。もう十分見たってことか。心の中で笑い、ささやかな食事を終えると、ウェイトレスへのチップをテーブルに置いて勘定のためカウンターに向かう。これからこのあたりで沼地を探さなければならない。バークの会社の従業員が不法投棄したという沼地を。地図を買って、その現場を探索するのだ。

コルテスはカフェを出ようとした。が、とっさに例のブロンド娘のテーブルに近づき、サングラスを片手にぶらさげて彼女の前にたたずんだ。

彼女は顔をあげ、にこっと笑った。「わかってるわ。じろじろ見たりしてごめんなさい」

コルテスはまた眉をあげた。これはまたずいぶん率直な娘だ。「なぜじろじろ見てたんだ？」ぶっきらぼうに問いかける。

「あなた、アメリカ先住民でしょう？」娘は首をかしげて問いかけた。コルテスは答えない。「あなたにききたくてたまらないことがあったんだけど、もう十分不快にさせてしまったわね？」

「何がききたいって？」

娘は躊躇《ちゅうちょ》した。「あなたの門歯はシャベル形なのかしら？」

コルテスは大きく息を吐き、薄い唇の端を吊《つ》りあげた。なるほど、そういうことか。泥だらけのブーツや服。彼女は発掘作業に携わっているのだ。「そうか、考古学科の学生なのか」

「専攻は人類学だけど、考古学もとっているの」彼女は笑いながら言った。「どうしてわかったの？」

「発掘調査をしているような格好だからさ」

「ええ、実際に発掘作業をやっていたの」勢いこんで言葉をつぐ。「今日は炭化したどんぐりが入ったウッドランド時代の鉢が見つかったわ。教授は二千年以上前のものだと言っていた」

「川沿いの低地を発掘していたんだね？」

彼女の顔がいっそうほころんだ。「ええ、そのとおりよ！」

「ほかに何か出たかい？」

「いいえ。そこが埋葬地じゃなくてよかったわ。誰かの先祖の遺骨なんて掘りだしたくないもの。そんなものを掘りあてたら、とりつかれそう」

コルテスは微笑をうかべ、腕時計に目をやった。もう時間がなくなりつつあった。「きみの質問に対する答えだが、確かにぼくの門歯はシャベル形だ。アメリカ先住民やアジア人ほかモンゴロイドに分類されるすべての人間がそうであるようにね」その答えに相手が驚くと、威嚇するように身を寄せて言葉をつぐ。「次は、ぼくの槍《やり》に頭皮が何枚ぶらさがっているかってきく気かな？」

彼女の目がきらめいた。「あら、それは遠慮するわ。あまりにプライベートな質問だから」コルテスの冗談にわざと真面目《まじめ》くさった顔で答える。

コルテスは思わず笑ってしまった。それから向きを変え、首をふりながらカフェを出た。

もし彼女の年齢がもう少しいっていたら、さっきのことをきっかけに二人の関係が発展したかもしれない。だが、いまのコルテスは友人のために休暇を使っているのであり、キュートな女子大生にさく時間はなかった。

ホテルに戻ると、彼は部屋でクッションつきのブリーフケースからノートパソコンを出し、モデムをつないだ。ワシントンDCにあるFBI本部のメインフレームにアクセスし、自分のパスワードで必要な情報を引きだす。

パソコンは小さなプリンターにつながっており、彼はそのデータを印刷した。実に興味深い、と胸につぶやく。バークには前科があった。環境保護条例違反のほかにも、過去に二度告発されていた。ただ法廷で証言する目撃者が現れず、処罰は免れている。しかし今回バークとその義弟は痕跡《こんせき》を残しているのだ。その痕跡をたどるのに、ぼく以上の適任者がいるな。コルテスは心につぶやいた。

それからジーンズとブーツとブルーのチェックのシャツに着がえ、ポニーテールの髪をほどいておろした。これから沼地へ探索に行くのだ。じろじろ見たいやつは勝手に見るがいい。

彼が借りたレンタカーは派手ではないが、いい車だった。運転していても快適だった。自宅に置いてあるのはぼろぼろのピックアップトラックなのだ。

町を出ると、コルテスは昼食をとった例のカフェに再び車首を向けた。衝動に負けた自分の弱さが情けなかったが、案の定もくろみがあたった。

古い泥だらけのブロンコの横にあのブロンド娘が立っていた。顔は赤らみ、髪は乱れている。ぺしゃんこになったタイヤをしきりに蹴《け》りながら、このぽんこつをなんとかしてくれと神さまに訴えていた。

コルテスはその車の後ろに停車し、エンジンを切った。彼が降りていっても、娘は蹴るのをやめようとしない。

「パンクかい？」コルテスはタイヤに顎をしゃくって言った。

彼女はもつれた髪をかきやり、驚きの表情で彼を見つめた。髪をおろし、ジーンズをはいたコルテスは、スーツ姿のときとはがらりと印象が変わっており、すぐには彼だとわからなかったようだ。

コルテスはサングラスをはずした。「いま忙しいかな？」

彼女は蹴るのをやめてひと息ついた。「なぜ？　わたしが休んでいるあいだ、かわりにこれを蹴ってくれるっていうの？」パンクしたタイヤを指さす。

「いや。ぼくにつきあって、あるトラックが通った道をたどるのを手伝ってもらえないかと思ってね」

コルテスは彼女の手をつかんだ。いい手だ、と思いながら自分の車のほうに引っぱっていく。力強く、しかも柔らかい。彼は助手席のドアをあけた。だが、彼女はためらっていた。

コルテスはことさら辛抱強い態度で二つ折りの札入れをとりだし、中を開いて彼女の目の前に突きつけた。たちまち彼女の表情が変わる。これもまたコルテスにとっては見慣れた変貌《へんぼう》だった。彼の身分証を見ると、たいていの人はおじけづき、駐車違反の罰金をまだ払っていないというような恐るべき秘密を自ら明かして、すぐに支払いますと約束するのだ。

「FBI……」彼女は青ざめ、しどろもどろになった。「あの、まさか本気じゃないでしょう？　タイヤに対する暴行の容疑で逮捕するなんてわけはないわよね？」

「いや、きみをぼくの捜査の補佐役として任命したいんだ。どう？」

「わたしを？」

「そう、きみをだ」

彼女は肩をすくめた。「そりゃ構わないけど、わたしは人を撃つ気はないわよ」

「結構。決まりだ」コルテスは札入れをしまい、彼女を助手席に押しこんだ。数分後、二人を乗せた車は町を出ようとしていた。

「これからパイレーツ沼地というところに行きたいんだが、場所を知ってるかい？」

思ったとおり、彼女は知っていた。「ええ、ここから何キロか行った先だわ。次の交差点で右折するのよ」

コルテスは直感に従って正解だったとにんまりした。考古学を学ぶ学生なら人里離れた場所もよく知っているだろう。少なくともそういう場所の大半は。

彼女の指示で、苔《こけ》の生えた樫《かし》の巨木が海岸に点在している広々としたところに来た。樫の何本かは根こそぎ倒れている。

「ハリケーンのしわざよ」車から降りると、倒れた大木を見おろすコルテスに彼女が言った。「風の威力って驚くばかりだわ」

「風、雨、その他もろもろ、自然の脅威だ」

コルテスは地面を見ながら歩きだした。バークの会社にいるあいだに、そこの古いトラックに使われているタイヤをさりげなく観察してきたのだ。タイヤの溝の形はしっかり記憶してあった。石膏《せっこう》で型がとれればいいのだろうが、それはあとでもできる。車には石膏と水が積んであるのだ。いまはこの湿地帯でバークに結びつくタイヤ痕や廃棄物を見つけることが先決だ。

そうすればそれが動かぬ証拠になる。合衆国憲法に違反する明白な証拠が見つかったら、知らん顔をするつもりはない。自分の管轄でなくても、環境保護庁には知りあいがいるし、産業廃棄物で地球を汚染する白人どもにはもううんざりだった。

「何を探しているの？」彼女が言った。「よかったらわたしも手伝うわよ」

コルテスはちらりと彼女を見た。「タイヤの跡だよ。それに水を汚す異物」

「わかった」彼女はコルテスと並んで歩きはじめた。

「きみ、名前はあるんだろう？」コルテスは唐突に尋ねた。

彼女は顔をあげた。「もちろんよ」そう答えて歩きつづける。

コルテスはにこっと笑った。「なんて名前だい？」

「フィービーよ」

その返事に、聞こえるようにため息をつく。

「なあに？」フィービーは彼をにらんだ。「わたしの名前の何がいけないの？」

「単に珍しいってだけだよ」

「あなたの名前はなんていうの？」

「べつに知りたくはないだろう？」コルテスは挑むように言い、ひざまずいて地面のタイヤ痕に目をこらした。似ている、と彼は思った。けれど違う。似てはいても違うタイヤだ。

「なんて名前なの？」フィービーはなおも言った。

コルテスは地面に目をやったまま立ちあがり、奇妙な子音と抑揚を伴うひと続きの音声を発音した。そしてフィービーの当惑顔を見てほほえんだ。

「英語に訳すのは難しいな。ぼくが生まれた朝、おふくろがアカオノスリが空を飛んでいるのを見たそうだ。強いて訳せば〝アカオノスリの翼に乗ってきた者〟というくらいの意味かな」

「すてきね」

「まあね」コルテスは再びひざまずいて地面に刻印されている痕跡をのぞきこんだ。今度のは記憶にあるとおりだった。「あたりだ」そうつぶやいて立ちあがると、フィービーを無視してそのタイヤ痕をたどりはじめる。

ずぶずぶと足が沈みそうなところまで来ると、立ちどまってあたりを見まわした。そしてついに探していたものを見つけた。さびたドラム缶のへりが水面から出ている。

「よしよし」コルテスはひとりごちた。「これで揃《そろ》ったぞ」

「探していたものが見つかったの？」フィービーがそばに来て尋ねた。

「ああ、ご協力ありがとう」

フィービーはにっこりした。「これでわたしもバッジがもらえるかしら？」

コルテスは声をあげて笑った。「それは無理だ」

フィービーは吐息をもらした。「やってるときは面白かったのに」

コルテスは彼女の髪をひと房とって、優しくもてあそんだ。「この色は天然？」

「ええ。親は二人とも黒っぽい髪なのよ。わたしだけがノルウェー人の先祖に先祖返りしたんだと言われているわ」

コルテスは名残惜しそうに柔らかな髪を放した。それから無念の思いを胸に彼女をじっと見つめた。「年はいくつなんだい？」

「二十二。大学に入学したのが遅かったの」

「そんなに遅くはないさ」分厚いジャケットに隠された彼女の体に視線を這《は》わせ、もっと彼女のことを知る時間があったらいいのにと思う。「ぼくはもうじき三十六だ。白人社会ではコルテスという名前を使っている」

フィービーは片手を差しだした。「会えてよかったわ」

「こちらこそ。手伝ってくれて感謝しているよ」

彼女にぎゅっと手を握りしめられ、コルテスは微笑をうかべた。

「住む世界が違い、年齢も違いすぎる」彼は静かに言った。「むろん、これまで歩いてきた人生も」

「わたしも同じことを考えていたわ」フィービーはおずおずと言った。

コルテスの指が彼女の指をそっと愛撫《あいぶ》した。「どこの大学に通ってるんだ？」

「ノックスビルのテネシー大学よ。でも、いまは夏休みだから、考古学を専攻している友だちとこっちに発掘に来たの。いま三年で、来春には卒業だわ」

「それじゃ、ぼくも卒業式に列席させてもらおう」コルテスは自分でも思いがけないことを口にした。

フィービーの表情が動かなくなり、コルテスは彼女の手を放した。

「いや、ぼくが行っては目立ちすぎてしまうな」無愛想に言ってきびすを返しかける。

「偏屈ね！」フィービーはそう叫んで小さな枯れ枝を拾いあげると、彼の背中に投げつけた。「べつに挑発されたわけでもないのに勝手に腹を立てて、ひとりで怒ってる……。そんなのって……そんなのって……」また別の小枝を拾う。

コルテスはびっくりするようなスピードで突然動いた。いつもの彼はあえてゆっくりと動いているのだ。フィービーが二本めの枝を投げるよりも早く手首をつかんでたしなめる。

「悪い子だな。ものを投げてはいけないよ」

「ものじゃないわ、木の枝だわ」フィービーは彼の手をふりほどこうともがいた。「放してよ！」

「だめだ」コルテスは無造作に枝をとりあげたが、彼女の手を放そうとはしなかった。

フィービーはあきらめとかすかな興奮を胸に、彼を見あげた。この男はほんとうに力が強い。

「あなたが卒業式に来てくれるなんて嬉《うれ》しいわ。わたしには肌の色も人種もさまざまな友だちがいて、彼らといっしょのところを見られても、わたし自身はもちろん、わたしの家族だって恥ずかしがったりはしないのよ！」

「それは悪かった」コルテスは心から言った。

「まったくだわ」フィービーはつぶやいた。

「パンクしたタイヤを蹴ったり、人にものを投げつけたり……。ほかにどんな悪癖を持っているんだい、腹が立つと悪態をつくっていう以外に？」

「パンクしたタイヤにこっちが本気だってことをわからせるには、悪い言葉を使う必要もあるのよ！」

コルテスは微笑した。「ほんとうに？」

「あなたは悪態をつかないのよね？　あなたの母語ではね」フィービーはすまし顔で言ってコルテスを驚かせた。「アメリカ先住民の言葉に悪態語は存在しないのよね」

「われわれが自分の考えを表現するのに汚い言葉は必要ないんだ」コルテスは優越感のうかがわれる笑顔になった。

「それじゃ、雨の中でぼさっと突ったっている人間のことは傘って呼ぶわけね！」フィービーはふくれっつらで言った。

「そんな暇はないよ」コルテスはそう言いかえし、彼女の手を放すと向きを変えた。「自動車修理工場で降ろしてあげよう。あのタイヤをとりかえるのに助けが必要だろうから」

「あなたが助けてはくれないの？」

「ぼくにはタイヤの交換はできないんだ」コルテスは淡々と言った。「ぼくはベトナム戦争に行った最後の兵隊のひとりなんだが、難民を国外脱出させる際に肩に榴散弾《りゅうさんだん》を受けてしまったんだ。それがかなりのダメージになり、いまでも重いものは持ちあげられない」

フィービーはたじろいだ。「まあ、ごめんなさい。よけいなことを言ってしまったわ」しょんぼりと謝る。「わたしって、いつもよけいなひとことでつまずいちゃうの」

コルテスは彼女の足元を見た。「つまずいても大丈夫だよ。かわいい足にブーツを履いている」

フィービーは口元をほころばせた。「怒ってないの?」

「あたりまえだ。さあ、行こう」

コルテスは例のブロンコがとまっているところから一番近い自動車修理工場まで車を走らせ、フィービーを降ろしてやった。フィービーは修理工と話をつけると、運転席の外まで戻ってきて、修理工がブロンコのところまで乗せていってタイヤ交換もしてくれることになったと告げた。

「ほんとうにありがとう」彼女は言った。

コルテスは肩をすくめた。「こちらこそ」

フィービーはまだその場にぐずぐずしていたが、もう言うべきことはなかった。顔をゆがめるように小さく笑い、ようやく手をふって修理工のほうに走っていく。コルテスは彼女から無理に顔をそむけ、ふりかえりもせずに車を出した。頭の中ではすでにロンバードと彼の会社の違法行為を証明するための算段を考えはじめていた。

ケインの友人ジェイクがケインに会いに来たとき、ニッキは居間で腰かけていた。ジェイクは彼女を見ると目をむいたが、ケインが「ニッキだ」と紹介すると笑顔を見せた。

「はじめまして」礼儀正しく挨拶《あいさつ》してからケインに向き直る。「すまんが外で話せないかな?」

「わかった。ちょっと失礼するよ、ニッキ」ケインはシェニール織りの白いローブに身を包んでソファーに座っているニッキを置いて、ジェイクのあとから外に出た。今日は暑かった。二人の男はともにショートパンツをはいているが、ケインのほうがずっとよく似あっている。

「それで、なんなんだい?」ケインは尋ねた。

「無線機をとりかえたいんだ」ジェイクは年下の男に向かってそう言った。「もう使えそうにないんだ。修理の見積もりを出してもらったが、機械そのものをとりかえたほうが長い目で見れば安くつく。前に二人で見たやつを注文し、ここに送らせるよう手配して構わないかな?」

「ああ、そうしてくれ」ケインは言った。「来週の週末に乗ろうと思ってたんだ」家のほうをふりかえった顔がジェイクには数カ月ぶりにとても幸せそうに見えた。「ニッキを乗せてやりたくてね」

ジェイクは咳払《せきばら》いした。「きみにはきみの考えがあるだろうし、干渉するつもりはないけれど、しかし、そんなことをしてほんとうに大丈夫なのか？」

ケインは顔をしかめた。「どういう意味だい？」

「だって彼女はきみの最大の敵の妹だろう？　シーモアに私生活をのぞかれても構わないのか？」

大きな手がジェイクの二の腕をすごい力でつかんだ。「シーモアの妹だって？」

ジェイクはうなずいた。「そう、彼女はニコル・シーモアだ。うちの娘がバージニア出身の上院議員と結婚したのを覚えているだろう？　娘はニコル――ニッキとは気の置けない友だちで、彼女の写真も持ってるんだ。なかなか魅力的だよな？」

ケインは裏切られたような気がした。ニッキがシーモアの妹だなんて思いもよらなかったのだ。だが、もしそうだとしたら……彼女のほうはこちらの素性を知っているのではないか？　それを早急に確かめなくては。確かめたら、知っていたにせよいなかったにせよ、即刻彼女と手を切らなければならない。どのような形であれ、最悪の敵とつながりを持つわけにはいかないのだ。

「それじゃ彼女は共和党員ということだ」声に出してつぶやく。

「人生には思いどおりにいかないこともある」ジェイクが慰めるように言った。「彼女のことは残念だが、いつかは知らなければならなかったんだ」

「そのとおりだ」ケインはうつろな気分でジェイクを帰し、家の中に戻った。ニッキは腰かけたまま興味津々といったまなざしで彼を見つめた。いずれ打ちあけるつもりだったのだろうか、とケインは考えた。それとも彼女はほんとうにこちらの正体を知らないのだろうか？

「船に積む新しい無線機が必要になったんだ」用心深く、また探るように、ケインは言った。

「ああ、そうなの」ニッキはにっこりした。「わたし、もううちに帰らなくちゃ。体の調子もよくなってきたし、電話をかける用もあるし……。わたしの……友だちが電話してきてわたしがいないのを知ったら、捜しに来るかもしれないわ」

ケインはじろりと彼女を見た。「きみの友だちって、何をやってるんだい？　ギャングの殺し屋《ヒットマン》とか？」反応を見るためにゆっくりと言う。

「まさか。そんなんじゃないわ」

「彼のこと、何も教えてくれないんだな。インポテンツかゲイなのかい？」

ニッキは目を伏せた。「どちらでもないわ」そう言ったきり口をとざす。

ケインは彼女を観察しながらコーヒーカップの中身をかきまぜた。パズルのピースがぴたりとはまるように、不意にすべてが符合した。「あの家の所有者って、もしかしてきみの身内？」

ニッキの表情を見れば、その答えは明らかだった。所有者は彼女の兄貴なのだ。クレイトン・シーモア。彼があの家の持ち主なのだ。自分たちにはなんの未来もないことを知りながら彼をこんなに感じやすくしたニッキを、ケインは呪《のろ》ってやりたかった。

「彼のこと、やけに知りたがるのね」ニッキはなんとかそう言った。

「ここから彼に電話して迎えに来てもらったら?」ケインは言った。「ぼくも会ってみたいから」

「そんなことできないわ!」ニッキの顔が紅潮した。「だって……だって彼はすごく忙しいのよ」

それはそうだろう、とケインは心の中で意地悪くつぶやいた。クレイトン・シーモアはぼくが推す候補者に負けまいと、ぼくの足を引っぱるのに大忙しなのだ。激しい怒りが胸に突きあげ、ケインはそれを抑えるだけで精いっぱいだった。ニッキはこちらの正体を知っている。たぶん、浜で倒れているぼくを助けたときから知っていたのだ。

「何かぼくに話したいことはない?」ケインはクールに問いかけた。

ニッキは目をあげて彼を見た。「あるわ」正直に答える。「でも、話せないの」

ケインはむっとして低くうなった。ニッキにいらいらさせられていた。いっしょにいればいるほど彼女がほしくなる。だが、その欲求は彼女の素性を知った瞬間から抑えこまれていた。彼女とはいまここで終わりにしなければならない。

「ずいぶん無口ね」ニッキは言った。

ケインはコーヒーを飲みほした。「仕事に戻らないと」ニッキから目をそらして言う。「もう休暇はおしまいだ」

家に帰らねばならないほんとうの理由は言えなかった。彼の会社の廃棄物処理についてニッキの兄が鵜《う》の目鷹《たか》の目で調べているとあっては。いまケインは本物の難題に直面していた。自分のところの従業員がもし愚かにも産業廃棄物を川かどこかに捨てるような会社と契約していたら、いったいどのようなスキャンダルになるか知れたものではない。かつてのケインは、この世に自分の悪事だけは露見しないと信じているおめでたい連中がいるなんて信じられなかった。だが、いまは違う。ロンバード・インターナショナルがかりそめにも有害廃棄物の不法投棄に手を染めていたら、クレイトン・シーモアは嬉々《きき》として暴きたてようとするだろう。

ケインがそう考えているあいだに、ニッキのほうももうチャールストンに帰らねばならないと考えていた。まだひとりでこっちの別荘にいられるほど体力は回復していないし、ケインにいつまでも面倒をみてもらえるわけもない。

「あの海辺の家のそばまで車で送ってもらえないかしら?」ニッキは言った。

ケインは目をあげた。「喜んで」かた苦しい返事だ。「あそこに帰れば、彼が来て面倒をみてくれるのか?」

「連絡すればすぐに飛んできてくれるわ」ニッキはそう答えながら、ケインの態度が突然変わったのはどういうわけかと思い悩んだ。

「それじゃ、うちの家政婦にきみの荷物をまとめさせよう」ケインはそっけなく言うとニッキを残して部屋から出ていった。ニッキは数分のあいだ身じろぎもしなかった。彼の冷淡さに傷ついて、頭がまともに働かなかったのだ。

三十分後、ニッキは別荘のソファーに腰かけて荒くなった呼吸を整えていた。もう熱はさがり、胸もだいぶすっきりしてきたものの、病みあがりのせいでほんの少し歩いただけなのに、山に登ったような激しい疲労に見舞われていた。

「彼が来なかったら、うちに電話しなさい」ケインが言葉を絞りだすように言った。

「ありがとう。でも、その必要はないと思うわ」

白い麻のスラックスと黄色いニットのシャツに身を包んで立っているケインは実にきりりとして見えた。「ぼくたちがつきあってもうまくはいかない」

ニッキは悲しげにほほえんだ。「それは最初からわかっていたわ。だけど、世の中には抵抗しがたいこともある。至近距離のあなたが女をぼうっとさせるってこと、あなた自身も知っているはずよ」

「確かに、そう言われたことはある」ケインはニッキをひたと見つめた。ニッキは秘密をたくさんかかえているが、ケインにはひとつも解明できない。「きみを抱けなかったという男だが……きみはその男を愛していたのか？」やぶからぼうに尋ねる。

「ええ」ニッキの声がわずかにかすれた。無防備に顔をあげ、その目にそれとわかる悲嘆の色を一瞬ひらめかせる。「彼のことは自分の命よりも愛していたわ」

「だが彼はセラピーを受けようともしなかったんだね？」

ニッキは冷ややかに笑った。「そんなことをしても意味はないわ。自分を愛している相手に欲望を感じないからといって、セラピーを受けても仕方がないもの」

ニッキの悲しみがケインの心をかき乱した。彼女を抱きしめて慰めたいが、もうそんなことは金輪際できない。彼女はこちらを信用していなかったのだ。それを見過ごしにはできなかった。

「どのくらい前のことなんだ？」

「もう何年もたつわ。それからずっと男性を避けてきたの」ニッキはケインをちらりと見た。「心配しないで。あなたに執着なんかしないから」ケインの表情を見て、そう言葉を続ける。「あなたがいなくなっても屋根から飛びおりるようなことはしない。だからといってショックを受けないでね。わたし、正直は最良の策だと信じているの」しかし、ほんとうは正直とは言いきれない自分自身が少々後ろめたかった。だが、それが彼にばれる可能性はさほど高くはないだろう。

「そう、正直は最良の策だ」ケインは思わず怒りをこめて彼女を見すえた。「しかし、たいていの人間は真実を告げるすべを知らない」薄く染まったニッキの顔から目をそむけ、室内を見まわす。「帰る前に何か用意していこうか?」

「いいえ、結構よ。ほんとうにいろいろありがとう。あなたのことは忘れないわ」

「ぼくも忘れないよ、ニッキ。会えてよかった」

「わたしもよ。それじゃさよなら、ケイン」

ニッキの顔を脳裏に焼きつけようとするかのようにひたと見つめ、それから皮肉っぽい笑みを残してケインは出ていった。ニッキは彼の後ろ姿をじっと見送った。自分がクレイのために正しいことをしたのはわかっていたけれど、だからといって誇らしい気分にはならなかった。誇らしいというよりつらかった。ケインの冷たい態度もつらかった。彼はわたしの素性は知らない。知るはずがない。だからきっと単に肉体的欲望以上のものを抱きたくないだけなのだろう。理由はどうあれ、彼は二人の未来が開けていく可能性を徹底的につぶしていったのだ。

ニッキはソファーのそばの電話に向かい、クレイの番号にかけた。もうチャールストンに戻ったほうがいいのだと自分自身に言い聞かせる。いまの状態でここにいることはできそうになかった。

9

　あくる日、モズビー・トランス上院議員の側近ジョン・ハラルスンはグレーのＢＭＷに乗ってパイレーツ沼地におもむいた。彼のほかにコルテスや地元メディアの取材陣、環境保護庁の調査チーム、それに公衆衛生局の車も続々と到着した。

「この沼地はエディスト川の中にあるようなものなのに、産業廃棄物を捨てるとはもってのほかだな」公衆衛生局の男が言った。「それはなんだ？」調査チームが沼地からドラム缶を引きあげて調べはじめると、そう問いかける。

「塗料の溶剤だな」ひとりが手袋をはめた手で泥をこすり落とし、表面にステンシルで書かれている文字を読んだ。「ロンバード・インターナショナル。まだこっちにもある。これは……不凍液だ。それにこっちのドラム缶には……モーターオイルがつまってる。まったくよくもこんな……。こういうものを廃棄するための施設はちゃんとあるのに、なんでこんなところに投棄する業者を雇ったんだ？」

「経費を切りつめるために決まっている。有害廃棄物を扱う資格のあるまともな業者に頼むよりは、トラック一台ですませるこういうやからを使うほうがはるかに安あがりだからな」

「ちょっとそのまま。写真を撮らせてください」新聞記者が言い、死んだ水鳥が二羽水面にうかんでいる写真を撮った。自動でフィルムが送られるのを待ってさらに三枚撮影する。テレビ局のスタッフたちも横で熱心にカメラをまわしていた。「まったくひどい惨状だ。これは事件になりますかね？」環境保護庁の男たちに尋ねる。

「むろんだ」ひとりが答えた。

ハラルスンはコルテスをわきに引っぱっていった。額の汗をぬぐいながら、コルテスをにらむ。「よけいなことをしてくれたな。こっちがシーモアに読ませる声明文を書くまで、環境保護庁やマスコミの連中には知らせたくなかったのに！」

「声明文はいまから書けばいい。時間はまだある。それにこれは願ってもないチャンスだったんだ」コルテスは言いかえした。「第一、ぼくがここで見つけたものについて関係省庁に連絡するのは当然さ。ぼくは連邦政府のために働いているんだからな」そう言うと札入れをとりだし、開いてみせる。「ほら、バッジも持っている」

ハラルスンは先のことを考えていた。「明朝には州の誰もが知るところとなるな」

「ぜひともそう願いたいね」コルテスは無造作に言った。「野生動物が生息する場所にこんなごみを捨てるやつは、そいつを雇ったやつといっしょにマスコミのさらし者になって、血祭りにあげられればいいんだ」

ハラルスンは手帳をとりだし、クレイトン・シーモアに伝えるべきことを書きとめはじめた。これは絶好の機会であり、シーモアが地元の有権者にアピールするまたとないチャンスだった。ハラルスンは頬をゆるめた。

「両者のつながりを示す証拠はつかんでいるんだろうな?」上機嫌でコルテスにそうささやきかけるハラルスンの目には、何か独特のものが宿っていた。

いったいなんだろう、とコルテスは思った。

「証拠がなかったらこんなに大勢呼び集めはしないよ」またドラム缶を引きあげている調査チームのほうに顎をしゃくる。「このタイヤ痕《こん》はバークの会社のトラックのタイヤと一致するし、ここのことはバークに雇われている従業員から聞いたんだ」

「よくそこまで調べられたな」

「当然だ。ぼくは連邦——」

「政府のために働いている!」ハラルスンはくすりと笑った。「ああ、わかっているよ。きみは寝ても覚めても仕事、仕事だ」

「これでどうなるか考えてもみろよ。サム・ヒューイットの一番の後援者フレッド・ロンバードは選挙どころではなくなるだろう。息子のケインが環境保護庁の連中とやりあうはめになるんだからな。そしてシーモアが当選し、マッケイン・ロンバードは環境破壊の罪で起訴され、バークはレベンワースの連邦刑務所で誰かにカマを掘られながら何年か過ごすことになる」

「そのとおりだ。ほんとうにこれで何もかもうまくいくだろう。この件が広く世に知られて結果が出るのを待とう。ここまでロンバードを追いこめば確実だろう」

「なんのことだ?」コルテスは興味をそそられた。

「いや、なんでもない」ハラルスンは言った。「べつになんでもないんだ。協力に感謝してるよ」

「こっちこそ例の金貨を売ってもらえて感謝している。またワシントンDCで会おう」

「ああ。そうだな。それじゃまた」ハラルスンはわけもなくにやにや笑いながらその場を立ち去り、葉巻に火をつけるためにうつむいた。彼を見送ったコルテスは、あの男もたまには良心がうずくことがあるのだろうかと考えた。もしかしたらハラルスンはシーモアを議席にとどめておくためなら、政界の事情通として手にしてきたすべてを犠牲にしても構わないとさえ思っているのかもしれない。だが、今回の仕事はずいぶん簡単だった。簡単すぎるくらいだ。ハラルスンを見送るコルテスの頭には、その事実ががっちり食いこんで離れなかった。犬の歯が骨にがっちり食いこむように。不意に自分が利用されているような気がして、コルテスは不快感に襲われた。

トッド・ローソンはいつも携帯している無線の受信機でその交信を聞き、状況に気がついた。パイレーツ沼地で何か事件があったらしく、そこで発見されたものについて詳細が語られはじめた。産業廃棄物、それに関係してチャールストンで一番新しい企業、ロンバードの自動車製造会社の名前が出てきた。

ローソンは目の前を自分の仕事が通りすぎていくような気がした。一度ケインに警告したのに、ケインは急ぐ必要はないと考えたらしい。彼にいま何が起きているかを告げるのは容易なことではなさそうだ。シーモアはついにすべての切り札を手元に揃《そろ》えたのだ。ケインに電話で報告したところ、彼の反応はローソンの予測とは違っていた。予測以上にひどかった。五分間もローソンをどなりつけ、ようやく罵倒《ばとう》の言葉が尽きたようだが、ほんとうに厄介なのはそれからだった。

「いったい全体なんだっていままで気づかなかったんだ？　新聞記者ともあろうものが、いったい何をしてたんだ？」

「努力はしたんですよ。だが、誰の口も割らせることはできなかった」ローソンは静かに答えた。「現地はほんとうに見るも無残な状態でした」不本意ながらも言葉を続ける。「ついさっき、こっちのテレビで映像が流れたんです。水鳥の死体がそこらじゅうにうかんでいる映像がね。シーモア下院議員が記者会見を開いてあなたを糾弾し、トランス上院議員は調査委員会を結成すると……」

「ちくしょう」ケインがどこかおごそかな調子で言った。「バークのやつ、この手で絞め殺してやる」

「そう思っているのはあなただけじゃない。あなたの会社のが一番目立ってはいたが、ほかの会社のロゴが入ったドラム缶も見つかっているんです。いいですか、あなたも手遅れにならないうちに記者会見を開くべきです。声明を出すんですよ。行方不明になっていた二日のあいだご自分がどこにいたかを説明し、その間に廃棄物の担当者が業者をかえてしまったと言うんです」

ケインは逡巡《しゅんじゅん》した。もしそれをやるとしたら、自分が気絶して浜に打ちあげられ、女に介抱されながら彼女と二人きりで過ごしたことを世間に発表しなければならない。そればかりか、そのあとさらに三日間ニッキが彼の別荘に泊まったことも明かさなければなるまい。だが、そのことはいずれ必要となったときにシーモアへの圧力として使えるだろう。いまはニッキの暗い秘密は守ってやろう。ほんとうは彼女にそこまでしてやるいわれはないけれども。自分を欺き、騙《だま》していたニッキに、ケインは憎悪に似たものを感じていた。

「いや、そんなことをするつもりはない」ケインはローソンに言った。

「なぜ？」

「女がからんでいるからだ」思案顔で続ける。「それに、その話はあとで使えるかもしれない。だからいまは公表しない」

「シーモアはあの沼地の件であなたを徹底的に追及しますよ」ローソンは言った。「なのに手をこまねいて叩《たた》かれるがままになるつもりですか？ へたをしたら刑務所行きになるかもしれないんですよ」

ケインはうつろな表情になった。「ばかを言うな。罰金は払わされるだろうが、それだけだ」

「トランス上院議員があなたの前にマイクを突きつけたら、それだけではすまなくなります」ローソンは頑強に言いはった。「それじゃ、とりあえずシーモアの周辺で何か出ないか、わたしにかぎまわらせてください。トランスとシーモアのあいだにわれわれが利用できそうなつながりがあることは確かなんだ。あなたがワシントンに呼びつけられるまでに、そのつながりを明らかにしますよ」

「わかった、それじゃ頼む」ケインは重苦しい口調で言った。「ローソン……さっきはどなり散らして悪かった。今週はいろいろたいへんだったんだ」

「これからはいい方向に向かいますよ。二日ほどしたらまた電話します。では」

トッド・ローソンが電話を切ると、ケインは受話器に視線を落としたが、だからといってそれを見ているわけではなかった。この数日間でこうもいろいろなことが起きるとは驚きだった。意外にもニッキには保護本能を刺激されている。空白の二日間、自分がどこにいてどういう状況だったかを言えば、おのれの立場はたやすく守れるだろう。だが、それをしたら奥の手をさらしてしまうことになるし、ニッキにどういう影響が及ぶかも考えなくてはならない。彼女は病気なのだ。元気で闘えるようになるまで彼女をスキャンダルの渦中に放《ほう》りこむようなことはできない。だが、しかし……。そう、いずれ彼女にはぼくにとりいって情報を引きだした償いをさせなければならない。うちに泊まっているあいだに家政婦やジェイクから何をききだしたか、知れたものではないのだ。あの二人がよけいなことをしゃべらなかったかどうか、本人たちに確認をとらなくては。まったくぼくは盲目だった！　ニッキに惹《ひ》かれるあまり、彼女が下心を隠し持っている可能性にまったく思いいたらなかった。

ケインは当面の問題になんとか思考を引きもどした。不法投棄は昔からあとを絶たなかった。これまでにも大勢の人間が罪に問われてきた。シーモアも何かやっていることをローソンが突きとめてくれればいいのだが。自分がニッキを彼女の兄に対する武器として利用するはめになるなんて、考えたくはなかった。

翌朝オフィスでその話を聞いたデリーは大喜びした。

「やったわね、ボス」笑顔で言う。

「ぼくの手柄ではなく、ハラルスンと彼の友人コルテスのおかげだ」クレイは微笑を返しながら、チャールストンの有権者のために維持している小さなオフィスでブリーフケースを置いた。このオフィスは法律事務所が入っているビルの一室を借りたもので、落ち着いた内装が彼は気に入っていた。国会議員のオフィスとはすべからくこうあるべきだとクレイは改めて思った。州都のコロンビアにもうひとつ事務所を構えている。選挙民の支持は集めて集めすぎることはないのだから、州内のどこにでも気軽に行けなければならない。

「彼個人に責任があったということなの？」デリーが尋ねた。「彼ってロンバードのことよ」

「そんなことはどうでもいいだろう？」クレイは不思議そうに言った。

デリーは眉をひそめた。「それはまたあなたらしくもない言い草ね」

クレイは椅子に腰かけ、デリーを見つめた。「ぼくの政治生命がかかっているんだぞ」知能の足りない人間に言うようにゆっくりと続ける。「ロンバードを窮地に陥れてやらなかったら、やつの親きょうだいがニッキとモズビーのことをかぎつけて新聞種にするかもしれないんだ。そうなったらニッキがどれほど傷つくかわからないのか？」

「いいえ、わかるわ」デリーは沈んだ声で言った。「でも、妹を傷つけたくないからといって他人の人生をめちゃくちゃにしていいのかしら。ミスター・ロンバードは妻と幼い息子を去年レバノンの自動車爆破事件で亡くしたばかりなのよ。彼個人に責任はないんだったら、そこまで苦しめるのはあまりに気の毒だわ」

「むろん彼にも責任はあるさ。ぼくは……」電話が鳴りだしたのでクレイは言葉を切り、受話器をとった。「シーモアです」そう応答する。「何？　死んだ水鳥の写真を何枚か引きのばして、彼らがかかげるプラカードに使わせたって？　それでほんとうに……そうか。わかった。ただし必要以上に金を出すのはやめろよ。こちらは少ない予算でやってるんだから。ああ、わかった。そうしてくれ。ありがとう、ハラルスン」

クレイは電話を切ったが、無条件に快哉《かいさい》を叫ぶのは少々ためらわれた。ハラルスンはこのうえなく満足そうだったけれど、クレイの胸にはかすかな罪悪感がきざしている。ばかばかしい。ニッキを守るためにはロンバードの動きを封じなければならないのだ。こうするのが一番なのだ。

「ロンバードの工場でひと騒動起きるぞ」クレイはそう言ってデリーに向き直った。「テレビ局に電話して、環境破壊に抗議する人々がロンバードの工場でデモをおこなうらしいと教えてやってくれ」

デリーはブルーの目を見開いてまじまじとクレイを見た。「あなた、活動家たちにデモをさせるため、お金を払ったのね！」

「ぼくじゃない、ハラルスンが手をまわしたんだ」クレイはかたい声で言った。「ロンバードを守勢に立たせなければニッキとモズビーのことがタブロイド新聞に書きたてられると、ハラルスンは言うんだ」

「それをあなたは鵜《う》呑《の》みにしたの？　クレイ、そんなのおかしいわ！　やりかたが汚いわよ！」

「汚いやりかたで、きみのその清廉潔白な手を汚したくないってことか？」クレイは冷ややかに言った。デリーの言葉はクレイの良心をうずかせ、彼自身の疑念や不安を引きずりだすものだった。それが彼には不愉快だった。

「あなたがやっていることはわたしの信念に反しているわ」デリーは静かに言った。

「自分のことをとりかえのきかない人材だと思っているのか？」クレイは自分に逆らう彼女にかっとなった。「ぼくがきみを雇っているのは不滅の愛ゆえだと思っているのか？冗談じゃない、きみがここで働けるのは事務処理の能力がすぐれているからにすぎないんだ。まったくきみみたいな堅物は手の施しようがないな。そんなんじゃ近眼のにきび男としかデートできないのも当然だ！」

デリーの胸の中で信じがたいほどの怒りがふくれあがった。「よくもそんな暴言を！」

「きみみたいに道徳をふりかざす体裁屋はどこかの修道院に入ればいいんだ」クレイは興奮してたたみかけた。「動物や植物やホームレスの味方ばかりして！　ベットがきみのことをおセンチだと言っていたが、まったくそのとおりだよ。この事務所に必要なのは政治的な面でぼくを補佐してくれる人間であって、ぼくの足をすくおうとする過激な運動家ではないんだ！」

「わたしは不正行為や卑劣な行為を手伝うつもりはないのよ」デリーは言いかえした。

「あなた、モズビー・トランスやハラルスンやベット・ワッツと親しくつきあうようになってから変わってしまったわ。いまのあなたは自分の地位を守るためなら誰を犠牲にしてもいいと思っているんでしょう？　ちょっとくらい大義を軽んじても、お金と名声のためなら構わないと」

「ぼくは妹を守ろうとしているだけだ」クレイはいらだたしげに言った。

「いいえ、違うわ。あなたが守ろうとしているのはあなた自身よ。利益誘導のために森林伐採の法案を通そうとして人気を落としてしまったから、なんとか盛りかえして民主党候補に勝とうとしているだけだわ」

「ぼくを批判するな！」

「あら、わたしは批判なんかしないわ」デリーは言った。「わたしが批判しなくても、いつかはあなたの良心があなたを裁いてくれるでしょうよ！」

クレイは怒りに震えだしそうになりながら、はじかれたように立ちあがった。「出ていけ！」

「喜んで！」デリーはほっそりした腰の両側で手をかたく握りしめた。「一週間ほど前に、ちょうど別の仕事のオファーを受けたのよ。良心もモラルも持ちあわせた政治家からね。彼ならすぐにも雇ってくれるわ！」

「それじゃ、どうぞご自由に！」クレイはデリーが憎かった。さっさと消えてほしかった。

「そっちに行きたいなら勝手に行けばいい。きみのそのまっさらな良心なんてくそくらえだ！」

これまでデリーはクレイがそんな汚い言葉を口走ったのを聞いた記憶がなかった。顔から血の気が引くのを感じながら、彼をにらみつける。が、怒りの発作がおさまると、クレイにたったいま解雇されたのだと気がついた。六年間彼につかえ、一生懸命働いてきたのに、クレイは嫌悪感をむきだしにしてこちらのほうから辞めるように仕向け、結局は首を切ったのだ。すぐにはそうとわからなかったけれども。

不意に鳴りだした電話の音に、二人ははっとした。デリーが反射的に受話器をとった。相手の言うことに耳をすませてから、かたい声で告げる。「ニッキよ」クレイに受話器を渡すと、デリーはつかつかと部屋を出て静かにドアを閉めた。

「もしもし、ニッキ？　なんの用だ？」クレイはとげとげしい口調で言った。

しばし間があいた。

「こっちに来てほしいの」か細いしゃがれ声でニッキは言った。

クレイはたちまち心配になった。「いったいどうしたんだ？」

「ぶりかえしちゃったの、肺炎が」ニッキの声は暗かった。「医者にみてもらって抗生物質をもらったわ。だけど、ひとりではここにいられないの」

「いつぶりかえしたんだ？」

「四日前……」

「それなのにいままで電話をよこさなかったのか？　いったいどうして……」クレイは憤然と言った。「待ってなさい。二時間で行く」

電話を切ると、豊かな髪をかきむしりながら部屋を出る。彼の心の中では、とるべき道ははっきりしていた。この事務所はデリーに任せ、ニッキを迎えに行くのだ。が、アシスタントの姿を目にした瞬間その思惑はくつがえされた。

デリーの頬には怒りの涙がしたたっていた。すでに机の引き出しを空にし、そこに入っていたささやかな私物を小さな箱に移して、その箱を手に立っている。クレイは俄然《がぜん》正気に返った。

「だめだよ、デリー」うろたえて言う。「そんなつもりじゃなかったんだ」自分が言いすぎたことに遅ればせながら気がついた。「今朝は調子が悪かったんだ……」

「わたしにとっては、もっと悪い朝になったわ」デリーは彼をにらんで言った。「派遣業者に電話して、わたしのかわりを雇ってちょうだい。その人が来たら仕事の引きつぎをするけど、今日は金曜だし、あなたのスケジュールもそれほどつまってはいないから」スケジュール帳に顎をしゃくって続ける。「面会相手の名前や電話番号はそこに書いてあるわ。それに、いざとなれば自分でコーヒーぐらいいれられるわよね？」皮肉たっぷりにそう締めくくる。

「辞めさせないよ」クレイはうなるように言った。

「辞めると言ったら辞めるのよ。不自由をかけて申し訳ないけど、あなたが辞めるよう仕向けたんですからね」クレイの悲痛な表情を見て、デリーは意地の悪い喜びを感じた。

「でも、たとえあなたに促されなくても、人としての信義より政治家としての経歴を重んじるような人の下では働けないわ」いつもは柔らかなまなざしが厳しく彼をとらえている。

「あなた、ミズ・ワッツやトランス議員と会いすぎてるんじゃない？　あの人たちの考えや価値観には伝染性があって、あなたも感染してしまったのよ」

「辞めないでくれ！」クレイは歯を食いしばって言った。そして次のひとことでデリーの幻想をすべて打ち砕いた。「ニッキが肺炎なんだ。きみはここにいて、この事務所を守ってほしい。ぼくは別荘にニッキを迎えに行かなくてはならない」

要するに、とにかく仕事をしてほしいということだ。これまでもそうだったし、これからもそうだろう。クレイを愛しつづけてきたけれど、彼からは何も与えてもらえないのだ。なぜいままで気づかなかったのだろう？　デリーは重いため息をついた。「わたしがニッキを迎えに行くわ。ニッキのことは好きなのよ」

「そのあいだ、ぼくは何をしてればいいんだ？　書類の仕分けとか？」クレイは声をとがらせて言った。「ぼくはそういう仕事を任せるためにきみを雇ってるんだぞ！」

「いままではね。もうわたしはあなたに雇われてはいないのよ」デリーは毅然《きぜん》とした態度で言うと、箱をかかえあげた。「パイロットを待機させてくれたら直接空港に行くわ。そしてニッキを連れてくる」

クレイは激怒していた。それを隠すこともできなかった。これから三十分でデリーのかわりをここに来させて仕事を教えこむなんて、理屈で考えただけでも不可能だとわかりきっている。だが、デリーはここには残らず、ニッキを迎えに行くと言っているのだ。そう言われたら黙って従うしかない。

「わかったよ」クレイはしゃがれ声で言った。「パイロットに電話しよう」そしてデリーが持っている箱を指さす。「それはここに置いていったらどうだ?」

デリーは眉をあげた。「なぜ? わたしはもうここには来ないのよ」そう言うと身をひるがえし、部屋から出ていった。両手がふさがっているのでドアはあけたままにしておいた。

クレイは机のそばで茫然《ぼうぜん》と立ちつくした。頭はこの展開を受けいれることを断固拒否していた。これまで事務所を留守にするときに不安を覚えたことなど一度もなかった。デリーはそれほど有能で頼りになったのだ。彼女ならどんなことでも対処できた。そのデリーがいなくなってしまう。クレイ自身が馘首《かくしゅ》したのだ。彼女が辞めていったその穴は当面自分が埋めなくてはならない。ぼくにできるだろうか? ロンバードを破滅させてやった爽《そう》快《かい》感も、最高の補佐役を失った虚無感の前ではすっかり影が薄くなっていた。ベットは喜ぶだろう。デリーを好いてはいなかったから。だが、クレイの喪失感は刻一刻と深まるばかりだった。そのうえいまは、コーヒーのいれかたを覚えるというつまらない仕事が彼を待っていた。

ドアをあけたニッキはデリーが立っているのを見てびっくりした。

「クレイは?」弱々しい声で問いかける。

「クレイは電話に出たり、コーヒーをいれたりしなくちゃならないのよ」デリーは強いて無造作に言った。「実はね、これがわたしにとって彼のアシスタントとしての最後の仕事なの。つまり、わたしはもう彼のところを辞めたってこと」

ニッキはしげしげとデリーを見つめ、目の縁がちょっと腫《は》れて、痛恨の思いが表れていることに気がついた。

「辞めたってなぜ?」

「あなたのお兄さんがトランスやベット・ワッツのイメージどおりの人間に変えられてしまったから」デリーは静かに答えた。「西部のふくろうから森を奪うのに手を貸しているかと思ったら、今度はマッケイン・ロンバードを本人には罪もないのに吊《つ》るしあげようとして陰険な策を弄《ろう》しているの」

ニッキの心臓が胸の中で大きくはねあがった。「ロンバードを……。彼、何をやったの？」

「ここにはテレビがないのね？　大ニュースになってるわ。ミスター・ロンバードが大きな川の支流にある沼地に産業廃棄物を捨てさせたと非難されているの。優良な業者から不法投棄で悪名高い業者に乗りかえて、経費削減をはかったんだと言われているわ。それで野生動物に深刻な被害が出ているのよ。水鳥がずいぶん死んだの。資源保全再生法と有害物質管理法に照らすと、有毒物質の不法投棄は重罪なのよ」

「まあ、そんな」ニッキは声を震わせた。

デリーが好奇の目を向けてきたことには気づきもせず、ふらふらと電話に近づいて、衝動的にケインの番号にかける。

出たのは家政婦で、ミスター・ロンバードは急用でチャールストンに帰ったとしか教えてくれなかった。

ニッキは受話器を置いた。こんなにいたたまれない気持ちになったのは初めてだった。

「彼がそんなことをするはずはないわ」

「わたしもそう思うわ」デリーは言った。「彼は気の毒にも……ちょっと待って。彼がそんなことをするはずはないって、なぜあなたにわかるの？」

ニッキはぎくりとした。「彼に関する新聞記事を読んだのよ」

「ああ、それはそうよね」デリーはすまなさそうに笑った。「わたしもよ。そのかぎりでは、彼はちゃんとした人だと思うわ」微笑を消して続ける。「クレイはかつての彼らしさをすっかり失っているのよね。わたし、あなたを迎えに行くとは言ったけれど、もうミズ・ワッツを歓待してコーヒーをいれたりするのはごめんだし、仕事のために良心を犠牲にするつもりもないの。わたしには立派な頭脳があるんだから、無駄にしたくないわ」

ニッキはなんとかほほえんでみせた。「それはもっともだわ。だけど、あなたがいなくなったら兄の将来が心配よ。あなたはほどほどということを知っていた。そのあなたがいなくなったら、ベットが兄にネクタイの締めかたまで指図しかねないわ」

「かもしれないわね」デリーはクレイに言われたことを思いかえして顔を曇らせたが、それでも強いてみじめな気持ちをふり払った。「さあ、これからチャールストンにあなたを連れて帰らなくちゃならないけど、わたしは何をしたらいい？」

「荷造りを手伝って」ニッキは言った。「そのあと服を着がえればすぐに出発できるわ。飛行機で帰るの？」

「残念ながら飛行機では帰れないわ。機内は与圧されているから、肺炎患者が乗るわけにはいかないのよ。チャールストンに着いたとたん救急車で運んでもらうはめになっちゃうわ。かわりにリムジンを借りてあるの」

「なんて贅沢《ぜいたく》……」

「まったくだわ」デリーは微笑した。「請求書を見たお兄さんが目をまわすのが楽しみよ」

ニッキは具合が悪くて言いかえすこともできなかったが、兄に忠実なデリーが職を辞するなんて、クレイはいったい何をやったのかと思わざるをえなかった。

マッケイン・ロンバードは悪意に満ちた報道にいきなり直面させられた。トッド・ローソンから電話で話を聞いた時点で、こうなることは予測がついていた。ケインがわざとやったことではないのに、メディアは彼を悪役に仕立てあげて激しく攻撃していた。

しかもこれはいっときだけの騒ぎで終わりそうにはない、と新聞の見出しを見ながらケインは思った。ロンバードは自然保護よりも利潤追求に血道をあげる資本家の典型的な例だと、シーモアが鬼の首でもとったように非難していた。ケインを見せしめにするつもりなのだ。シーモアには強力な応援団もついている。地元の環境保護団体はもちろん、全国的な団体もいくつか彼の支援にまわっていた。ケインはこの工場に入るためにプラカードを持った群集をかきわけなければならなかった。おそらくはトランス議員あたりに雇われた連中が集まったのだろう。戦略的に配置されたテレビカメラが彼らの姿をとらえていた。ケインがこの地に自動車工場を設立するのに道を開いてくれた役人たちも、いまは大半が反対派の側についているようだ。

「これはたいへんな騒動になるな」ケインは六階のオフィスの窓から工場の門前に押しよせている群集を見おろしながら言った。

熟年の秘書課長ミセス・ヤードリーがうなずいた。「そうですね。マスコミが取材させろとうるさく言ってきています。早い時期に記者会見をする必要があるでしょうね」

「ああ、わかってる。だが、なんて言ったらいいんだ？　わたしは無実だと叫ぶか？」ケインはふりむいてミセス・ヤードリーを見た。

「むろん社長に罪がないことはわかっていますわ」ミセス・ヤードリーはいたわるようにほほえんだ。「わたしだけでなく、ジェニーもね」いっしょの部屋で働いているもうひとりの年下の秘書の名前を出して言う。「問題は外の飢えた狼《おおかみ》たちにそれをどう納得させるかです」

ケインは両手をスラックスのポケットに突っこみ、下で騒いでいる連中から目をそむけた。「親父《おやじ》に電話してくれないか？」

「いま電話してもお出になれませんよ」秘書は言った。「二時間ほど前に電話をくださり、こちらに来るとあなたに伝えるよう言われました」

「ありがたいこった」ケインは天をあおいだ。「親父に来られたら、ただでさえ面倒な一日がよけい面倒になる。ぼくの問題はぼくひとりで対処できるのに」

「それはお父さまもご存じだと思いますよ。ただ精神的なささえが必要なんじゃないかとおっしゃってましたわ」ミセス・ヤードリーはにこやかに言った。「公衆の面前で磔《はりつけ》にされるときには友だちを拒絶すべきではありません。たとえその友だちが肉親であってもね」

「そうかもしれないね」ケインは彼女を見すえて言った。「新しい廃棄物担当——なんて名前だっけ——ジャーキンズか、彼に話を聞きたいから、ちょっと呼んでもらえないか？」

「ジャーキンズは病気で欠勤しています」ミセス・ヤードリーが表情を改めて言った。「それにエド・ネルソンもまだ腎臓《じんぞう》結石の手術の回復途上で休んでます。二人とも電話してきましたけど、ともにバークのやりかたは知らなかったと主張していました」

「そうだろうな。彼らがあの群衆を突破してくるわけはない。よし、それじゃボブ・ウィルソンに電話して、ここに呼んでくれ」ケインはロンバード・インターナショナルの法律顧問である弁護士の名を口にした。

「そうおっしゃると思ってました」ミセス・ヤードリーはそう答えた。「もうじき着くはずですわ」

「そいつはありがとう」

ミセス・ヤードリーは微笑した。「ボスを助けるのが秘書の務めですから。ミスター・ウィルソンがお見えになったらインターホンでお知らせします」

彼女が出ていくと、ケインは再び窓に向かった。いまにも降りだしそうな雲行きだった。抗議に来た連中の中でも報酬の少ない者は、雨粒が落ちてきたら帰るかもしれない。ケインはニッキのことを思い、彼女がそばにいないことを痛切に惜しんだ。彼女とは手を切ったつもりだが、自分の評判を落とさないためであろうと彼女の名誉を傷つけることはできない。それを自分自身にいま一度確かめながらも、ケインはこの決断をいずれ後悔することになるのだろうかと考えた。

「今回の件だが、きみにはよって立つべき法的根拠がないんだ」数分後、ボブ・ウィルソンがケインに向かって無念そうに言った。「残念ながら彼らはロンバード・インターナショナルとバークの会社の不法投棄を結びつけるのっぴきならない証拠をつかんでいるんだ。それに、きみが直接やつと契約したわけではなくても、部下にあたる社員が契約したのをきみが承認したのは事実なんだ。最終的な責任はきみにある。きみの会社は環境保護に関する連邦政府および州の法律をいくつかおかし、最低でもひとつ、捜査が進展してバークの罪がさらに明らかになったあかつきには、おそらく二つ以上の容疑で起訴されることになるだろう」

「つまり、たとえバークと契約を結んだときにぼくが責任能力のない状態だったと証明してみせても、ぼくの法的責任が軽くなるわけではないということか」

「そのとおりだ」ウィルソンは難しい顔でうなずいた。「むろんバークもきみといっしょに起訴されるだろう。やつは付け足しだがね」

「あいつこそ吊るし首にしてほしいね。やつはうちの新しい廃棄物担当者ジャーキンズの義兄だったんだが、この問題が出てくるまでぼくは二人の関係をまったく知らなかったんだ。だって知るわけがないだろう?」ケインはウィルソンに目をやった。「ぼくがジャーキンズを訴えることはできないかな? 事前にぼくの了承を得ずに業者をかえたということで」

「きみは了承を与えたんだよ」ウィルソンは辛抱強く言った。「ジャーキンズはいっさいの不正行為を否認している。業者をかえたことを報告したら、きみは了承したと言っていた」

「しかし、あのときにはバークがどういうやつか知らなかったし、CWCの記録が事実と違っていたということも知らなかったんだ!」

「ジャーキンズはCWCが信用に値しないことを書面できみに示せると言っている。それに、バークの会社に問題があることなど知らなかったとも言ってるよ。ほんとうかどうかはわからないがね。いずれにしてもきみが非難されるのはやむをえない。気の毒だがね。法的にはどうしても罪を逃れられないんだ。潔く責任を認め、妥当な形で決着がつくよう交渉するしかない」

「あのろくでなしは処罰を免れるのに?」

「どっちのことだ?」

「バークだよ」

「バークについてはわれわれが調べている」ウィルソンは安心させるように言った。「リベートの受け渡しがあったんじゃないか?」不意に思いついて、ケインは弁護士を見つめた。「あったとすれば、証拠も残っているんじゃないかな」

「それは……」ウィルソンは顔をしかめてポケットに手を突っこんだ。「きみのところの社員にライフスタイルが大幅に変わった者はひとりも見つかってないんだ。いちおう全社員の経歴を調べてはいるがね。何かわかったら報告するよ」

ケインはデスクに寄りかかった。「それじゃ、こんなことになったのはただの不運な偶然にすぎないってことか?」

「現時点でそうでないとは証明できない」

「ジャーキンズを解雇したらどうだろう?」

「何を根拠に? ジャーキンズは判断ミスをおかしたという以外、何も悪いことはしてないんだ。その判断ミスも経費を節約せんがためだったと弁解している。それがこんなことになったのはまことに申し訳ないと、ぺこぺこ謝っていたよ」

「この話を新聞社に持っていくのはどうだろう? ぼくの父親の会社に」

「それもどうかと思うね」弁護士は根気よく言葉をついだ。「バークはやくざ者かもしれないが、養うべき家族のいる労働者なんだ。きみが彼を非難したら、かえって労働者を搾取する強欲な資本家という悪印象を与えるばかりだろう。バークが不法投棄の張本人だということは見逃され、きみにいじめられている労働者と世間は見るはずだ。きっとマスコミもやつをヒーローに仕立てあげるだろう。大企業に虐げられ、なんとかひと儲《もう》けしようとした一市民というふうにね」

「そんなばかな！」

「わたしは過去にもこういう例を見てきたんだ。金持ちであるということはそれだけで罪なんだよ」

「ぼくはこの土地で何百人もの住民に職を提供したんだぞ。政府がプレッシャーをかけてくる前から少数民族を大勢雇い、管理職にも登用してきた。市の文化事業に寄付し、貧困地区の住環境改善に貢献した。そうしたことは何も考慮されないのか？」

「吊るしあげの熱が冷めれば考慮されるだろう。いましばらく我慢すればいいだけだ」

「ずいぶん楽天的だな」

ウィルソンは立ちあがり、握手をかわすためケインに近づいた。「いまは世界じゅうが自分に敵対しているように思えるだろう。だが、あきらめちゃいけない。あきらめるには早すぎるよ」

ケインは彼をにらんだ。「それにしても悪いことは重なるものだ。せいぜいぼくを守ってくれ」

「最善を尽くすよ」ウィルソンは約束した。

デリーとともにチャールストンのバッテリー地区にあるビクトリア朝様式の古い家に帰り着いたときには、ニッキはもうくたくただった。

「階段をのぼれるくらいに体力が回復するまで、一階の寝室で寝たほうがいいわ」デリーは助言した。

「そうね」ニッキは渋いグレーのカーペットが敷かれ、優美な曲線を描いている階段をなつかしそうに見やった。

デリーはニッキに手を貸して寝室に入らせ、彼女がパジャマに着がえてベッドにもぐりこむあいだに荷物をほどいた。「ミセス・Bがここにいてくれてよかったわ」

「週三回ミセス・Bが来てくれなかったら、この家はとてももたないわ」ニッキは言った。「父が家政婦として雇ったときにはまだ若かったけど、中年になったいまでも彼女はてきぱきしているの。なかなかいい仕事をしてくれてるでしょう？」

「ほんとね」デリーは汚れた衣類を洗濯かごに入れた。「四日前に肺炎がぶりかえしたって言ってたけど、四日間ひとりでどうしていたの？」

ニッキは目をそらした。「食事はあまりとらなかったわ。枕《まくら》元に水のペットボトルを置いてたの。抗生物質がすぐに効いたのよ」

「ああ、そういえばあちらの近所には医者のお友だちがいたわね。わたしったら忘れていたわ」

「ええ、そうなの。チャド・ホールマンが通りの先に住んでいるのよ」ニッキは内心ほっとした。デリーがチャド・ホールマンと顔をあわせる可能性はきわめて低いから、彼にその四日間のことを尋ねてケインがかかわっていたことを聞く恐れはないだろう。

「わたしがあれだけ言ったのに、あなた、スポレート・フェスティバルでがんばりすぎたのよ」デリーがベッドに横たわるニッキを見て、たしなめるように言った。「夏の肺炎はたちが悪いのよ」

「もう快方に向かってるわ。ちょっと寒気がしただけよ。これからは気をつけるわ」

「ほんとうに大事にしなくちゃだめよ」

「はいはい」ニッキはそう答えた。「もう心配しないで。わたしの愚かな兄貴の下で働くのをやめたからには、わたしの心配をする必要もなくなったのよ」

「あなたの愚かなお兄さんと会えなくなるのは寂しいわ」デリーはつぶやき、ニッキの顔を見るとにっこり笑った。「でも、あなたと友だちづきあいをしてきたのは彼のためではないのよ」

「わかってるわ。クレイがモズビーとこそこそやっているのは困ったものね」ニッキは静かに続けた。「わたしの別れた夫は破れかぶれな人間だし、ベット・ワッツは不穏な陰謀をめぐらしかねないタイプだわ。気をつけないとクレイはあの二人に足を引っぱられてしまう。マッケイン・ロンバードを敵にまわしたのもまずかったんじゃないかしら。ミスター・ロンバードみたいな人が不当な非難を甘んじて受けるとは思えないし、彼の親はニューヨークで辛辣《しんらつ》な記事を書くタブロイド新聞を刊行しているのよ」

「ミスター・ロンバードはいまは防戦一方だわ」デリーは言った。「沼地で死んでた水鳥の写真をかかげた過激な環境保護主義者たちが彼の工場をとり囲んでいるそうよ」

ニッキはたじろいだ。ケインがどんな気持ちでいるかは想像がつく。まだ知りあって間がなくても、彼が野生動物を愛する人間であることはすでにわかっていた。クレイが賛成している森林伐採の法案にもケインは反対だったのだ。ふくろうを守るべきだと考える人が、水鳥を殺すようなことを意図的にするはずはない。

「あなたも知っておくべきだと思うんだけど――」デリーがおもむろに切りだした。「ミスター・ロンバードの工場に押しかけた人たちの中には金で雇われたやからもいるの」

ニッキの口が開かれ、不意に息が吐きだされた。「そのこと、クレイは知ってるの？」

デリーは居心地悪そうに向きを変えた。「実は、わたしが辞職したのはそのせいなのよ。彼らを雇ったのはあなたのお兄さんだったの」

10

ニッキは耳を疑った。だが、デリーがでたらめを言うわけはなかった。

「でも、兄は環境問題に前から関心が高かったわ。とくに選挙区のここでは。きっとハラルスンのせいだわ」ニッキは静かに言った。「ハラルスンは彼の知る最良の方法で闘っている。だけど、彼のせいでクレイは本人が政治的な力と考えるものにふりまわされているんだわ」

「クレイはあなたをスキャンダルから守るためにやっているつもりなのよ」デリーは眉をひそめた。「ニッキ、あなた、ケインにつつかれては困るような秘密が何かあるの？」

「秘密なら誰にだってあるでしょう？」ニッキは不安な気持ちで答え、爪を嚙《か》んだ。「これからどうしたらいいのかしら」

「クレイに話をしてみて」デリーは言った。「彼もあなたの言うことなら耳を傾けるかもしれないわ。わたしではまるで話にならないの」

「あなたが辞めてしまうなんて残念だわ」ニッキはつぶやいた。

「辞めるしかなかったのよ。テレビ局に電話して、ミスター・ロンバードの工場に取材に行くよう仕向けろと彼に命令されたの。それもどうせハラルスンの差し金なんでしょうけど、クレイもやる気十分だったわ」

「そう」ニッキはそんな戦略を認める気にはなれなかった。クレイらしくないばかりでなく、モズビーらしくもない。モズビーはそれほど根性の曲がった人間ではないのだ。環境保護派とは反対の立場をとっているけれど、それも人々に仕事を与えるためであり、私利私欲で動いているわけではない。これまでだってそうだった。しかし、彼がクレイの選挙運動の助《すけ》っ人《と》としてハラルスンを送りこんできたのはいったいなぜだろう？

「わたしがあなたでもテレビ局に電話するのは拒否するわ」デリーが共感を求めて返事を待っているようなので、ニッキはそう言った。

デリーは無理に笑顔を作った。「職がないというのは妙な気分ね」

「これからどうするの？」

「あとで悔やむかもしれないけど、クレイの対立候補の事務所で働くつもりよ。選挙戦が始まったときにサム・ヒューイットから打診を受けたの。彼は女性の権利の拡大に積極的だし、わたしは彼の家族とは知りあいなのよ」ニッキのつらそうな表情を見て顔をしかめる。「彼はいい人よ。卑劣な手は使わないわ。高潔な心の持ち主なのよ。あなたのお兄さんも、ハラルスンに手伝ってもらうようになるまでは同じ高潔さを持っていたのにね」デリーは目を伏せた。「ほんとうに残念だわ。こんなことになってしまって」

「わたしも同じ気持ちよ。でも、わたしからクレイに話をしてみるから、どうか考え直してもらえない？」ニッキは哀願するように言った。

デリーはもつれたブロンドの髪に片手をやった。「あなたにはわからないのよ。今回のことで彼がわたしをどう見ているか思い知らされたの。これまでよく冗談を飛ばしあっていたから、彼がわたしを上品ぶってるとからかっても深刻には受けとめていなかった。だけど、今朝の彼はよくよく頭にきてたんでしょう。わたしを雇っているのは仕事ができるからにすぎないとはっきり言われたわ。それで初めて悟ったのよ。これはもうまったく脈はないんだと」悲しげにほほえむ。「彼がわたしを愛するなんて絶対にありえないんだわ」

ニッキにはそう感じたときの彼女の気持ちがよくわかった。ニッキ自身ケインの思いがけない拒絶に胸をえぐられ、いまもその痛みに耐えているのだ。「デリー」悲痛な思いで言う。「兄があなたのかわりに誰を雇おうと、あなたには絶対かなわないわ。あなたはクレイが州議会議員をやっていたころから補佐してくれた一番の古株ですもの」

「ええ。これからもあなたとはずっと友だちでいたいわ」

「もちろんわたしたちはいつまでも友だちよ。今日は迎えに来てくれてありがとう、デリー」

「いいのよ」デリーはバッグを手にとり、玄関に向かった。いまになってあらゆることが心に重くのしかかってきた。「わたしはミスター・ヒューイットに電話して、週末をのんびり過ごしてからまた働きはじめるわ。ミスター・ヒューイットがまだわたしを雇いたがっていたらの話だけどね」

「むろん雇いたがるに決まっているわ」

そこでニッキは心配そうにふと顔を曇らせた。デリーはその理由を即座に察知した。

「クレイを売るようなまねはしないわ。たとえ彼が屑《くず》だとしてもね」

ニッキの顔が赤らんだ。「デリー、わたしはべつにそんな心配は――」

「いいえ、心配してたし、また心配して当然だわ。だけど、わたしはそこまで逆上しているわけではないの。むしろ傷ついているのよ」デリーは深々とため息をついた。「でも、いずれ立ち直るわ。よくあることよ」

「そうね」ニッキはケインのことを思い出し、しょんぼりと言った。「今後のことが決まったら知らせてくれる?」

デリーはほほえんだ。「ええ、知らせるわ。約束する」

その晩クレイはニッキの様子を見に来たが、その顔には疲労がにじみ、どこかうわの空に見えた。

「コーヒーのいれかたを覚えるだけで疲れきってしまったのかしら?」カウチでまるくな

って兄を待っていたニッキは、彼が居間に入ってくると冷笑するように言った。

「そうか、デリーから聞いたんだな」クレイは肘掛け椅子にどさりと腰を落とし、ニッキを見つめた。「おまえもひどい顔をしているぞ」

「見かけほど気分は悪くないのよ」ニッキは応じた。「寒気がしてぞくぞくしてたけど、いまはだいぶよくなったわ」

「それはよかった。ぼくが迎えに行くつもりだったんだが、デリーに押しとどめられてね」クレイは腹立たしげだ。

ニッキは思わず笑い声をあげた。いまのクレイは大事な宝物を誰かにとりあげられた子どものときとまったく同じ表情をしている。彼とニッキは、彼女の肌の色の濃さをのぞいたらほんとうによく似ていた。髪は二人とも黒いが、目はクレイがブルーでニッキはグリーン。両親双方の血筋をそれぞれ受けついだのだ。

「こんなの信じられないよ」クレイはぶつぶつと言った。「ふだんの仕事とちょっと違うことを頼んだだけで辞めちまうなんて！」

「わたしにはデリーの気持ちがよくわかるわ」ニッキは言いかえした。「わたしが彼女でも辞めたわよ。ハラルスンは兄さんをだめにしつつある。兄さんは自分で自覚している以上に変わってしまったのよ」

クレイはニッキをにらんだ。「ロンバード家の連中がおまえの結婚のことをかぎつけたら、おまえとモズビーがやつらの作る低俗なタブロイド新聞で徹底的に中傷されるんだぞ」

「ええ、わかってるわ」ニッキは穏やかに答えた。「それでも兄さんが選挙のために同じ手を使うのを見るよりはましだわ」

「ときには攻撃的に打ってでることも必要なんだ。ハラルスンはちゃんと心得ている。彼のやりかたは少々非情かもしれないが、ロンバードだって非情な男なんだ」

「こういう非情さとは違うわ。彼が兄さんを攻撃するとしたら、正面から正々堂々と向かってくるわ」

クレイは長いこと妹の顔を見つめた。「なぜおまえにそんなことがわかるんだ？」

ニッキは口ごもった。「彼に関する記事を読んだのよ」兄に向かって、マッケイン・ロンバードと何日か二人きりで過ごしたのだとは言えなかった。自分が彼に恋してしまったのだとも。クレイのいまの精神状態では、どちらも愚の骨頂だと決めつけるだけだろう。

「もうデリーはいないんだ」クレイはうつろな声でつぶやいた。「ほんとうに信じられないよ！　ぼくが州議会議員に当選したときからずっと、下院議員になってからも常にそばにいたのに、こんなささいなことで辞めてしまうなんて」

「ささいなことではないのよ」

彼はニッキを興味深そうに見た。「おいおいニッキ、政治がどういうものかはわかっているだろう? 舞台裏で何がおこなわれているか、おまえだって見てきたはずだ」

「ええ、でも兄さんは舞台裏でひそかにおこなわれることにはいっさい関与してこなかった。これまでは高潔な理想主義者だったわ」

「政治的な影響力を手に入れないかぎり世の中を変えることはできないし、影響力を手に入れるには再選されることが不可欠なんだ。下院議員の任期が二年というのはもってのほかで、当選しても席をあたためる間もなく次の選挙のために闘わなくてはならない。議席はなんとしても守りたいんだよ。ぼくには計画が、目標があるんだから」ひとりごとのようにクレイは続けた。「いかにして勝つかは重要ではないんだ。議員になってわかったんだが、どんなにがんばって働こうが世の中は何も変わらない。失業者は増える一方だ」険しい顔で言葉を続ける。「デリーはふくろうの心配をしているが、ぼくは人々の職を守ろうとしているんだ。この州の選挙民の票はまたとりもどせるさ。ロンバードをマスコミの餌食《えじき》にしてやればいいんだ。あの男は沼地に汚染物質を捨てているんだからな。メディアはやつをねたに大騒ぎしているよ」そこで彼の口調が明るくなった。「選挙戦が始まって初めて突破口が開けたんだ。ぼくたちがやつの悪事を白日のもとにさらしてやったから!」

「ミスター・ロンバードが一年ほど前にどんな試練に直面したか知っている?」

「知らないやつはいないだろうよ」そう答えてクレイは立ちあがった。ニッキがさらに続けようとすると片手をあげて制する。「もうたくさんだ。事実は事実なんだよ、ニッキ。やつは有罪であり、見せしめとして厳しく罰せられるべきなんだ」

「兄さんを陰で操っているのはモズビーね？」ニッキは冷ややかに言った。

「モズビーはハラルスンを助っ人としてよこしてくれたんだ。ぼくのことが前から好きだったから」

ニッキは目をそらした。そう、モズビーはクレイが好きだった。それにわたしのことも。だけど、ただ好きなだけだった。彼をなんとかその気にさせたくて目の前で服を脱いだときにモズビーが見せた嫌悪の表情が、ニッキはいまも忘れられなかった。彼女の女としての自信にモズビーが悪意なく加えた打撃は永久に回復できないだろう。ケインなら救えたかもしれないが、彼には彼の心理的な壁があった。

「モズビーのこと、もう許しているんだろう？」クレイがゆっくりと言った。

「ええ」ニッキは物柔らかな口調で答えた。「彼にはどうしようもないことだったんだもの」

クレイはたじろいだ。「もし露見したら、彼は自殺してしまうだろう。モズビーはきちんとした男だ。就労プログラムに賛成し、少数民族を支援している。たとえそのほうが政治的に有利だからにすぎないとしてもね。環境保護団体には憎まれているかもしれないが、彼を憎んでいるのはそいつらだけだ。あれでも優しい男なんだよ」

「ええ、わかってるわ」ニッキの胸がうずいた。怪我《けが》をした鳥を膝にのせて最寄りの動物病院へと車を走らせていたモズビーの顔が思い出される。

「おまえはまったく気がついていなかったんだろうね」クレイは暗い声で言った。「父さんはたぶん気づいていたんだろうが、気づいていたとは自分自身にさえ認めなかっただろうよ。当時は難を逃れるのに必死だったからな。モズビーには妻が必要だったし、父さんにはモズビーが必要だったんだ」

「それで結局はわたしだけが苦しんだ」ニッキは悄然《しょうぜん》とつぶやいた。

「そんなことはない。モズビーだっておまえの気持ちを知ったときには打ちのめされたんだ。立ち直るには長い時間がかかったよ。繊細な男だし、他人を傷つけるのはいやなんだ」

「わかってるわ」ニッキはクレイに目をやった。「だけど、ベットは他人を傷つけても平気な人よ。兄さんも彼女に感化されて、似たタイプになりつつあるわ」

クレイは妹をにらんだ。「ベットのことはおまえには関係ない。それに彼女のほうもおまえを好いてはいないよ」

「あら、それを聞いてわたしが驚くと思う？」ニッキは笑い声をあげた。「彼女はピンストライプのスーツ以外、服を持っていないんじゃない？　兄さんも彼女のドレス姿なんて見たことがないはずよ」

　クレイは仏頂づらになった。「それがなんだというんだ？」

「わたしはドレスが好きなのよ」ニッキはグリーンの目をきらめかせた。「わたしは自分が男より優秀だということをわざわざ証明する必要はないの。自分で優秀だとわかっているから」

　クレイはため息をついて首をふった。「口の減らないやつだ」

「かもしれないわね。だけど、お願いだから政治の迷路の中に迷いこんでしまわないで」ニッキは言った。「そもそもなぜ議員になりたかったのかを忘れないでほしいの。兄さんはエネルギー・天然資源委員会に属している。過去には兄さんの提案が世間の支持を集めたこともあったわ。わたしはそんな兄さんを誇りに思っているの。だから森林伐採のことでモズビーやベットにいい顔をしたいからといって、いままでの功績を台なしにするようなことはしないでほしいのよ」

「自分の立場についてはもう一度考えてみるよ」クレイは言った。「ところでおまえが元気になったんなら、景気づけにまたパーティを開こうかと思うんだが」

「わかってるわ。まず九月にワシントンＤＣでやるのよね」最初のパーティのことを考えると、ニッキの気分は浮きたった。

「そのときには予備選挙は終わっているだろう」クレイは居心地が悪そうに言った。

「そしてわたしたちが勝っている」ニッキは安心させるように笑いかけた。「だからそのパーティは祝賀パーティになるわね」

ほんとうにそうなればいいが、とクレイは思ったが、口には出さなかった。

「政治って好きだわ」

「ぼくもだよ」彼は言った。「選挙戦ではせいぜいおまえを幻滅させないようがんばろう。ただしロンバードがぼくたち両方にとって大きな脅威だということは忘れるなよ、ニッキ。彼が防戦一方でいるかぎり、彼の家族も彼を援護するのに手いっぱいで、おまえやモズビーに目を向ける余裕はないんだ。どうせ単なる引きのばし戦術にすぎないし、やつは大金持ちだから、どれほど痛めつけようがたいしてこたえはしないだろう」

同調したくはないけれど、確かにクレイの言うとおりなのかもしれない。それでもやはり、クレイが新たな方針に執着しているせいですでに犠牲になったものがあるのではないかと思わずにはいられなかった。最初の犠牲はデリーを失ったことだ。まだほかにどれだけ犠牲が出るのだろう?

モズビー・トランスは夜のワシントンを見おろす窓の前に立って、ワインを飲んでいた。足は裸足《はだし》で、ブロンドの髪を際立たせるシルバーとゴールドのローブに身を包んでいる。ハラルスンがチャールストンでロンバードを窮地に追いこんだことに、モズビーは勝利の快感を噛みしめていた。これでロンバードは自分の身を守るだけで精いっぱいになったわけだ。ロンバード一族を忙しくさせておけば、選挙戦が過熱してきても、こちらが攻撃を受ける恐れはなくなる。

クレイの議席はモズビーにとっても絶対に落としてもらっては困る重要な議席だった。クレイと争うことになる民主党の候補者は好人物ではあるけれど、それでも革新派であるかぎり企業への優遇税制や軍事予算の拡大や製材業界へのてこいれといった大きな問題については、こちらと正反対の立場に立つだろう。モズビーは下院議員の支持をできるだけ多く集めなければならず、クレイは環境保護派の候補者として、また国防強化を唱える盟友として、なくてはならない存在だった。

こちらは環境プログラムに反対し、産業の振興や雇用の増加を重視しているのだ。ほんとうはクレイも同じ考えなのだろうが、いまの時点では環境保護派側にまわるほうが政治的には賢明だった。実際モズビーが伐採法案成立のため協力を求めるまでは、クレイは環境保護派のエースとして非の打ちどころのない実績を誇っていた。その経歴に汚点を残させるのは心苦しかったけれど、モズビーにはクレイの協力がどうしても必要だったのだ。それにロンバードの件が騒ぎになったからには、クレイがふくろうを守ろうとしていないことなど世間は忘れてくれるだろう。

モズビーはひんやりしたガラス窓に頭をもたせかけた。ロンバードに自分のことを探られずにすみそうなのはありがたいかぎりだった。モズビーはクレイより年上で、世間の規格から少しでもはずれた人間にとってはかなり息苦しい時代に育った。両親は彼の欠陥を親戚《しんせき》にさえ隠し、おかげでモズビー自身もそれを恥じるようになった。親の教育のせいで、ずっと隠しとおさなければならなかった。ほかの人には理解してもらえないだろうから。少なくとも両親はそれを理由に隠しつづけた。ニッキが知ったらなんと言っただろうかと、モズビーはよく考えたものだ。ニッキにどれほど魅力を感じても、彼女への欲望は絶対見せまい、知られまいと決心していた。モズビーが彼女に与えてやれるのは本物とはほど遠いまがいものの喜びだけだし、そうなれば必然的になぜ男としての機能を果たせないのか疑問に思われただろう。やはりこれでよかったのだ。このほうがずっとよかった。

表面的にはモズビーは堂々とした男性的な男であり、だからこそ有権者も票を入れてくれる。だが、ほんとうの彼は、秘密を持つ政治家をさらし者にしようとする最近の風潮におびえ、絶えず恐れおののく臆病《おくびょう》な男だった。自分の私生活を暴かれないためならどんなことだってするつもりだし、実際いままでもそうしてきた。たとえばニッキと結婚した。それを思い、モズビーは身をすくめた。あの結婚は最初から望みのないものだったのだ。

グラスを持つ手にぐっと力が入る。かわいそうなニッキ。ほんとうにかわいそうなことをした。あふれんばかりの愛情を寄せてくれたのに、モズビーは彼女の夢をすべて叩《たた》きつぶしたのだ。彼女の目に映る自分の私生活、ゲイとしての作りものの自分を演出して。その結果、ニッキは思惑どおり去っていった。それから彼女が誰とも真剣なつきあいをしないであろうことも、その理由もモズビーにはわかっていた。ニッキを傷つけてしまったことはいまでも痛恨のきわみだった。

だが、もう遠い昔の話だ、とモズビーは自分に言い聞かせた。これからもその過去を背負い、また露見の恐怖を背負って生きていくしかない。いまはロンバードにプレッシャーをかけつづけてクレイを選挙に勝たせることを第一に考えるべきだ。ロンバードをつぶそうと考えついたのはハラルスンだったし、彼がクレイの選挙運動の手伝いにサウスカロライナに行くというのもハラルスン自身が言いだしたことだった。ハラルスンは、こちらの秘密を知っている、もし自分をクレイの手伝いに行かせなかったらマスコミにばらす、とまで言ったのだ。

そう思いかえして、モズビーは顔をしかめた。ハラルスンは最近やることが過激になり、いかがわしいことに手を染めている節もある。これまでモズビーはその現実から目をそむけようとしてきたが、ハラルスンはやはり危険だ。なんとかしてロンバードの足を引っぱろうと異常なくらい執念を燃やしている。なぜそこまでしなければならないのか、モズビーにはわからない。だがロンバードは友だちでもなんでもないし、彼の家族はこちらの過去を探りだしかねないのだ。しかし、それでも法に触れるようなことはしたくない。今後はハラルスンのやりかたにもっと注意を払うべきかもしれない。もし事態がこれ以上悪化するようだったら、こちらの最悪の秘密をばらされないようハラルスンを表舞台から退場させたほうがいいのかもしれない。

モズビーは受話器をとりあげ、ある番号にかけた。

電話がつながるのを待つあいだ、上院議員になった最初の年の自分自身を思いかえした。当時は若き理想主義者として多くの夢と希望を抱いていたが、不運にもあるちょっとしたことが――彼の性的嗜好《しこう》に関する思わせぶりなヒントが――公になったせいで、その夢も希望もついえそうになった。それを救ったのがニッキとの結婚だった。だが、彼女と結婚していたという事実も、ロンバードに過去をかぎまわられたら意味を持たなくなるだろう。若き日の理想は秘密を守ろうとするどさくさに紛れ、いまではいついかなるときでもまず保身を考えることが第二の天性になってしまった。上院議員を三期務めるうちに心が磨耗してしまったのだ。モズビーはみじめな気持ちで胸につぶやいた。選挙区民との接触を絶やさないため頻繁に地元に帰ってはいるけれど、彼が暮らしているのは閉ざされた社会だ。ワシントンでの生活が長くなればなるほど、外の世界がいやになってくる。ここワシントンなら自分の身は安全だ。少なくとも当分は。選挙運動が激化する二、三週間だけでも、ハラルスンにわずらわされずにいたい。そのためには、いざというときハラルスンを抑えこむのに使えそうな手を何か見つけておくべきだろう。ハラルスンのことはクレイにも警告しておいたほうがいいのだろうが、いまの段階でそれをするのは得策とは言えまい。

「もしもし」電話の向こうで静かな声が応答した。

「実は頼みがあるんだ」モズビーは切りだした。「内密に調べてほしいことがあるんだよ」

相手は少し間をあけた。「わかった。で、何を調べればいいんだ?」

モズビーはハラルスンの名前と経歴を伝えた。

「それはいまチャールストンでシーモアのために働いてて、マッケイン・ロンバードの会社の不祥事をすっぱ抜いた男じゃないか?」

「そのとおりだ」

「なるほどな。実に興味深い話だ」

「何が?」

低い含み笑いが聞こえた。「そのうち全部話してやるよ。ハラルスンは不注意だったんだ。いまはそれだけ知っておけばいい」

「不注意……。それはこちらに有利になるようなことなのか?」

「ああ、もちろん。ただし、この話も他言無用だ。それじゃ何かわかったら連絡する」かちりと小さな音をたてて電話が切れた。

いまの口ぶりでは近々ハラルスンが苦境に陥りそうな感じだ。ハラルスンはロンバードについて、自分の身が危うくなったら他人のあらを捜す余裕などなくなる、と言っていた。言いかえれば攻撃が最大の防御ということだ。よし、それじゃ試しにやってみろ、とモズビーは心の中でハラルスンに話しかけた。安堵《あんど》が不安を押し流し、彼はワイングラスを置いた。そしてローブを脱ぐと、微笑をうかべながらベッドに戻った。

正義の力は、スピードは遅くても容赦がなかった。マッケイン・ロンバードは彼自身の怠慢が引き起こしたこの悪夢のような混乱状態を収拾すべく、弁護士や社員や重役たちとの面談に多くの時間を費やした。ウィル・ジャーキンズもエド・ネルソンも仕事に復帰してきた。ネルソンはまだ本調子ではなかったが、会社を守るため積極的にこの問題に関与してきた。ジャーキンズはCWCの能率の悪さを示す書類を提出し、契約を打ち切った理由を説明した。ケインはジャーキンズの目の下にくまができていることに気づいて、睡眠不足ではないかと問いかけた。ジャーキンズは病気の子どもがいるのだとげっそりした顔で答え、工場に戻っていった。ほかの従業員同様、ジャーキンズも世間の敵意をひしひしと感じているようだった。誰もが毎日抗議のために集まってくる群衆をかきわけて入ってこなければならず、彼らが無事でいられるのはもっぱら警備員たちのおかげだった。

予備選挙の当日、ニッキはクレイとともに地域の投票所に投票に行った。午前八時にはすでに長い列ができており、ニッキの胸はとどろいた。クレイが共和党の指名候補の座を手に入れるのは確実のように思われた。

ニッキはすでにワシントンの名士夫人のひとりと連携して、のちのちまで語り草となるようなパーティの計画を立てはじめていた。クレイが予備選挙で勝てば、チャールストンでも資金集めのため、またいっそうの支持を訴えるため、どんどんパーティを開いていくことになる。おそらく目がまわるほど忙しくなるだろうが、それだけの価値はあるのだ。クレイが予備選挙に勝ちさえすれば！

「心強い光景ね」ニッキは言った。

クレイはうなずかなかった。投票に来た人の多さにたじろいでいた。伐採法案への賛意を表明したことで大きくつまずいてしまったクレイだが、自分が地元の企業の環境汚染を暴いたことをみんなに思い出してほしかった。だいたい投票率が高いということは、それだけ有権者が怒り、誰かを落選させたがっているということなのだ。実際クレイは、かつて候補者を当選ではなく落選させるためだけに投票に行った老人たちを知っていた。

「そんなに緊張しないでよ」ニッキは言った。

彼らの横にいたアフリカ系の女性がにっこりした。「そうよ。自分が選んだ候補者に票を入れることは違法でもなんでもないんだから」

クレイは彼女に笑みを返した。「あなたも最良の候補者を選ぶんでしょうね？」

「それはもちろんよ」彼女は答えた。「この秋には大統領選もあることだし、ろくでもない議員は落選させて、ちゃんと国民のために働いてくれる人を議会に送りこむべきなのよね。わたしは保険に入れないの。今月は家賃も払えない。新しい靴を買う余裕もないのよ」

そう言うと両側がすり減った靴を見おろす。

「わたしが勤めていた工場は人件費を切りつめるために労働力の安いカリブに移転してしまったわ。わたしが失業したって政府は平気なのよ。わたしたちの代表にあれだけ多額の税金を払っているのに、彼らは議事堂の外の生活の厳しさを忘れているんだわ。ほんとうに腹立たしいったらないわ」

そして礼儀正しく会釈し、動きだした列にあわせて前に進んだ。クレイは顔面蒼白《そうはく》になっていた。ニッキが慰めようと腕に触れたが、胸のむかつきはおさまらなかった。なぜいままで気づかなかったのだろう？ 有権者が世の中を変えたがっているのは彼らの経済的状況が苛酷《かこく》だからなのだ。彼らはぼくに投票しに来ているのではない。ぼくを落選させるために来ているのだ！

国内生産から手を引いて海外に工場を移転した幾多の企業や、そのために職を奪われた人々のことが自分の頭からはすっぽり抜け落ちていたような気がする。ホームレスを見かけ、ときにドル紙幣をそっと握らせることはあっても、彼らに帰る家がないことまで頭がまわらなかったのだ。いったい何を考えていたのだろう？ ふくろうのこと、そしてロンバード一族にモズビー・トランスの秘密をかぎまわらせないようにすることだけしか考えていなかった。この二年ほどのあいだ、ひたすら私腹をこやし、自分の野望をとげることで頭がいっぱいで、一番大事なことをすっかり忘れていたのだ。この人たちが自分を議員に選んだのは、ワシントンで彼らのために働かせるためなのだということを。こんな重要なことをなぜ忘れていられたのだろう？

「デリーはそれを言おうとしてたんだ」

　ニッキが物問いたげにクレイを見た。

「まだ間にあえばいいんだが」

「なんの話？」

　だが、列が動くと同時に彼らも動いたため、その問いかけはざわざわした周囲の話し声にのみこまれてしまった。

　投票所は七時に閉まったが、投票用紙の記入用ブースの前にはまだ何人も並んでいた。民主党の指名候補者選びではサム・ヒューイットが大きくリードしていると早くも報じられていたが、共和党はクレイがチャールストンの著名な弁護士と互角の闘いを繰り広げていた。楽観を許さない厳しい状況だった。要するに、有権者は現状に満足していないということだ。

「心配して行ったり来たりするのはやめたら？」クレイが選対本部を置いているホテルの室内をうろうろ歩きまわるのを見かねて、ニッキは言った。ブルーとグリーンのシルクのパンツスーツが彼女の肌の色の濃さを引きたてていた。

クレイはスラックスのポケットに両手を突っこんだまま立ちどまり、ハラルスンとベットにはさまれた位置からニッキをにらみつけた。「あの数字が見えないのか？」

ニッキはコーヒーの入ったプラスティックのカップを彼に手渡した。「負けはしないわよ」

ベットが彼女をちらりと見た。「自信満々ね」

ニッキはほほえんだ。「クレイは最良の候補者だもの。そうでしょう？」

「そりゃそうだわ」ベットは言った。

「だったらクレイが勝つに決まってるわ」ニッキは再びテレビ画面に目をやった。「まだ開票は始まったばかりだし、いま報じられているのは民主党が強い地区よ。都市部の開票が始まれば、クレイの票はぐんぐん伸びるわ」

ベットは驚きの表情を見せた。「政治のこと、ずいぶん詳しいのね」

「わたしは三年半、大学で学んだのよ。学位をとるのに一学期足りなかっただけだわ」

「それは知らなかったわ」

「そうよね。あなたはわたしのこと、パーティを開くしか能がない——なんて言ってたっけ？——愚鈍な女だと批判するのに忙しかったんですものね」輝くグリーンの目からは挑戦的なものが感じられる。

ベットにも自分が間違っているときにはそれを認めるだけの潔さがあった。くやしそうな笑みをうかべ、彼女は言った。「その点は悪かったわ」

「いいのよ、誰だって即断に走ることはあるんだから」ニッキはいたずらっぽく言った。

「わたしもあなたと初めて会ったときにクレイに尋ねたことについては触れずにおくわ」

「ありがとう」ベットはおずおずとつぶやいた。

「クレイ！」ハラルスンが叫んだ。「見ろよ！」

全員がテレビに目を向けると、新たな数字が出ていた。都市部の開票状況が報じられはじめ、クレイが二パーセントのリードから二十パーセントへと票を伸ばしていた。

「やった！」クレイは叫んだ。

「ほらね」ニッキは満面に笑みをたたえた。「わたしの言ったとおりでしょう」

11

祝宴は夜どおし続いた。共和党の対立候補は早々と負けを認め、クレイとベットとニッキは支持者たちから賞賛の言葉を浴びせかけられた。

深夜、クレイはテレビ局に出向き、共和党の指名を受けるスピーチをおこなった。

「今度の本選挙では死ぬ気でがんばります」彼はカメラに向かって言った。「実は今日、いままで直視していなかった問題について、目を開かされました。勤め先が海外に移転してしまったために職を失った人たちがいる。わたしたちのこの町に、まさにそういう人々が暮らしているのです。このままではいけない。国家予算の均衡をはかり、きちんと手を打つべきです。わたしを再びワシントンに送りこんでくださったら、今度こそこの問題にとり組みます。環境問題はいまでもわたしにとって重要な課題ではありますが、いまはまず人々に職を与えなければならない。それが今後のわたしの最優先課題です。このたびの予備選挙では多大なご支持をありがとうございました。十一月の本選挙でも必ず勝利します！」

支持者たちが拍手喝采《かっさい》した。クレイはほほえんだが、彼の目には新たな炎が燃えていることに周囲の誰もが気がついた。ベットがそれを見て動揺したのは、彼女もまたアメリカ企業の海外進出を支持する圧力団体に手を貸してきたからだ。将来に思いをはせる彼女の笑顔は少しだけ引きつっていた。

ニッキはベットの心中には頓着《とんちゃく》しなかった。誇らしい気持ちで胸をいっぱいにして兄を見つめていた。ニッキの唯一の悲しみは、マッケイン・ロンバードが窮地に立たされているることだった。例の不法投棄が彼の責任でないことはわかっていた。だが、それを自分以外の人々にどう納得させるかが問題だった。あれはケインが負傷して彼女の別荘で寝ているあいだに起きたことなのだ。それを彼が黙っているのは、わたしの世間体を考えてくれているからだろうか、とニッキは思った。なにしろ彼はこちらの素性を知らない。あの家の単なる居候だと思っているのだ。

ニッキはよく彼と過ごした短くも楽しい日々を思いかえした。ケインは夢にまで出てきて、彼女を悲しみに暮れさせた。モズビーと別れて以来、自分をこんなに無価値だと感じるのは初めてだった。男にとって自分はアクセサリーほどの価値しかなく、アクセサリーとしての魅力が色あせれば見向きもされなくなるのだ。モズビーは体裁を整えたかっただけであり、ケインは気楽な情事の相手がほしかっただけ。ニッキはそのどちらにも甘んじることはできなかった。

ケインの顔はあれからテレビで何度か見たが、兄を勝たせたがっている人たちのせいでケインが難局に直面しているのかと思うと胸が痛かった。クレイ自身が直接画策したわけではないけれど、彼がそれを自分に都合よく利用していることは確かだった。それゆえにケインはいっそうクレイを憎み、何か報復の手段を考えているのではないだろうか？　ニッキは心配のあまり、よっぽどケインに電話をかけようかと思った。だが彼に自分の正体を明かすわけにはいかないのだから、結局思いとどまった。真実を知ったら彼はわたしを憎むだろう。ましてこんな展開になっていては。この華々しい政治的お祭りの陰には多くの嘘《うそ》がひそんでいるのだ。誰もが秘密をかかえていた。いつ露見するとも知れない秘密を。

ロンバード家の家長は太い葉巻をせかせかとふかしながら、長男ケインのオフィスの中を歩きまわっていた。

「なんという愚かさだ」息子がちゃんと聞いているのを目で確かめながら、ぶつぶつ言う。「仕事をほったらかして休暇をとっていたなんて。わたしが一度でもそんなことをしたことがあるか？」

ケインは答えなかった。そのせりふは毎度なじみのものだった。父はいつも同じことをきくのだ。父の判断は常に正しく、本人が必要と思ったときにはいつでも〝だから言っただろう〟とばかりにしゃしゃりでてくる。

「わたしが若いときだったらそんな社員は打ち首獄門だ」父は激した調子で続けた。「問答無用でな。そしてマスコミはすべて言論封鎖してやる！」

「あなたもマスコミの人間じゃないですか」ケインは言った。

父は皺《しわ》だらけの大きな手をふって軽くかわした。その大きさは長身の細い体には不釣り合いなくらいだ。「わたしの新聞はそういうのとは違う。簡単に誘導されて嘘を書きたてたりはしない。常に真実を報道している！」

「ご冗談を」

フレッド・ロンバードは薄い鼻越しに息子をにらんだ。「たまには真実を報道することもある」そう訂正して続ける。「真実を知らしめる必要があると思ったときにはね。それ以外のときは大衆を面白がらせなくてはならん。人は面白がりたいために高い金を払うんだ。どうしたらニュースが売れるか、おまえにわかるか？」

「もちろん。被害者に二つ首をくっつけたり、UFOを飛ばしたりしている写真をでかでかと一面に載せればいいんでしょう？」

フレッドはくすりと笑った。「ああ、確かにそういうやりかたもある」

「それではピューリッツァ賞はとれませんよ」

「労せずして儲《もう》かって、スイスの銀行に金を預けられるくらいなんだ」フレッドは言いかえした。「スイスの銀行は利息はつかないが、秘密が守れて安全だ。だが、すべてを自分が相続できるとは思うなよ。おまえには弟が二人いるんだ」

「父さんの財産を相続する必要はありませんよ」ケインは自《じ》嘲《ちょう》的に答えた。「もうぼくの将来は決まっているんだから。刑務所で三食まかないつき、家賃もただの部屋が与えられるんですよ」

「ばかを言うな」フレッドは葉巻をふりまわした。「従業員が勝手にやったことでおまえが刑務所にぶちこまれるわけはない」

「不法投棄は重罪なんですよ。弁護士の話を聞いてなかったんですか？」

「聞いていたさ。だが、いまの政府はやることがのろいから、どんな容疑であれ立件されるころにはおまえはわたしの年になってるだろうよ」

「そうかもしれません。しかし、もし十一月に政権が変わったら？」

「そのときには、われわれみんなが迷惑するはめになるな。おまえはとくにだ。あの若造は失業対策に力を入れているだけでなく、環境保護にも熱心だからな」

「勢いづいてますからね」ケインは言った。「しかし、たとえ自ら不法投棄したわけではなくても、ぼくがそれをさせたのは事実なんです。わが社が遵法精神にあふれたまともな業者を使わなかったのは社長であるぼくの責任だ」

「おまえはここにいなかったんだ」フレッドは言った。「何度でも言うが、おまえはいなかったんだよ！　長い休暇をとりたかったら、会社なんて売ってしまえ！」

ケインは重いため息とともにデスクの角に腰をのせた。「社の顧問弁護士は今回のことで一生懸命動いてくれているが、ぼくはそんな気になれなくて。あの写真を見ましたか？」怒りと悲しみに目を翳《かげ》らせて言う。「まったくひどいありさまだった。ああいうばかなことをしたやつはトラックごと沼に沈めてやるべきだ」

「それもまた環境汚染になる」父はそっけなく言った。

「確かに」ケインはしぶしぶ認めた。

「まあ元気を出せよ。わたしがなんとかしてやるから」

ケインは首をかしげた。「あの沼地の上空に円盤を飛ばして、その写真を一面に載せれば……」

「こら、わたしがそんなことをすると思うか？」

「ええ、思いますね」

「今回はしない」フレッドは断言した。「実は、うちの記者のトッド・ローソンにクレイトン・シーモアとモズビー・トランスのつながりを調べさせたんだ」

ケインは眉間《みけん》に皺を寄せた。「どんなつながりがあるんです？」

「それが実に面白いことに、七年前、シーモアのたったひとりの妹がトランスと結婚していたんだよ」

ケインは心臓が引っくりかえったような気がした。「なんですって？」

「結婚生活は半年しか続かなかった。半年後にひっそりと離婚したあと、トランスが結婚したのは彼がいつまでも独身でいる理由について流れていた噂《うわさ》を否定するためにすぎなかったとささやかれた」

ケインはくらくらする頭でニッキが口にした言葉を思い起こした。ニッキは結婚経験があったのだ。本人はそうは言わなかったけれど、彼女を抱けない男とつきあいがあったようなことは言っていた。それがトランスだったのか?

フレッドは歩きまわるのをやめ、ケインを見すえた。「何を考えこんでいる?」

「トランスについてはどの程度わかっているんですか?」

「それがあまりわかってないんだ。トランスは秘密主義なんだよ。いまローソンに過去を探らせているがね。トランスが育ったエイケンの近くの小さな町にききこみに行かせているんだ。トランスが何か隠しているとすれば、そこで探りだせるだろう」

「そして何か探りだせたら、どうするつもりなんですか?」ケインが怪しむように言った。

「その情報を武器として使う」フレッドは冷酷に言い放った。「おまえを狙《ねら》っているのがシーモアよりもトランスだということは、おまえもわかっているはずだ。たぶんおまえを追いつめれば自分のことを詮索《せんさく》する暇がなくなって、秘密を暴かれずにすむと考えているんだろう。トランスはシーモアを必要としているが、それでもわれわれの干渉を防ぐためならやつを切り捨てるはずだ。わたしはそれをあてにしてるんだ。そのための武器がほしいんだよ」

「父さんは策士だな」ケインはちょっと黙りこんだ末に言った。

「おまえにとっては幸運なことにな」父は言いかえした。「わたしが策士でなかったら、おまえはその尊い正義感ゆえに刑務所送りになるだろうよ」

いや、父に正義感が欠けているせいで刑務所送りになるのではないかと思いつつも、ケインは押し黙っていた。頭の中ではニッキとともに過ごした日々を思いかえしていた。あのひととき、おとなになって初めて安心感を得られたのだ。こんなトラブルに巻きこまれたいまは、あの日々がはるか遠くに感じられる。ニッキに対しては最初から正直に身分を明かすべきだったし、彼女にも明かさせるべきだった。自分があんなにも深入りするのを警戒しなければ、さまざまな可能性が二人の前に広がっていたのだ。だが、こうなってしまったいまではあまりに障害が多すぎる。激しい感情がこみあげ、ケインは目を怒らせた。トランスは彼女に何をしたのだろう？

クレイがワシントンに戻るのにニッキも同行し、ブレア邸にある小さなコテージに居を移した。マッジ・ブレアはそのコテージを使わせてくれるだけでなく、クレイが共和党の指名を勝ちとったお祝いと本選挙に向けてさらなる支持を集めるためのパーティに屋敷を提供してくれることになっていた。ニッキはオーガナイザーとしての才能を発揮し、ケータリングの業者を頼んだり、余興の手配をしたり、広い舞踏室の飾りつけを監督したりした。

「あなたには驚かされてばかりだわ、ニッキ」白いサテンをかけた金色の漆喰《しっくい》をバックに、音符の形の繊細な銀線細工を吊《つ》るすのを手伝いながら、マッジが言った。「オペラをテーマにして、招待客全員に好きなオペラ歌手か登場人物の扮装《ふんそう》をしてきてもらう仮装パーティなんて、よく思いついたわね。きっと今夜はパバロッティが二十人は集まるわ」そう言って笑い声をあげる。

「クロードはどこなの？」ニッキは室内を見まわした。

「猫といっしょに隠れてるわ」マッジは笑いながら答えた。「かわいそうに、彼、パーティが大嫌いなのよ。双子のシャム猫といっしょに書斎に閉じこもり、ギリシャ悲劇に読みふけっているわ。ギリシャ悲劇はひらめきを与えてくれるんですってよ」

「マッジ、彼は快楽殺人が出てくるミステリー小説を書いているのよ」ニッキは言った。「世界的に有名な作家で、彼の書くものはことごとく映画化されている。来月にも新作が公開されるんだから」

「知ってるわ。わたしは彼の妻だもの」マッジが言いかえした。

ニッキは声をあげて笑った。「彼もせめてパーティには出てくれるんでしょうね？　なんといっても、ここに住んでいるんだもの」

「たぶんね。だけどきっと小麦粉の中をころがって、わたしの嫌いなモーツァルトのオペラに登場する幽霊か何かに扮して出てくるわ」マッジは音符の飾りをとめつけた。「あなたは誰に扮するの？　ああ、わかった――マダム・バタフライでしょ！　その漆黒の髪にぴったりだわ」

「わたしは薄い生地のドレスを着てカミーユになるつもりよ。いまはちょっと悲劇的な気分なの」

「まあ、あなたに悲劇は似あわないわ。いつもそんなに輝いているのに」

「わたしにも人並みに悲しいことがあるのよ」

マッジはちらりとニッキを見た。「それはそうでしょうね。でも顔には出さない。あなたはまったく無傷に見えるわ」

ニッキがなぜ悲しいのかマッジは知らない。知っているのは彼女がかつて結婚に失敗したことだけだ。

「そのホチキスを貸してくれない？」ニッキは言った。

「はい、どうぞ。もうほとんど完成ね。あと数時間でパーティの始まりだわ。クレイとベットは時間どおりに来るんでしょうね？」マッジは心配そうに尋ねた。

「ええ、定刻には必ず来るって」

「あのね、実はクロードが招待客のリストにぜひともうひと組加えたいって言うんで、そのカップルにも招待状を出したの。構わなかったわよね？」

「もちろんよ。ここはあなたの家だし、あなたはわたしたちの友だちだわ。資金集めの大事なパーティのために、こうしてお宅まで提供してもらっているのよ。わたしたちに文句のあるはずがないじゃない」

「ええ、でもクレイはいまケインと対立しているのよね。だけど、ケインは以前クロードと同じヨットクラブに属していたし、いまでもいい友だちなの。あなたもできれば嫌わないでほしいわ……」マッジの声がいちだんと気遣わしげになった。「ちょっとニッキ、大丈夫？」

ニッキはホチキスをとり落とし、のぼっていたはしごから落ちそうになっていた。「マッケイン・ロンバード？　クロードがマッケイン・ロンバードを招待したの？」思わず声を震わせる。

「彼とは友だちなのよ。わたしはとめたの。やめたほうがいいんじゃないかって。だけど、クロードはケインのガールフレンドも招待したわ。ケインがあんなトラブルに見舞われてから、二人は離れられなくなってるみたいだし……。いえ、ケインのトラブルはむろんクレイの責任ではないわ」マッジはため息まじりに続けた。「クロードは何も考えていないの。悪気はないのよ。あの四匹の猫のせいだわ」憂鬱《ゆううつ》そうに言葉をつぐ。「シャム猫が二匹にペルシャ猫が二匹。もう気がおかしくなりそうよ！　クロードったらあの猫たちに机の上をわが物顔で歩かせて、どうして原稿が書けるのか理解に苦しむわ！」

ニッキの心臓は激しく早鐘を打っていた。ケインがここに来る。わたしと顔をあわせる。わたしの正体を知ってしまう。そして、わたしは彼から話に聞いていた恋人と彼がいっしょにいるところを見るはめになる。わたしが知らない彼のすべてを知る、顔の見えない女を。

「少し横になって休んだほうがいいんじゃない？」マッジが言った。

ニッキはブロンドの友人の目をしっかり見つめかえした。「いいえ、大丈夫。ほんとうに大丈夫よ。ちょっとめまいがしただけだから。今日は何も食べてないの」

「それじゃキッチンに行きましょう。ルーシーにお得意のフィリーステーキ・サンドイッチとじゃがいものバターいためを作らせるわ」

「ありがとう。だけど、コレステロールのとりすぎで死にたくはないわ」ニッキは笑いながら言った。「できたら軽いサラダにスティックパンといったあたりがありがたいんだけど」

「小食ね」マッジはしかめっつらで自分の豊かなヒップをさすった。「レタスさえ嫌いでなければ、わたしもあなたみたいになれるのに。少なくとも部分的にはね」

「あなたはそのままですてきよ。クロードもいつもそう言ってるはずよ」ニッキはマッジの腕に腕をからませた。「それじゃもう一度だけケータリングの料理をチェックしてから行きましょう」

それからばたばたと準備を進めるあいだにも、目前に迫ったケインとの対面が頭を離れることはなかった。ニッキはしきりに爪を噛《か》み、爪の下の柔らかいところまで食いちぎりそうになった。準備の整った室内を満足げに見まわすと、彼女は階段に向かった。そろそろ客が到着しはじめる時間だった。どうかうまくいきますように。定刻が近づくと、いつも料理や音楽のことが心配になるのだ。

「きみの頭の中で歯車が回転しているのが目に見えるようだよ」クロードが片手に猫を抱いて廊下に出てきた。猫はチョコレートポイントの大きなシャム猫で、ニッキをブルーの目で値踏みしたあげく興味なさそうにそっぽを向いた。それから目をとじ、クロードのジャケットの中へといっそう体をもぐりこませる。

「マッドはどうしようもない猫なんだ」クロードは寝入った猫を顎で示して言った。「起きるのは食べるときだけ。怠惰なあまり、ほかの猫に毛づくろいしてもらうくらいなんだよ。こいつのカウンセラーはストレスのせいだと言っている。外に出してもらえないせいで欲求不満がたまっているんだ」

ニッキは笑いはしなかった。クロードはマッドに対するカウンセリングを大真面目《おおまじめ》に受けとめているのだ。

「少しはよくなってるの？」

「そうだな、ぼくの目にはあまり変わってないように見えるが、少なくともパソコンのキーボードを噛む癖は治ったね。まったくあの歯型ときたら。嫉妬《しっと》して噛むんだよね。そう、マッドはぼくが執筆を始めると、パソコンに嫉妬するんだ」

クロードに対して長く腹を立てつづけるのは不可能だった。ニッキも彼を知るほかのみんなと同様、彼が大好きだった。

今夜はなんとかケインに近づかないようにするつもりだ。ケインにはまだ正体を知られていないし、仮装していればこのあいだの女と同一人物だとは気づかれずにすむだろう。

「あなたもパーティに出てくれるでしょう？」彼女はこの屋敷の主《あるじ》に尋ねた。

「たぶんね。作曲家のラヴェルになって、両腕に一匹ずつ猫を抱いていくよ。ラヴェルも猫を飼っていたんだ。何十匹もね。彼は猫たちと話さえできたんだよ」

「わたしも飼っていた猫によく話しかけたけど」ニッキは言った。

「猫語でではないだろう？」クロードはにやりと笑った。

「でも、パフはわたしの言うことをよく理解したわ。二階のバルコニーからでも缶詰めをあける音を聞きつけて飛んできたものよ」ニッキは回想した。数週間前に老衰で死んだパフのことを思うと、いまでも胸が締めつけられる。

「新しい猫を飼うべきだよ」クロードは優しく言った。

ニッキは肩をすくめた。「世話する暇がないわ」そうごまかしたが、ほんとうはまだパフのかわりを飼う気になれないのだ。

「なぜそんなに悲しそうな顔をしてるんだい？」クロードは言った。「クレイが党の指名を勝ちとったというのに」

「別のことが悲しいのよ」

「クレイもいずれ自分とベットがあわないことに気づいて、デリーと結婚するだろうよ」

「デリーは辞めてしまったし、ベットはもうクレイと婚約したと言っているわ。ベットもそう悪い人ではないのよ」

「だってロビイストだよ。彼女がクレイと結婚したら、深刻な利害の衝突が発生して、彼女は仕事を失うだろうよ。だが、ベットは野心的な女だ。どちらかを選ばなければならないとなったら、最後にはクレイを捨てるだろう」

「人間の心理がどうしてそんなによくわかるの？」ニッキは驚いて尋ねた。

「ぼくは作家だよ。作家ほど人間のことをわかっている人種がいる？」

「確かに」

「カミーユは、猫は飼っていなかったのかい？」クロードが話を変えた。「きみはカミーユになるってマッジが言ってたけど、きみも猫を抱いて登場したらどうかな？」

「少し前まで肺病をわずらっていた女が猫を抱くのはちょっと——なんて言ったらいいの

かしら――意外性がありすぎるんじゃない？」

「それもそうだ」クロードはくすりと笑った。「だったら、マッジにエジプト人かバビロニア人の格好をさせ、両手にそれぞれ猫を抱かせよう。ほら、ロッシーニの《セミラーミデ》の登場人物だよ」

「なぜあなたの身近な人は猫を抱いて出なくちゃいけないの？」

「ただの猫じゃない、二匹の猫だよ。ぼくは四匹飼ってるんだ。放《ほう》っておくと、プリンター用紙の箱の中に入りこんで、紙を食べちまうんだ。あるいは印刷した原稿をかじるか。マッドは机の下の戸棚をあけられるんだよね」

「ちゃんとした書類戸棚を買えばいいのに」

クロードは顔をしかめた。「そんな残酷な」

「何が残酷なの？」

「書類戸棚に猫を閉じこめるなんて！」

ニッキは彼をにらみ、いたずらっぽい笑い声を背中に聞きながら階段をあがっていった。かわいそうなマッジ。クロードといっしょに暮らさねばならないとは同情に値する！

薄い白の衣装はニッキにぴったりだった。その格好が招待客の色とりどりの海原にうかぶ砂の小島のようだった。クレイとベットはカルメンと兵士の格好でやってきた。クレイは詰め襟の制服が窮屈そうだし、ベットは村娘らしく胸元が大きくあいたブラウスを着ているけれど、そこからのぞく胸は少々貧弱すぎた。

ケインはまだ影も形も見えず、ニッキはひょっとしたら来ないのではないかと淡い希望を抱いた。このパーティが自分と敵対しているクレイのためのものだということは、ケインも知っているに違いない。ニッキは、クレイには彼の敵が招待されていることを話していなかった。このままケインが現れないなら話す必要もないだろう。そう思うと少し肩の力が抜けた。

クロードとマッジはモーリス・ラヴェルとセミラーミデに扮し、クロードのほうは片手にマッドを抱いていた。会場内をざっと見まわしたところ、猫を抱いている客がほかに三人いた。ニッキは思わず頬をゆるめた。クロードは実に説得力があるし、猫は子どもによく似ている。つまり抱かれるのが大好きなのだ。

「不思議なカップルね」ニッキはクロードとマッジに近づいて声をかけた。

「ぼくたちのことを言ってるのかな、肺を病んでる愛人さん」クロードはマッドを抱きしめて言った。マッドは起こされて腹を立て、クロードの腕に不意にがぶりと噛みついた。

「いたっ！」クロードが叫んだ。

「抑圧された敵意は精神の成長を妨げることもあるのよ」ニッキは猫を見ながら続けた。

「もっと表現の自由を与えてやったほうがいいわ。抑圧してはまずいわよ」

「今度噛みついたらブルゴーニュ風赤ワイン煮にしてやる」クロードは猫をにらんで言った。

「ばか言わないで。猫を赤ワインで煮るなんてとんでもないわ。あまりにブルジョア的よ」マッジが言った。

ニッキは笑い声をあげた。この二人がニッキの一番親しい、一番信用できる友だちだった。二人はニッキの過去を知っているわけではないが、知ったとしても変わりはないだろう。批判がましいところなどまったくない人たちなのだ。

「すごい混《こ》みかただね」クレイがやってきて言った。妹の真っ白な顔に赤く塗られた頬を見て眉をひそめる。「その顔はなんのつもりなんだい？　バンパイアか？」

「わたしは結核で死にかけているのよ。見てわからない？」ニッキはささやいた。「わたしはカミーユなの」

「ぼくはオペラは嫌いなんだ」クレイは誰にともなく言った。

「結婚したら好きになるわよ」ベットがぞんざいに言った。「わたしはオペラが大好きだから、あなたも頻繁に見に行くようになるわ」

ニッキは無言のまま、兄に向かって意味深長に眉をあげてみせた。クレイは彼女をにらんだ。

「デリーが今夜きみたち二人といっしょでないのはなぜなんだ？」クロードが唐突に尋ね

た。「彼女は先約でもあったのか？」

ベットが怖い顔になり、クレイは咳払《せきばら》いした。

「デリーはクレイの事務所を辞めて、ライバルのところに移ったのよ」ニッキが答えた。

「職務記述書にない仕事までやらされそうになったから」

「命令に従わないから、首にしたんだよ」クレイがニッキに議論を挑むように口をはさんだ。「彼女、すっかり変わってしまったんだ」

「そうなのよ」ベットが勢いこんで言った。「最初から彼女は信用ならないと思ってたわ」

「わたしは信用していたわ」ニッキは二人をじろりと見て言った。「デリーはクレイが雇ったスタッフの中でも一番誠実だったわ。どんなときにも決してそばを離れなかった。まだクレイが下院議員になろうとは夢にも思っていなかったころ、州議会に提出した法案の反対派が事務所を襲撃してきたときでさえね。デリーは恐怖におののきつつも、クレイのもとにとどまってくれたわ」友人を擁護するニッキの口調に熱がこもってきた。「不平ひとつ言わずに一日十二時間も働き、故郷を離れてクレイのスタッフを監督するためワシントンまでついてきてくれた。そのために私生活まで犠牲にしたのよ。信用ならない？　あなたはそう見てるとしても、わたしは彼女みたいな人がもっとたくさん必要だと思うわ」

　クレイは妹に見つめられ、居心地悪そうにもじもじした。「友だちだから義理立てしてるんだな、ニッキ。しかし、おまえは状況をまったくわかってない」

「だったら、その状況とやらを説明してよ」

「勘弁してくれよ」クレイは笑った。「よけいな波風を立てないでもらいたいな。船が転覆してしまう。選挙で当選するためには世間の支持をできるだけ集めなくてはならないんだ」

「モズビーとわたしがあらゆる方面で支持を広げているわ」ベットが言った。

「そういえばモズビーはどこ？」マッジが尋ねた。

「モズビーは先約があるそうだ」クレイがすかさず言った。「もともと社交的なほうじゃないしね。パーティは苦手なんだ」

「女という女が彼の足元にひれ伏すからだわ」マッジが笑いながら言った。「彼ってほんとうにハンサムよね。見ただけで膝から力が抜けちゃうわ」

ニッキもかつてはそうだった。だが、いまはモズビーのことを考えても悲しくつらいだけだ。だから返事をしなかった。ベットはニッキとモズビーが結婚していたことは知っているが、それ以上のことは知らない。クレイもそこまで彼女を信用してはいないようだ。

「おや、また客が到着したようだよ」クロードが言った。「挨拶《あいさつ》してこなくちゃ。ほら、猫を頼む」

そう言うといやがるクレイにマッドを抱かせたが、クレイはすぐさまニッキの手に押しつけた。

「おまえは猫が好きだったよな。パフを飼ってるくらいだ」にんまり笑って言う。

「パフはもう死んだのよ」ニッキは言った。「おかげで寂しくなったわ」優しく撫《な》でてやると、マッドは低くうなった。

「抑圧された敵意を表現してるんだ」クレイが指摘した。

「おろしてくれと言ってるのよ。おろして大丈夫かしら？」ニッキはクロードの姿を求めて周囲に目を走らせた。

「おろしたらクロードの原稿に食らいつきに行くだろう。そうなったら、おまえがクロードに責めたてられるぞ」クレイは言った。

「兄さんはなぜ抱いてやらないの？」

「そいつがぼくを嫌ってるんだよ」

マッドのうなり声がさらに大きくなり、ニッキは自分のドレスから猫を引きはがした。長い爪が出かかっていた。

「受けとってよ、クレイ」ニッキは哀願した。

「そいつはぼくよりもおまえの衣装にふさわしい。スペインの兵士は猫が嫌いなんだよ。知らなかったかい？」

「ほんとう？」

「猫を抱いたスペインの兵士の絵をこれまで見たことがあるか？」

それは確かになかった。兄のこずるい逃げ口上に抗議しようとしたとき、ニッキの耳に二度と聞けないと思っていた声が飛びこんできた。

マッドに引っかかれたり噛みつかれたりしないよう背中をつかまえながら、彼女はふりかえって黒みがかった目を見た。その目からは驚きや衝撃はまったくうかがわれなかった。

12

ニッキの膝からにわかに力が抜けた。ケインだ。ケインは同伴者らしきすぐそばのエレガントな女性にはろくに注意を払わず、ひたすらニッキを見つめていた。暗い目に非難と怒りと苦痛の色をたたえている。

ニッキには彼の怒りが理解できなかった。自分がクレイの妹だということを彼が知っているはずはないのだ。心臓が高鳴っている。ばかげた考えだったのかもしれないが、彼を避けきれると思っていた。これだけ大勢の客がいるのだからケインが自分に気づくことはない、と。

「やあ、ケイン」クロードが彼の肩を叩《たた》いて言った。「扮装《ふんそう》はしてないんだな」

「彼、どうしてもしたがらなかったの」クリスがのんびりと言った。「わたしのせいで、セミラーミデが二人になってしまったわね」マッジの衣装を見て眉をあげる。二人ともまったく同じ色の衣装を身につけているが、クリスがとりすました笑みをうかべているのも無理はなかった。マッジはその衣装ではやけにずんぐりして見えるけれど、クリスはほっそりとした肢体が引きたっている。

「ああ、だがきみは猫を抱いてないね」クロードが猫撫《な》で声で言った。

クリスは彼の腕の中の猫を不快そうに見やった。「猫は嫌いなの。扱いにくくて陰険で」

クロードはむっとした。マッドを抱きしめ、何か話しかけながらその場を立ち去る。

「あら、ロナルドがいるわ」クリスが顔を輝かせ、離れたところにいる若い男に手をふった。「ケイン、いっしょに来て。ロナルドを紹介するわ。彼の父親は石油会社の社長なの」

「あとで行く」ケインはそっけなく言った。

クリスは肩をすくめ、ひとりでロナルドに近づいていくと、媚《こび》を含んだ表情で彼に抱きついた。が、ケインが見ているかどうかを確かめようとふりかえったため、その効果は半減した。

ケインは見てはいなかった。彼の視線はまっすぐニッキにそそがれていた。

「居候にしては金持ちの友だちが多いんだな」

その言葉にニッキは顔を赤らめた。「それは……」

「嘘《うそ》をひねりだす必要はないよ。きみの素性はわかっている。きみがあの海辺の家を出ていく前に知ったんだ」

「知っていながら何も言わなかったのね」ニッキはなじるように言った。

ケインはスラックスのポケットに両手を突っこんだ。「きみがなぜあんなゲームをしているのか探りたかったんだよ」

「べつにゲームをしていたわけじゃないわ。あなたになんて言ったらいいのかわからなかっただけよ」ニッキは静かに答えた。沈黙が続くあいだ、グリーンの目で彼の顔をまじまじと見つめる。「ずいぶん疲れた顔をしているわ。かなり参っているのね?」

ケインは濃い眉を片方あげ、皮肉っぽくほほえんだ。「兄貴に教えてやるための情報収集かい?」

ニッキはぴんと背筋を伸ばした。「違うわ。友だちの健康状態を気遣っているのよ。あなたは友だちだった。短いあいだだったけど」

「ぼくを騙《だま》されやすいかもと見ていたんじゃないのかな?」ケインは嘲《あざけ》った。

「かもだなんて思ってもいなかったわ」ニッキはせつなそうな微笑をうかべた。「わたしの気持ちは、あなたにはお見通しだったはずよ」

ケインは彼女を見つめながら、足元の地面が崩れていくような気がした。ずっと会いたかったのだ。初めて会ったときから、ニッキはクリスとは比べものにならないくらい彼の気持ちを高揚させた。「今度はほんとうに全快して元気になったのか?」

彼が心配してくれたことにニッキは胸を震わせた。「ええ。のんびりやってきたし」

ケインは周囲を見渡した。「そうかな? マッジにこういう段取りができないのは周知の事実だ。クロードの机の上があんな悲惨な状態なのもそのせいだからね。これは全部きみが準備したんじゃないのか？」

「マッジも手伝ってくれたわ」ニッキは友人を弁護してそう答えた。

「そしてクロードは読者を喜ばせるために人を殺しているか、それ以外のときはギリシャ悲劇を読んだり、オペラを聴いたり、猫をかわいがったりするだけだ」

「ひどい言いかたね。あなたの友だちなのに」

「確かに」ケインは室内を見まわし、クレイを見つけると険しい表情になった。「きみの兄貴は卑劣な手を使う。だが、泥を投げつければ自分の手にも泥がつくんだ。いずれ彼にもわかるだろう。ぼくの家族がどんな仕事をしているか忘れないよう彼に言っとけ」さっとニッキに視線を戻す。「それに自信過剰になるなとも。うちの社員が判断を誤ったためにぼくはいま批判の矢面に立たされているが、きみの兄貴もまったく違う理由で同じ立場に立つはめになるんだ。彼の一番の盟友といっしょにね」

　ニッキの顔が青ざめた。一番の盟友。モズビー！

「クレイがどんなひどいことをしようが――わたしはやみくもに兄をかばう気はないのよ――あなたにモズビーを傷つける権利はないわ」

　ニッキが別れた夫をかばったことにケインはかっとなった。「なぜ？　ぼくの信用を落とそうと陰で糸を引いていたのはモズビー・トランスなんだ。その理由もわかっている。彼には秘密があるんじゃないかい、ミス・シーモア？　彼はぼくを窮地に陥れればその秘密についてかぎまわられずにすむと考え、どんな汚い手を使ってでもクレイトン・シーモアを当選させようとしているんだ！」

「モズビーはそんな卑怯《ひきょう》な人ではないわ」ニッキは言いかけた。

「モズビーに使われているスタッフのうちひとりは卑怯な人間だ。それにあのご立派な上院議員は新しい角度からぼくに圧力をかけている。彼には有力な情報提供者がいて、そいつらを総動員してるんだ。ぼくはどうやら税金逃れの容疑でも調べられることになるらしい。いったい誰が国税局をぼくに向かってけしかけているんだと思う？」

ニッキは彼を見つめることしかできなかった。モズビーがそこまでするとしたら、よくよく恐怖にかられているのだ。ケインはいったい何を知っているのだろう？

目に懇願の表情をうかべ、彼女はケインに近づいた。「モズビーを傷つけないで」そっと言う。「彼はあなたが考えているような人ではないの。そんなんじゃないのよ」

「それじゃ、どんな人間なんだ？」ケインは難詰した。「きみは知ってるはずだ。彼と結婚してたんだからな」ニッキの腕を強くつかみ、ぎらつく目で彼女を見おろす。「きみを抱いてくれなかった男というのは彼のことなんだろう？　彼がきみと結婚したのは、どこかの人妻とつきあっているのをゴシップ記者にかぎつけられないよう目くらましのつもりだったんだろう？」

ニッキははっと息をのんだ。

「そうだと思ったよ」ケインは冷ややかに言った。さわるのもけがらわしいというかのように、いきなりニッキの腕を放す。「だが、きみはいともたやすくその気になったんだ。彼を愛していたのか？」

ニッキは血の味がするまで下唇を噛《か》みしめた。目には悲しみの色があふれている。

「どうなんだ？」ケインはたたみかけた。

「ええ、愛してたわ」

「だが、彼のほうはきみを愛しちゃいなかったんだろう？　愛してても求めてもいなかった」ニッキの全身を見まわす目に、無意識の賞賛が、ほとんど渇望に近いものがにじんだ。

「だが、きみはいまでも彼がほしいんだ。あきらめきれないんだ。離婚してから誰ともつきあってないくらいだからな。ああ、そうさ」したり顔で続ける。「きみのことはうちのほうで調べたんだ」

「うち？」

「ぼくの父親はタブロイド新聞を出しているんだ。どんなことでも調べあげる。現に、いまも大きなねたを追ってるよ。それが明らかになったら、きみの兄貴はぼくの不運なミスを利用して自己宣伝に使ったことを後悔するかもしれないな」

「兄は選挙に勝つことしか考えていなかったのよ」ニッキはいつものごとくクレイをかばった。「ときどき視野が狭くなってしまうこともあるけれど、根は善良な人間だし、選挙民のことをいつも考えているわ」

「ぼくも選挙民のひとりなんだけどね」ケインは言った。「彼にそんな気遣いを示してもらった覚えは一度もないな」

「あなたは兄のライバル、民主党の候補を支持しているじゃないの」

「そして、いまではますます支持する気になっているよ」ケインの表情がいっそう厳しくなった。「今度の選挙ではきみの兄貴を絶対に落としてやる。何があろうと絶対にな」

ニッキの体に寒気が走った。「復讐《ふくしゅう》のつもり?」

「なんとでも言ってくれ」ケインは衣装に身を包んだ彼女の美しさに見入って、悔恨に胸をえぐられた。「どうしてほんとうのことを言わなかったんだ?」不意に声をかすれさせる。

「言ってもたいした違いはなかったわ」ニッキはうつろなまなざしになった。「あなたが求めているのは一時的な遊びの関係でしかなかったし、わたしはそれでもいいと思えるほど純情ではないわ。わたしたちは結ばれる運命にはなかったのよ」

ケインはポケットから骨ばった大きな手を出し、ニッキの手にため息ほどの軽さでそっと触れた。ニッキはたじろいだが、身を引きはしなかった。けぶるような柔らかい目でケインを見つめ、彼の目に自分の美しさに対する賛嘆の輝きを見た。

「兄貴があいうことをするつもりでいたことを、きみは知っていたのか?」ケインは尋ねた。

ニッキの口元に悲しげな微笑が漂った。「どっちだと思う？」

「きみはきみ自身のためにならないくらい正直なところもあるが、一方でちょっと嘘つきになるときもある。きみを去らせてしまうのはつらかったよ」

ケインの表情に表れている心の痛みは、そのままニッキが感じているものだった。「わたしはもっとつらかったわ」つぶやくように言う。「わたしには慰めてくれるものわかりのいい恋人はいないもの」

ケインが口を引き結び、手をおろした。「彼女は便利な女で、何も要求しないんだ」

「あなたを不能にした女でしょう？」グリーンの目に嫉妬《しっと》の炎を燃えたたせ、ニッキは言いかえした。

ケインは思わずほほえんだ。「と、きみは思いたいわけだ」揶揄《やゆ》するような口調だ。

「あなたなんか大嫌い」ニッキは吐き捨てるように言った。

「構わないよ」ケインは黒っぽい目を意地悪な喜びできらめかせて挑発した。「さあ、殴れよ、ニッキ」一歩距離をつめる。「拳《こぶし》をかためて思いきりぶん殴れ。殴りたいんだろう？」

「どうせ殴るんなら電気スタンドで殴るわ！」

「どっちにしろ、きみには殴ることはできない。なぜだかわかるかい？」ニッキにだけ聞こえるよう顔を寄せてささやく。「きみが手をあげた瞬間、ぼくがきみを壁に押しつけ、情熱的なキスで夢中にさせてやるからだ」

「それがあなたの女に対する扱いかたなの、ミスター・ロンバード？」ニッキは声をうわずらせて言った。

「そう、それがきみに対するぼくの扱いかただ」その傲慢《ごうまん》な態度は、彼の急所を蹴《け》りつけたくて足がうずうずするほどだった。「最初の朝に、ぼくの体を見ていたきみの目つきをぼくはいまも忘れてないんだ」男としての満足感を目にたたえて続ける。「あのとき、きみはぼくに欲望を覚えていた。それにぼくがキスしたとき、きみはぼくの――」

「ここは暑くない？」ニッキは甲高い声で言い、首まわりの羽根飾りをつまんで顔をあおいだ。

「それじゃ、バルコニーに出よう」ケインが提案した。「そこで思い出に……ふけろう」

どのように思い出にふけるつもりなのかは想像にかたくない。彼のたくましい体で自分が石壁に押しつけられるところを思い描き、ニッキはへなへなとその場にくずおれそうになった。こんなのおかしい。わたしは自立したおとなの女だ。そしてケインは一種の女性蔑視《べっし》につながるせりふを口にしているのだから、わたしは何か手近な鈍器をつかんで、彼の頭をかち割ってやるべきだ。なのにホルモンがほとばしって、体が協力してくれない。

「あの野心的な上院議員はきみの役には立たなかったんだろうが……」かすれ声で言いな

がら、ケインはニッキのドレスの大きく開いた胸元に視線をさげた。「ぼくは違う。女の抱きかたは心得ている」

「そうでしょうとも」ニッキは声をとがらせて言いかえした。「習得するまでいったい何人の女性と寝たの？」

「きみが考えるほど多くはないよ」ケインは思案顔で言った。「相手構わず行きあたりばったりに遊んでいるわけではないんだ。だからぼくと寝てもなんのリスクもない」

「あなたと寝ることじたいがありえないのよ。わたしはあなたの愛人のかわりを務めるつもりはないんだから」

「兄貴はぼくたちのことを知っているのか？」ケインは深々とした声にたっぷり蜜《みつ》を含ませて言った。

ニッキは思わず顔色を変えた。思いがけない反撃だった。

「やっぱりね。案の定、知らないんだな。なぜ隠しているんだ？」

「兄が知ったら卒倒するからよ」そう答えて探るようにケインの顔を見つめ、またも強い欲望を覚える。奇妙な欲望だった。ホルモンなどよりもずっと深いところに強く食いこんでくるような欲望だ。「なぜマスコミ相手にしゃべらなかったの？」ニッキは逆にそう尋ねた。「マスコミにすっぱ抜けばクレイの人気を落とすことができたのに」

「それ以上にきみを傷つけることになる。相手を負かしたいからといって、そこまで身を落としたくはない」彼はニッキの頬から細くとがった顎へと指先をすべらせ、すらりと長い首のくぼみに触れると笑みをうかべた。「きみをいけにえにするつもりはないんだ。たとえ自分自身を救うためであろうと」

その言葉はニッキの爪先にまで衝撃を走らせた。ニッキは深い喪失感と痛いほどのやるせなさを胸にケインを見つめた。事情が許しさえすれば、わたしはこの男を自分でも想像できなかったくらいに愛せただろう。でも、二人のあいだには兄クレイが立ちはだかっている。

「クレイは引きさがりはしないわ。モズビーもね」ニッキはみじめな気持ちで言った。「二人とも必要とあらば裁判沙汰《ざた》にしてでも環境汚染を告発するつもりよ」

「あの写真はひどかった」ケインは静かに言った。「あの写真にも被害の甚大さにも胸が悪くなったよ。ぼくはまったく知らなかったんだ。だが、それを証明することはできない」

「ジェットスキーから海に投げだされ、気を失っていたことを明かせば……」

その言葉には笑顔でかぶりをふる。「それを公表しても嫌疑は晴れないだろうよ。さっき言ったとおり、きみを犠牲にする気はないし」

「なぜ？　みんな他人を犠牲にしてるわ」ニッキは苦い思いをこめて言った。彼女自身、最初は父に、次はモズビーに利用された過去がある。

「きみのことは特別な機会のためにとっておきたいんだよ」ケインは答えた。「きみが恋しいよ、ニッキ」

「わたしもあなたが恋しいわ」ニッキはしょんぼりと言った。

ケインの目が何かにとりつかれたようにニッキの全身を眺めまわした。「きみはきれいだ。兄貴がぼくたちをにらんでいるが」

「兄がにらんでいるのはあなただわ」ニッキは言った。「わたしのことは嫌っていないから」

ケインはほほえんだ。「それはぼくも同じだ。きみのことは嫌っていない。きみとつきあえないのはほんとうに残念だよ」

「わたしたちは最初から望みなしだったのよ」

バンドが音楽を流しており、ケインの視界の片隅に、クリスがダンスフロアで例の石油王の息子にしなだれかかっているのが見えた。

ケインはニッキの手をとった。「パーティが終わる前にぼくたちは火あぶりにされるだろう。だったら、いまのうちに楽しんだほうがいい。おいで」

そう言うとニッキを抱きよせ、ゆったりとツーステップを踊りはじめた。ニッキは身震いし、立ちどまろうとした。

「なぜだい？」耳元でケインがささやいた。

「だめ」ニッキは彼の上着の襟をつかんでささやきかえした。

ケインは彼女を抱く手に力をこめ、強く引きよせた。「気を楽にして」かすれ声で言う。二人を濃密な熱い空気が包みこんだ。「ぼくがほしいってことをぼくに知られたって気にすることはないんだ。ぼくもきみがほしいんだから」

ニッキの脚が震え、彼の脚とかすかに触れあった。こんな強烈な感覚にとらわれたのはモズビーと別れて以来だった。だが、モズビーはこんなふうに距離を縮めたがりはしなかった。こんな気持ちにもさせてくれなかった。ニッキは震えながらその感覚に身を任せ、ケインのあたたかくたくましい体に自分の体をとけあわせた。

「化学変化さながらだな」彼女の震えを感じとりながら、ケインはささやいた。「互いに触れあっているところが沸騰し、酸素と水素のようにまじりあう。空っぽのところに血が勢いよく流れこみ、熱を生んで奇跡を起こす。ほら、感じるだろう、ニッキ?」腕をほんの少しさげ、突如輪郭の変わった部分をニッキの体にこすりつける。

ニッキは息をのみ、反射的にさがろうとしたが、ケインはそうはさせず、喉の奥で低く笑った。

「きみにもわかったね? さあ、残る秘密はひとつだけだ。外の暗がりに行けば、そのたっぷりしたスカートをたくしあげて、さっき言ったように壁際で思うさま抱きあえるんだよ」

ニッキは黒いタキシードの下の厚い胸に指をめりこませた。純白のシルクのシャツ越しに胸毛の感触が伝わってくる。「無理よ」

「無理だな」ケインも言った。「確かに非現実的だ。しかし実際にそれをやったらどんな感じか、ぼくにはわかる。きみにも想像がつくはずだ」ニッキの頰に頰をすりよせ、自分のたくましさを彼女が感じとれるようにゆったりと体を動かしながら、耳に息を吹きかけてささやく。音楽も、人々も、世界のすべてが二人の情熱にのみこまれて消えていった。

ニッキは目をとじた。うずく体のありとあらゆる細胞でケインを感じたかった。

「もっと近くに」ケインがしゃがれ声で促した。

ニッキは震えながら彼に体を寄せた。

「動いて、ニッキ」ケインは挑むように言い、片手で彼女の腰を抱きよせた。

「ケイン」ニッキは抗議の意をこめ、か細い声で呼びかけたが、より親密な触れあいを求めてつい爪先立ち、次の瞬間かすかにあえいだ。

ケインはあいているほうの手で彼女のうなじの豊かな髪をつかみ、耳元でかすれた吐息をもらした。「ああ、ニッキ」声が震えを帯びている。

ニッキは自分をとめられなかった。自分ではどうすることもできないから、誰も見ていないよう祈るしかなかった。二人のあいだで炎上している情熱は狂おしい喜びをもたらし、慎みという概念を蹴散らした。

すると、突然火に氷を投げこんだような唐突さで音楽のテンポが変わり、ケインは顔をあげた。まわりの人たちは楽しげなダンスに切りかえはじめていた。

「もう踊れないわ」ニッキがケインの顔を見あげてつぶやいた。

ケインの顔は頬骨のあたりがほのかに赤らんでいた。黒っぽい目が食いいるようにニッキの顔を見つめる。「やめるわけにはいかないよ。下を見て、理由を確認したい?」

ニッキの頬もピンクに染まった。「いえ、その必要はないわ」声をかすれさせ、無理に笑顔を作る。「これっきりもう二度とあなたと踊ることはなくなるのよね」

「できるものならきみをクロゼットかバスルームか、あるいは壁のアルコーブでもいい、どこか人目につかないところに連れこんで、きみが気絶するまで愛したいよ」

「そういうことをする相手はすでにいるじゃない」ニッキは平静を装って指摘した。

「クリスがほしいわけじゃないんだ。ああ、ほかの女は誰もいらない。きみが、きみだけがほしいんだよ」

「わたしの兄にあなたのお父さん、モズビー、民主党の候補者……」彼女は数えあげてため息をついた。「いろいろと複雑すぎるわ」

ケインはほかのすべてを遮断して音楽にのみ神経を集中するうちに、かたくなっていた部分がゆるむのを感じた。「それじゃ、きみはどうしたいんだ? ぼくとのことを忘れたいのか?」

「忘れなくてはならないのよ」ニッキはケインの目を見つめた。「忘れなくてはならないの。兄を傷つけることはできないから」

「だが、ぼくを傷つけることはできるんだね？」

「そんな言いかたしないで」大きく上下しているケインの胸に視線をさまよわせる。「あなたはわたしを抱きたいだけ。そんな気持ちはじきにうせるわ。いまの彼女にも最初は同じ気持ちを抱いたはずよ」

「こんな欲望は感じなかった」ケインは言った。「きみがほしくてたまらないんだ」

「わたしが未知数だからにすぎないわ。それだけのことよ」

「ああ、なるほどね」ケインはせせら笑うように言った。「きみがバージンだから、ぼくはきみをベッドに引きずりこみ、強引に体を重ねて、きみの顔が苦痛にゆがむのを見たがっている、と。きみはそう思っているのかな？」

ニッキは目をむいた。「違うわ！」

「ならよかった。ぼくは処女を聖なる宝物として探し求めているわけではないんでね。むしろ処女が相手だと腰が引けてしまう。きみにもせめてぼくを喜んで受けいれられるだけの経験はあってほしいな」そう言うと、ケインはニッキの体をじろじろ眺めまわした。

「きみには結婚経験があるんだ。ということは、少しぐらいは……？」

ニッキはダンスをやめた。結婚生活の記憶を呼び覚まされたくはなかった。「もう座りましょう」

「答えろよ」

「彼はわたしの体のどの部分にも欲望を感じなかったのよ」うんざりしたように答える。「わたしにまったく魅力を感じなかったんだわ。だから、わたしはほかの男性を近づける勇気も自信もなくしてしまった。あなたに出会うまではね」グリーンの目に非難の光を宿して続ける。「ところがあなたに対しては、さっきみたいになってしまう」

「そのとおりだ」ケインはダンスフロアをちらりとふりかえった。「きみはほんとうにセクシーだ」

「あなたは楽しいひとときを求めているだけよ」

「きみにとっては楽しいひとときにはならない？」

「女性の中にもそういうことを気軽に楽しめる人はいるんでしょうけどね」

ケインはちょっと考えてからうなずいた。「そうだな。きみもぼくを求める気持ちが強ければ楽しめるかもしれない」そこでゆったりとほほえむ。「現にさっきは楽しんだ。きみも楽しんでいたんだよ、ニッキ」

ニッキは目をそらした。「わたし、ほんとうに座りたいわ」

「きみは幸運だよ、きみが感じていることは周囲に気づかれにくいんだからね」皮肉をこめてケインは言った。

ニッキは咳払《せきばら》いし、ケインとは目をあわさずに導かれるままダンスフロアから料理のテーブルのほうに移動した。

クレイとベットは二人をにらんでいた。だが、ケインはクレイには目もくれなかった。ニッキの手を口元に持っていき、誘惑的な優雅さでその手にキスをする。それからケインはニッキを置いてクリスとやらのところに戻っていった。

「よくもぼくに恥をかかせてくれたな」クレイが声に怒気を含ませてニッキをなじった。「公衆の面前でいちゃつくようなまねをして」

「そんなこと、してないわ！」ニッキは言った。「わたしたちは話をしていただけよ」

「あら、そういう言いかたもできるのね」ベットが口をはさんだ。「確かに魅力的な男だけど、彼には恋人がいるのよ、ニッキ。あなたが彼女のかわりになれるとは思えないわ。知りあいから聞いたんだけど、彼女とは彼の奥さんが死ぬ前からのつきあいだそうよ」

ニッキはベットの顔を見すえた。「ケインはそんな人ではないわ」

「なぜわかるんだ？」クレイが言った。

「わかるものはわかるのよ。わたし、ちょっとひとまわりしてお客さまに挨拶《あいさつ》してくるわ。兄さんもそうしたほうがいいわよ」

「このパーティが終わるまで、ぼくの最悪の敵とダンスフロアでセックスをせずにすませられるんだろうな?」クレイの口調は辛辣《しんらつ》だ。

「そんなことをしたら選挙に悪影響が出るわよ、ニッキ」ベットも言葉を添えた。

「他人への誹謗《ひぼう》中傷も選挙には悪影響を及ぼすわ」ニッキはそっけなく言った。

それからパーティがお開きになるまで、彼女はクレイとベットを避けつづけた。ベットがクレイにべったりなのを見ながら、また一歩後退してしまった、と心につぶやく。これでベットのほうが有利になってしまった。もう少しでクレイに彼のやりかたが間違っていると納得させられるところだったのに、クレイはまたベットに影響されてしまうだろう。デリーに辞められたのはほんとうに痛い。彼女はわたしより年下だが、ベットがしゃしゃりでてくるまではいつもデリーがクレイを説得していたのだ。だが、いまさら嘆いても仕方がない。モズビーとベットはクレイのまわりにしっかりと蜘蛛《くも》の巣を張りめぐらしていた。


デリーは新しい仕事を楽しんでやっていたが、クレイに会えないのはむしょうに寂しかった。まるで心だけ彼のところに置き去りにしてきたかのようだ。クレイはテレビで見るかぎりは、いつもベットといっしょだった。彼の生活の中でベットが占める位置はもはや明らかだった。もっとも誰が相手であろうと、デリーが太刀打ちできるわけはない。クレイに言わせれば、自分は抑圧された上品ぶっている女なのだ。

いまデリーはオフィスをあとにし、バスに乗ろうと急いでいた。すぐ前にはいまの雇い主である候補者の若手スタッフが歩いていた。彼が前方の横断歩道を渡ったところで、デリーは不意にトランス上院議員の選挙区管理責任者であるハラルスンがその先の道端で、黒っぽいスーツに身を包みサングラスをかけた黒髪の男と立ち話をしていることに気づいた。

ハラルスンはデリーには気づかず、サム・ヒューイットの立法コンサルタント、カート・モーガンにそれとなく目をやっていた。そしてカートが通りすぎてしまうと、連れの男に何か言ってカートの後ろ姿をさし示すような格好をした。男はうなずいて歩きだした。彼らのこそこそした態度がデリーは気になった。

ハラルスンには顔を知られているが、もうひとりの男には知られていない。デリーはハラルスンがタクシーに乗りこんで走り去るのを待ち、それから謎《なぞ》の男を追って通りを駆けだした。

男はカートをつけている。それが本能的にわかった。バッグを胸元で握りしめ、デリーは尾行の心得について読んだり聞いたりしたことを思い出そうとした。まず相手に気づかれないことが第一だ。第二は、気づかれたらさりげなく逃げること。そのほかにもいろいろと実践的なルールがあったはずだが、全部忘れてしまった。

ブロンドの髪を後ろに払い、住所を確かめるふりをしながら、デリーは少し距離をつめた。古い買い物メモをコートのポケットから出して、その紙と番地を見比べる演技を続けつつ、ほかの歩行者たちといっしょに前に進んで信号が変わるのを待つ。

男の歩きかたは奇妙だった。無駄な動きをせずに長距離を歩くことに慣れているのか、すべるような歩きかただ。ぱっと見たところは外国人のようにも見える。この国の人間ではないのだろうか?

次の角で、もう少し近づこうとした矢先に、デリーは男を見失った。

メモの紙を手にしたまま立ちどまり、ブルーの目であたりをきょろきょろ見まわす。風が卵形の顔を縁どっている柔らかなブロンドを吹きあげ、体にぴったりあった薄いグレーのスーツに白いブラウス姿でたたずんでいる自分が、その存在を無防備にさらしているような気がした。

しかもまずいことに、デリーは人目を引きつつあった。だが彼を見失いはしたけれど、これは非常に興味深い出来事だった。ハラルスンがわたしの新しいボスに雇われている人間を誰かに尾行させるなんて、いったいどうしてだろう?

13

デリーはこの奇妙な出来事をサム・ヒューイットに報告すべし、と頭の中に書きとめた。尾行をさせた真の黒幕はクレイだろうか？　最近のクレイはそのくらいのことをしかねない。だが、なぜクレイがヒューイットのスタッフの動向に興味を持つのだろう？

デリーは来た道をバス停のほうに戻った。バスに乗ると、首筋の毛が逆立つような奇妙な感覚に襲われた。わたしったら疑い深くなってるのだ。デリーは笑いとばそうとした。刑事ドラマの見すぎだと。

だが、アパートメントの前でバスを降りると、また同じ感覚に見舞われた。その感覚をデリーは払いのけられなかった。建物の玄関扉に鍵《かぎ》を使おうとしてぱっとふりかえると、さっきのスーツ姿の男がすぐそばに立っていた。この近さで見ると彼は非常に大柄で、獰《どう》猛《もう》そうな外見がかなりの脅威を感じさせた。デリーが場違いにもとっさに考えたのは、強盗かもしれないということだった。鍵を落とし、あとずさりしてドアに体を預け、いざとなったら身を守れるよう身構える。

「大きな声は出さないでほしいね」男は言った。

妙な言いかただった。デリーは一瞬押し黙った。「どうして？」

「警察官に身分証を見せたくないんだ。いまは休暇中ということになっているんでね」男はかがみこんで鍵を拾い、デリーに差しだした。「ほら。きみに話があるんだ」

「あなた、ハラルスンといっしょにいたわね」デリーはなじるように言った。「わたしは何もしゃべらないわよ。もうクレイトン・シーモアに雇われている身ではないんだから」

「ぼくも彼に雇われているわけではないんだ。きみが考えるような意味でもね」彼はサングラスをはずした。目は大きく、炭のように真っ黒だった。間近で見るその顔は明らかにアメリカ先住民のものだ。デリーはまじまじと見つめながら、彼こそフィービーが先日出会ったと言っていた謎《なぞ》の男に違いないと思った。

「そう、ぼくは先住民だ」そのせりふを口にすることにほとほとうんざりしているのか、彼はことさら辛抱強い態度で言った。「斧《おの》は持っていない。水牛を狩ったこともない」

彼が気に入り、デリーは微笑した。

「中でコーヒーでもいかが？」

「いただこう」

デリーは彼をささやかなアパートメントに通した。暖炉の上からは写真立てにおさめられたクレイの写真がほほえみかけてきた。

デリーはその写真立てを伏せ、「裏切り者」とつぶやいてからコーヒーをいれに行った。写真を伏せた自分を誇らしく感じたのは、どうせまたもとに戻すであろう自分に気づくまでのことだった。

まったく情けない女だ。

「まだ前のボスに腹が立っているのか?」男が戸口にもたれかかって彼女を見つめていた。

「ええ」デリーは彼に目をやった。彼はデリーがクレイの事務所を辞めた理由を承知しているようだ。そういえばフィービーが彼のことを連邦政府の捜査官だとか言っていた。いつも平静な姪《めい》の目が珍しく輝いていたことを思い出し、デリーは頬がゆるみかけたのを隠さなければならなかった。

「いまコーヒーをいれるから、楽にしてて」

彼は笑みをうかべ、その言葉を額面どおりにとった。ジャケットを脱いでソファーにかけ、ネクタイをゆるめてシャツの袖《そで》をまくりあげると、髪を縛っている革ひもをほどいてとった。ポニーテールにしていた漆黒の髪が優雅にこぼれ、肩をおおう。

「楽にしろと言ったから」彼は言った。「ぼくが楽にするときはこうするんだ」

デリーはコーヒーポットを手に笑い声をあげた。「ええ、どうぞ。そういう髪は初めて見たわ。とても豊かね。ポニーテールにしているのはなぜ?」

「そのほうが人に見られる度合いが低い」

「ごめんなさい」デリーは残念そうにほほえんだ。「でも、あなたに似あってるわ」彼の精悍《せいかん》な顔や筋肉質のたくましい体から視線を引きはがす。フィービーが彼に惹《ひ》かれた気持ちがわかるような気がした。デリーももし過去の雇い主にこれほど夢中でなかったら、異性として興味を持ったかもしれない。

「お世辞を言っても何も出ないよ」彼は言った。「この髪のために身を投げだそうという女には慣れっこになっているんだ」

デリーはまた笑った。ペーパーフィルターを敷いたフィルターカップにコーヒーの粉を入れ、コーヒーメーカーにセットする。うまくセットできずにぶつぶつ言いながらようやくきちんと差しこむと、再び彼に目をやった。「冗談はさておき、あなたにしてみれば、ときにはうんざりすることもあるんでしょうね?」

「何が? 興味津々の目を向けられること?」

「ええ」コーヒーメーカーのスイッチを入れ、カップとソーサーを出してきちんと並べることで手持ち無沙汰《ぶさた》にならないようにする。「他人の尾行をしていないときのあなたは何をしているの?」どこまで話してくれるか試すつもりでデリーは尋ねた。

「ぼくは司法省に勤めているんだ」

デリーは口笛を吹き、彼を見た。「ひょっとしてヴァル・キルマーといっしょに映画に出ていなかった?」

「いや、ぼくはFBIではない」

それはおかしい、とデリーは思った。彼はフィービーにはFBIだと言ったはずだ。

「彼を若くしたらあなたみたいな感じになるわね。彼、とてもハンサムだし」

「ぼくがヴァル・キルマーを若くしたタイプだというのか?」彼がぎょっとしたように言った。

「あなたはグラハム・グリーンを若くしたタイプだわ。グラハム・グリーンはわたしのお気に入りの俳優なの」

彼はデリーの顔もユーモア感覚も気に入った。彼女は前に会った人類学科の学生を思い出させるが、あの女子大生よりは年上で成熟した感じがする。ブロンドに心惹かれるのは昔からだが、コルテスは最近はその傾向にブレーキをかけようとしていた。とくに自分があの女子学生に見とれていることに気づいたときからは。第一、彼は遊びでここに来たわけではないのだ。

口をとがらせ、彼は声に出して考えた。「ぼくは生意気なブロンドが好きなのかな、嫌いなのかな? 自分でもわからないよ」

デリーはカップにコーヒーをついだ。「だったらおあいこね。わたしもあなたみたいなタイプを好きなんだか嫌いなんだかわからないわ」椅子に腰かけ、彼に手ぶりで椅子をすすめる。彼は椅子の向きを逆にしてまたがり、物憂げにカップを撫《な》でた。カップは熱かった。

「なぜサムのコンサルタントを尾行していたの？」デリーは尋ねた。

彼は指先でカップのへりをなぞった。指が長く、爪が平らな、浅黒くて清潔な手だった。デリーは目でその動きを追った。「ハラルスンに頼まれたんだ。ハラルスンとはいちおう友だちなんでね」

「それだけでは理由にならないわ」

コルテスはデリーの目を見た。ユーモラスな雰囲気が消え、真剣なまなざしになっている。「きみは秘密を守れるかな？　それともクレイトン・シーモアを愛するあまり彼には隠しごとができない？」

デリーははっとした。「わたしのことをどの程度知ってるの？」

「シーモアの身辺を調べたんだ。きみは彼のスタッフの中でも幹部クラスだったから、当然きみのことも調べさせてもらった。名前はディアドラ・アレクサンドラ・マリー・ケラー、愛称デリー。大学での専攻は政治学、副専攻は社会学。高校卒業後シーモアの下で働くようになり、そのかたわら数校の大学にまたがって講義に出席、かつての同級生より少し遅れて学位を取得する。最近までワシントンに住み、いまはサム・ヒューイットの上級管理アシスタントという肩書きをもらっている。しかも――」彼は意味ありげな笑みをうかべて続けた。「そこできみの能力が初めて十全に生かされることとなった」

デリーは顔を紅潮させ、カップに目を落とした。クレイが自分の能力を秘書向きの仕事ができるという程度にしか認識していなかったことは思い出したくなかった。

「ずいぶんいろいろご存じなのね」

「まあね。それでどうなのかな？　きみを信用していいんだろうか？」

デリーは彼と目をあわせた。「噂《うわさ》を広めるようなことはしないわ。たとえわたしが愛した……好きだった人のためでも」そう言い直す。

「わかった。それじゃ、ほんとうのことを打ちあけよう。ハラルスンはぼくを意のままにできるつもりで、あとで悔やむようなことをいろいろ口走っているんだが、そのひとつがカート・モーガンはモズビー・トランス上院議員とひそかに通じているってことだったんだ。モーガンがヒューイットの選挙運動に関する内部情報をトランスに流し、それがそのままハラルスンに伝わってくる」

「そんな！」デリーは愕然《がくぜん》とした。

「カート・モーガンについて、きみはどの程度知っている？」

「何も知らないわ」デリーはうろたえ、ブロンドの髪を払った。「つまり、たいしたことは知らないのよ。とてもハンサムで感じのいい人よ。上院の研修生として給料を支払われる地位にいたのに、サムの選挙運動を手伝うためにその地位を蹴《け》ったそうだわ。強い推薦を受けてサムのところに――」

「誰の推薦だったんだ？」

「それは知らないわ。サムから聞いただけなのよ。べつに疑う理由はないから確認なんかしてないわ」デリーは眉を寄せた。「ねえ、ハラルスンと友だち同士なら、あなたはわたしたちにとっては敵になるわ。ハラルスンは汚い手を使っているの。ほんとうに汚いのよ」

「嘘《うそ》だろう？」

デリーは彼の大げさな驚きように渋面を作った。「あなた、いったいどういう魂胆なの？ わたしたちが敵陣の人間の言うことを真に受けて、大事なスタッフを放《ほう》りだすと思う？」

「そこが問題なんだな。確かにそうもくろんでいるように聞こえるよな」彼は椅子の背に体を預け、デリーがどぎまぎするようなまなざしで、まばたきもせずにじっと見つめた。

「きみはぼくが最近チャールストンで会った若い娘によく似ている。考古学を勉強している学生で、名前は――」

「フィービーでしょう？」彼の驚きの表情を見て、デリーは笑い声をあげた。「ええ、彼女から聞いたのよ。彼女があなたに近づいたのはしごく当然だわ。アメリカ先住民に興味津々なの」

「そのようだね」

「あなたにいやな思いをさせたのでなければいいんだけど。彼女、悪気はないのよ。ただ勉強熱心なだけなの」

「きみとはどういう知りあいなんだ?」

「フィービーはわたしの姪なの」デリーはにっこりした。

彼はぱちんと指を鳴らした。「きみは彼女の叔母さんだったのか!」首をふりながら続ける。「そういえば、叔母さんは政治家の下で働いていると言っていたが、それがまさかきみのことだとは」

「彼女、あなたと会ったときのことは全部話してくれたわ。わたしの兄のただひとりの子どもなのよ。兄は数年前レバノンで死んだわ。以前、海兵隊の兵舎が爆破されたのを覚えている?」

「ああ。気の毒に、あの事件で亡くなったのか」

「ええ。でも、わたしの両親はまだ健在よ。ジョージタウンに住んでいるわ。義姉《あね》は再婚したけど、フィービーはよくわたしに会いに来るの。わたしたち、似てるでしょう? でも、あの子はとてもきれいで――」

「とても若い」彼は笑顔であとを引きとった。

「いずれおとなになるわ」

あの女子大生のことは考えたくなくて、コルテスは長い脚を組んだ。「ハラルスンについて何か知っているなら、ぼくに話したほうがいいぞ」

「それは狐《きつね》に鶏の番をさせるようなものね」

「ぼくは直接この件にかかわってるわけではないんだ。かかわりたいとも思わない。だがハラルスンが何か法律に触れることをしているのだとしたら、罪を背負わされるのはまっぴらだ。ぼくは簡単な頼みごとを引き受けただけのつもりだったんだ。有毒廃棄物の不法投棄を発見したけれど、ハラルスンが地元の実業家を破滅させるためにそれを利用する気でいたことは知らなかった。あれは市民の義務の枠を超えて、誹謗《ひぼう》中傷になっている。ロンバードは環境汚染の張本人どころか、筋金入りの環境保護論者なのに」

「そこまでは知らなかったけれど、わたしもクレイのやっていることには反対だったわ。だから彼の事務所を辞めたのよ」

「わかっている」彼は言った。「ぼくは政府のために働いているんだ」

「司法省と言ったわね。司法省のどの部門?」

「ぼくはスパイなのさ」

「へえ」

「ほんとうなんだ」

「それで?」デリーは彼を避けるように軽く首をねじった。「スパイなんて実在しないわ。イアン・フレミングの想像の産物にすぎないのよ」

彼の唇の端がぐいとあがった。「悪いが、それは間違った思いこみだ。スパイは実在する」札入れをとりだして開き、デリーの前に放る。

デリーは中の資格証明書に目を走らせた。再び彼を見たまなざしは柔らかくなっていた。

「ジェレマイア・コルテス」

コルテスは肩をすくめた。「ぼくが生まれた当時、おふくろは聖書の歴史を勉強していたんだ。もうひとりの息子にはアイザックと名づけた」

デリーは札入れを返した。「ハラルスンと友だちなのに、なぜ彼のことを調べているの?」

「習慣のなせるわざだよ。友だちもやはり例外ではないんだ。ハラルスンは何かたくらんでいる。証明はできないが、そう思えてならない」

「マッケイン・ロンバードに話をしてみればもっとはっきりするんじゃない?」

コルテスは不快そうに喉を鳴らした。「そのとおりだ。ロンバードに話したら、ロンバードは父親に話し、その翌日にはタブロイド新聞の一面に〝コマンチ族のスパイ、神聖なる先祖の墓所をけがしたと上院議員の側近を非難〟という見出しが躍ることになるんだ」

デリーは笑いすぎて椅子からころげ落ちそうになった。

コルテスは彼女をにらんだ。「ああ、笑うがいいさ。しかし、きっとそうなる。ぼくをねたにしても読者の共感を誘う記事にはならないんだ。スパイについて何も知らないのか？　スパイとは極力人目につかないようにしているものなんだ」

「それであなたは髪を伸ばし、真夏のチャールストンでスーツを着ているわけ？」デリーは皮肉った。

コルテスは口をとがらせ、じろりとデリーを見た。「ぼくが髪を切ってジーンズをはきさえすれば、ほんとうにこの町にとけこめると思う？」

「いいえ、自分でない何かになろうとしているようにしか見えないでしょうね。やっぱり、あなたはそのままがいいわ。そのスタイルのほうがわたしは好きよ」デリーは笑顔で答えた。

「きみやきみの姪っ子は変わってるな」コルテスは思案するように言った。「非常に正直だ」

「あなたもね。だけど、あなたが名指しでハラルスンを非難しはじめたら大問題になると思うわ。だって彼のほうは正直ではないから。ロンバードの工場でデモをおこさせたのもハラルスンのアイディアなのよ」

とたんにコルテスの顔から笑いが消えた。「それを証明できるかい？」

デリーはかぶりをふった。「クレイがハラルスンと電話で話していたの。わたしにはクレイの言うことしか聞こえなかったし、クレイは自分たちがやらせたとは絶対認めないでしょうね。ハラルスンにみっちり仕込まれてしまったのよ」苦々しげに締めくくる。

「みっちり仕込まれたのはトランス上院議員も同様みたいだな。ぼくが調べたところによると、トランスはハラルスンにかなり好き放題やらせているようだ。去年までのハラルスンは非合法になる一歩手前のぎりぎりの線で動いていたが、今回の選挙運動ではその一線を越えようとしている」

「いったい何をたくらんでいるのかしら」

「わからない。だが、必ず突きとめてみせる」

「トランス上院議員がやらせているんだと思う？」

コルテスはしかめっつらになった。「トランスは毒舌家で、財界寄りだが、ぼくが聞いたかぎりでは真面目《まじめ》な男らしい。自分自身の選挙のためでもこんな汚い手を使いはしないだろう。ましてシーモアを勝たせるためならなおさらだ」

デリーは口ごもった。「クレイトン・シーモアの妹はそうは思ってないみたい。ニッキはああいう戦略にも驚いてないようだったわ」

「妹も彼らのやっていることをすべて把握しているわけではないんだろう」

策略。策略の中の策略。この男の顔からは何か秘密めいた用心深いものが感じられる。

「あなた、ほんとうに休暇中なの？」デリーはゆっくりと問いかけた。

その質問にコルテスは質問で返した。「トランスとシーモアの妹の結婚について、何か知っていることは？」

デリーは躊躇《ちゅうちょ》した。

「デリー」コルテスが初めて名前を呼んだ。「彼らに義理立てしたい気持ちはわかるが、みんなのためを思うならぼくを信用したほうがいいぞ」

「あなたを信用するのは難しいわ」

「難しいのはわかっている」

コルテスの目に狡猾《こうかつ》さはなかった。目をそらしもしないし、もじもじ動きもしない。そうしたボディランゲージを読みとるのがデリーは得意だった。

「彼らの結婚には確かに何かあったみたい」ついにデリーは言った。「誰も何も言わないから、それが何かはわからないわ。ただニッキは彼と離婚してから、男性とはいっさいつきあわなくなってしまったの」そこで言葉を切り、探るようにコルテスの顔を見る。「ニッキを傷つけるようなことはしないでね。自立した女性だけど、とても繊細なのよ」

「彼女を傷つける必要はないだろうよ。ぼくが狙《ねら》っているのはハラルスンだ」コルテスの目に暗い光がまたたいた。

デリーは彼を敵にまわしたらどうなるかが垣間見えたような気がした。自分以外の他人に向けられたものであっても、その表情は彼女を落ち着かない気分にさせた。

「ハラルスンがこの件に深くかかわっているのは確かだが、どのようにかかわっているのか、またその理由がなぜかは依然謎だ。そこにはシーモアを勝たせるという以外の理由がきっとあるはずだ」

「トランス議員はあなたの知らないことまで知っているのかしら」

「そうは思えない。彼もハラルスンの動きを逐一把握しているわけではないだろう。それが間違いのもとなんだが、トランスが意図的に他人の名誉を傷つけるような悪意ある人間だとは思えない。ハラルスンのほうには悪意があるだろうがね」

「あなた、彼とは友だちなんでしょう？」

「その場かぎりの友だちさ」コルテスは言った。「ぼくは古いコインを集めているんだが、ハラルスンが見つけたコインを売ってもらうために何度か取り引きしたことがあるんだ。今回は前からコレクションに加えたいと思っていたコインを売ってもらうかわりに、不法投棄がおこなわれた場所を探しだすよう頼まれたんだ」コルテスはまた椅子の背に寄りかかった。「そのときには彼の狙いがわからず、気がついたときにはすでに手遅れだった。それで腹が立ち、一矢報いてやろうと考えたのさ」

「あなたに何ができるの？」

「ぼくだけじゃない、ぼくたちに何ができるかだ」

デリーはあえぐような声をもらした。「そんな！　わたしはかかわらないわよ」ぶっきらぼうに言って立ちあがる。

コルテスも立ちあがった。立つと背が高く、男性的でたくましかった。「きみもすでに巻きこまれているんだ。ハラルスンを放っておいたら、きみのボスは落選確実なんだから。シーモアも汚い手なんか使わずに、自分の主義主張をきちんと有権者に問うべきだ」

デリーは顔をしかめた。「シーモアきょうだいはいまでもわたしの友だちだわ」

「ぼくに協力しても彼らを裏切ることにはならないよ」

「いいえ、なるわ。ハラルスンはクレイの選挙を手伝っているのよ。わたしが彼の敵にまわったら、クレイは傷つくわ」そう言いながら、デリーは思わず身をすくめた。

「彼に惚れているのか？」コルテスが静かに尋ねた。「それともこれまでの習慣が抜けないだけか？　むろん愛とはすべての欠点を消してしまうものだがね」

デリーが目をあげると、コルテスの顔を寒々とした暗い表情がおおっていた。「あなた、自分でそう見せかけているほど屈託のないタイプではないのね」デリーは無遠慮に言った。

コルテスの眉がはねあがった。「ぼくの人生はきみにはなんの関係もない」

そのにべもない言いかたにデリーは微笑した。フィービーったらかわいそうに、こんな男に惹かれてしまったなんて。「確かに」

コルテスはジャケットをつかんではおった。それからネクタイを直し、革ひもでまた髪を縛った。

「協力してくれるかい？」

「わたしに何をさせたいの？」デリーはあきらめの境地でつぶやいた。

「カートの監視――それだけだ。たいしたことじゃない」

「期間はどのくらい？」

「ほんの二、三日でいい。ぼくの休暇ももうあと一週間しか残ってないんだ」

やりたくはなかった。ニッキやクレイを裏切るようで。だがハラルスンが不正なことをしているなら、ちゃんと確かめたほうがいい。

「わかったわ」デリーはコルテスをしげしげと見た。「あなたはこういうことをしても立場上何も問題ないの？」

コルテスはたじろいだように見えたが、実際には眉ひとつ動かしていなかった。きびすを返して答える。「言っただろう？　休暇中だって。休暇中に他人を監視したからって何も問題はない。それじゃ、また連絡するよ」

デリーは玄関に向かうコルテスの後ろ姿をじっと見つめた。最初の飄々《ひょうひょう》とした印象がいまは暗くよそよそしいものに変わっているのが興味深かった。「あなたって複雑な人ね、ミスター・コルテス」

コルテスはドアをあけてから、ふりかえって目をあわせた。「シーモアとベット・ワッツのことがいま噂になっているのをきみも知っておくべきだろう。結婚式の日取りが決まりつつあるという噂だ」

デリーは鋭い痛みに胸をえぐられたが、それでもなんとかほほえんだ。「ありがとう。

教えてもらってよかったわ」

コルテスは眉間《みけん》に皺《しわ》を寄せた。「ああ、そうだと思った。ベットは大きなチャンスは逃さない。まるで獰猛なピラニアだ。シーモアのことを思うなら、あの二人を別れさせるために何か手を打ったらどうだ？」

「知りあったばかりなのに、ずいぶん立ちいってくるのね」デリーは指摘した。

「きみはいっしょにいて楽な相手なんだ。きみもフィービーも」コルテスは答えた。「友だちはいくら多くても多すぎることはない」

デリーは攻撃態勢を解除し、おずおずと微笑した。「ええ、それはそうね。それにあなたの言うとおりかもしれないわ。だけど、ベットには強みがたくさんあるから」

「きみにも強みはたくさんある」彼はほほえんだ。

デリーはほほえみかえした。「ありがとう」

コルテスは肩をすくめた。「いや、いや《デ・ナーダ》」スペイン語で答える。「カート・モーガンを監視していること、本人に気づかれないようにね」

「気をつけるわ」デリーは首をかしげた。「あなた、スパイにしてはとても知的ね」

コルテスはおかしそうに笑った。「そうかい？　それじゃおやすみ、デリー」

「おやすみなさい」

面白い男だ、と思いながらデリーはコーヒーをついだ。フィービーはＦＢＩだと言っていたが、コルテスが見せてくれた身分証には司法省としか書かれていなかった。もし彼がどちらの人間でもないとしたら？　もしハラルスンと組んで、サム・ヒューイットをなんらかの方法で陥れようとしていたら？　あるいは、ほんとうはクレイを狙っているのだとしたら？

デリーは電話に向かい、フィービーの番号にかけた

「デリー叔母さん！　どうしたの？」フィービーは言った。

「さっきまでコルテスがここにいたの」デリーは単刀直入に切りだした。「ねえ、あなた彼がＦＢＩの身分証を見せてくれたと言っていたわよね？」

フィービーは長い髪を後ろにかきやった。嫉妬《しっと》めいた気持ちが湧《わ》いてきたことにわれながらびっくりする。なぜコルテスがデリー叔母さんに会いに行かなければならないの？

「ええ、言ったわよ」

「彼と二人で何をしたのか詳しく話して」

「彼がわたしを草むらに押したおし、ブラウスをはぎとって……」フィービーは意地悪く言った。

「フィービー！　真面目な話なのよ」デリーは言葉をついだ。「それに個人的な用件で会ったわけではないんだから、その点は心配いらないわ。わたしがクレイを好きなことは、あなたも知ってるでしょう？」

「ええ、ごめんなさい。二回しか会ったことのない男性に独占欲を感じるなんてばかみたいね。第一、彼とは年も住む世界も違いすぎる。自分でもわかっているのよ」

妙なことにデリーはフィービーの言うとおりだとは思わなかった。「彼が有害廃棄物の捨てられた場所を探していたことはわかっているの。よく考えてみて、フィービー。例のドラム缶を見つけたとき、表面にロゴがついていた？」

フィービーはなんとか思い出そうとして口ごもった。「そうね、ええ、ついていたわ。ただし、もう薄くなってたわよ。すごく薄くなってた」

「それだけわかればいいわ。ありがとう」デリーはちょっと間をおいた。「あなたったら金曜のこの時間になぜ家でぼんやりしているの？」

「ぼんやりなんてしてないわ。これから仲間と出かけるの。途中でデイルを拾っていかなくちゃ。彼、シーモア邸の隣に住んでいるのよね」

「だったら少し立ちよって、ニッキに伝えてもらえない？　わたしが電話をかけてほしがってるって」

「なぜ叔母さんから電話しないの？」

「あちらの電話番号が変わっちゃったのよ」言いたくはなかったが、デリーは答えた。まさか「わたしがしつこく電話してくるんじゃないかと、クレイが心配したんでしょう。まさかクレイの事務所に問いあわせるわけにもいかないし」

「わかったわ。伝えておく。それで……コルテスはわたしのこと、何か言ってなかった？」

「言ってたわよ」デリーは言った。「あなたのこと、魅力的だと思っているみたいよ」

「まあ」フィービーの心は舞いあがった。こっそり笑みをうかべる。「それじゃおやすみなさい、デリー叔母さん」

「おやすみ、フィービー」

14

ニッキはクレイの態度に気をもんでいた。クレイはブレア邸でのパーティ以来様子がおかしく、どんどんうわの空になっていた。

翌週の週末、二人はチャールストンに戻り、選挙運動にいっそう力を入れた。新聞にはマッケイン・ロンバードがサウスカロライナの環境保護団体と法的に対決している旨の見出しが躍った。ケイン自身が刑事告発を受けることはないかもしれないけれど、彼の会社は有害廃棄物処理法はもちろん、環境汚染規制法にも違反していた。ニッキはケインのために胸を痛め、この問題を選挙戦に利用する兄にかすかないらだちを覚えた。

「あの晩ロンバードが連れていた女は実に魅力的だったな」その日、夕食をとりながらクレイが言った。

「ええ、そうね」

妹が嫉妬《しっと》の表情を見せるのを待って、クレイはじっと見つめた。「彼女の名はクリスティン・ウォーカー、精神分析医だそうだ。あれだけのスタイルと顔の持ち主が信じられないよな。モデルになれば大成するだろうに」

「そこまでは気づかなかったわ」

「嘘《うそ》つけ！」クレイは乱暴にフォークを置いた。「ダンスフロアでさんざんロンバードといちゃつきあっていたくせに。やつとおまえはいったいどうなっているんだ？」

ニッキは冷たい目で兄を見つめかえした。

「知りたいなら教えてあげるわ。彼、怪我《けが》をして浜に倒れていたのよ。チャドとわたしで面倒をみてあげたわ」

「チャド・ホールマンか？」

「そうよ」

「チャドがロンバードといっしょにうちの別荘に泊まったのか？」

ニッキはまっすぐに兄の目を見た。「いいえ」

「なんだと？　まさか、おまえひとりのところにあの男を泊めたわけではないだろうな？」

「彼は脳震盪《のうしんとう》を起こしていたのよ。ほかに方法がなかったわ」

「方法はあったはずだ！　救急車を呼んで、ロンバードを病院に送りこめばよかったんだ」

ニッキもフォークをがちゃんと置いた。「そんなことはできなかったわ！　憎い相手でもあの状況では放《ほう》っておけなかったのよ」

「妹が……妹がぼくの最大の敵と寝たなんて！」

「いい加減にして！」ニッキは立ちあがった。グリーンの目が怒りに燃えていた。「わたしは彼と寝てなんかいないわ、ただの一度もね。兄さんにはその理由もわかっているはずよ」

クレイはニッキを見つめたまま落ち着かない様子で身じろぎした。「わかったよ。確かに寝てはいないんだろう。だが、世間は信じちゃくれないぞ。ロンバードの評判を考えたらな」

「世間がどう思おうと関係ないわ」

「ぼくは関係ないではすまされないんだ。再選をめざしているんだからな。ここは大都会とは違う。チャールストンでは家名や世間体がいまでもものをいうんだ。もしおまえとロンバードのことが噂《うわさ》になったら、ぼくは破滅しかねない！」

「ケインは誰にもしゃべらないわ」ニッキはかたい声で言った。

「そうか？　自分が不法投棄の罪で懲役刑を宣告されそうになっても？」

ニッキは息をのんだ。「そんな。罰金は科されるでしょうけど、懲役刑なんて」

「有毒物質の不法投棄は重罪だ。企業の役員や経営者が何人も投獄されている。ロンバードも例外にはなるまい。何年も刑務所で過ごすことを考えたら、ためらいなくおまえを売るだろうよ。刑務所行きを免れるためなら、家族ともどもどんな手でも使うだろう」

「わたしのことをしゃべっても彼にはなんの益もないわ」ニッキは指摘した。「たとえわたしと彼がシーブルック島で同じベッドに寝ていたとしても、それを公表したからといって彼にはなんのメリットもないのよ」

「あるさ。ロンバードが、事故にあったせいでチャールストンの工場で起きていることを知りようがなかったんだと主張すればな」

「チャールストンの工場で起きたことなんてたいしたことじゃないわ。バークと契約した社員はバークに不法投棄の前科があることなど知らなかったと言っているのよ。テレビのインタビューでそう答えていたでしょう？」

「だが、それでもロンバードは罪に問われるんだ」弁護士から話を聞いて、クレイも環境関連の法律を勉強したのだ。「バークの会社について調べなかったというだけでも、法律に照らせば彼の責任になる。注意義務違反というやつだ。最近の環境保護団体はひどく好戦的だし、好戦的であたりまえなんだ。環境汚染は起こりやすく、ただしにくい。将来にわたってきれいな水と空気を確保するには汚染を予防するしか手がないんだよ」

「だけど、一時的に製材業者の仕事を守るためにふくろうを絶滅させるのは構わないわけね」ニッキは皮肉った。

「おまえといい、デリーといい！　まったくデリーときたら」

「デリーが恋しいんでしょう？」ニッキはいたずらっぽく言った。

クレイはデリーのことは考えたくなかった。彼女が辞めてから事務所にいるのが苦痛になっていたし、かつてないほど孤独を感じていた。スラックスのポケットに両手を突っこんで室内を歩きまわりながら、クレイは見慣れた品々に視線を泳がせた。先祖伝来のアーリーアメリカン様式の家具やアンティークのコーヒーミル、死んだ両親が遺《のこ》していったグランドファーザークロック……。その大きな箱時計が時をきざんでいないことに気づいて、クレイはそっと蓋《ふた》をあけた。鍵《かぎ》を手にとり、ねじを巻く。

「子どものときにこの時計が時を知らせる音を聞いたのを覚えているわ」ニッキが微笑をうかべて言った。「当時は中に小さな人が住んでいるんだと思っていた」

「ぼくもだよ」クレイは鍵をもとに戻し、蓋を閉めた。そしてその蓋に手を触れたまま言葉をついだ。「ときどき自分をひとりぼっちだと感じることがある。おまえはどうだ？」

「わたしも同じよ」ニッキは兄に近づき、その体に両手をまわした。「親がいなくなるって、たいへんなことだわ。親のいる人にはなかなかわかってもらえないけど」

「デリーから……連絡があるか？」クレイは妹の顔を見ずに尋ねた。

ニッキはおかしそうにクレイを見てから目をそらした。「予備選挙の直後にあったきりよ。彼女ももう新しい職場に落ち着いたんでしょう」再び兄をちらりと見る。「ミスター・ヒューイットは人望があるようだわ。だから、くれぐれも自信過剰にならないで。それに違法なこともしないでね」
「違法なことなどしたためしはないよ」クレイはむっとして言った。
ニッキはため息をついた。「兄さん、兄さんは綱渡りをしてるのよ。自分でわかってい
るの?」
「ぼくは勝たなくちゃならないんだ」
「なぜ?」ずばりと尋ねる。「なぜ勝たなきゃならないの?」
クレイは一瞬言葉につまった。正面切ってそう問いただされると、自分でもよくわから
なくなってくる。彼にとって選挙はもとより重要なものだったが、このわずか二、三カ月
で人生のいかなるものより重要なものになっていた。彼はニッキをじっと見た。「それは
たぶんもう一期、議員をやりたいからだ。ぼくにはまだ完遂してない仕事がある、実現し
てないプロジェクトが……」
「ジョン・ハラルスンが手伝いに来る前の兄さんはこんなふうじゃなかったわ」
「モズビーにすすめられたんだ。ハラルスンはモズビーのためによくやっていたんだ」
「モズビーはハラルスンのやりかたをよくわかっていないのよ。どのようにやるかはどう
でもよくて、ただやりとげられたことだけしか見ていない。ある意味すごく世間知らずで、
お人よしなのよ」
「おまえ、いままでもまだ……?」

ニッキは小さく笑った。「彼に未練があるのかって？　いいえ、全然。心に傷は残ったけれど、望みなんてとっくの昔に捨ててしまったわ。だってモズビー自身にもどうしようもないことでしょう？」

「ああ、そうだな」クレイは足元に視線を落とした。「彼の秘密はいまだにばれていない。それが何より驚きだよ。女が好きなふりをし、その次は男が好きなふりをしている。そのおかげか誰にもかぎつけられずにすんでいるんだ」

「どうしてなの？」ニッキは静かに言った。「だってベッドではどうしたって気づかれてしまうでしょうに……」

「おまえだって気づかなかっただろう？　おまえはうぶなねんねだからな」クレイの言葉に悪意はなかった。「おまえはそれでいいんだよ。ところで、たまには映画でも見に行ったらどうだ？」

ニッキは首をふった。「疲れてるの。ワシントンに行ってくるとくたくたになっちゃうわ」

クレイはポケットに手を入れてキーホルダーを探った。「ベットはまだワシントンだ。例によって仕事でね」そこで口ごもる。「ぼくはちょっとデリーに会ってくるよ」

「それは面白いことになりそうね」

クレイはつまらなさそうに笑った。「ああ、かもしれないな」そして歩きだしたが、ふと足をとめ、ニッキをふりかえった。近ごろのニッキは弱々しく見えた。「肺炎で倒れたとき、ほんとうにチャドがおまえの世話をしてくれたのか?」

ニッキは返答に迷った。

「正直に答えたほうがいい。チャドとはたまに会うんだから」

「実はチャドでなく、ケインが世話してくれたの」ニッキは仕方なく言った。「あのときは具合が悪くてモールス信号を思い出すのがやっとだったのよ。ケインはすぐにわたしだとわかり、駆けつけてくれたわ。そのあとのことは朦朧《もうろう》として、次に気がついたときは酸素テントの中だった」

クレイは妹の病状がほんとうに重篤だったのだと気づいて、ニッキを見つめた。マッケイン・ロンバードはニッキの命を救ってくれたのだ。ニッキは何も言わないけれど、ぼくがメディアでロンバードを指弾したのをさぞ恨めしく思ったことだろう。クレイはそう思った。ロンバードには助けてもらった恩義があるのだから。

クレイは罪の意識を覚え、それゆえに腹を立てた。最悪の敵に借りなど作りたくなかった。ロンバードのタブロイド新聞の記者はまだチャールストンにいて何かとかぎまわっており、ハラルスンはいらだちをつのらせている。ほんとうにここでは裏でさまざまな思惑が渦巻いているのだ。

「ぼくは選挙に勝たねばならないんだ。ロンバードがぼくたちの過去をほじくりかえそうとするのを許すわけにはいかない」

「あちらが知っていることをすべて書きたてたんだとしたら、もう書くべきねたは残ってないってことだわ。断罪されるのはハラルスンよ。モズビーは被害者にすぎない。秘密が暴かれればむろん傷つくでしょうけど、でも兄さんが思っているほどではないんじゃないかしら。アルコール依存症だとか女癖が悪いとかいうのとはわけが違うんだから」

「それはそうだが」

「ハラルスンのせいで兄さんの立場は危ういものになっているのよ。彼は兄さんを勝たせることに異常なくらいこだわっている。それはなぜかを調べたほうがいいわ」

クレイは顔をしかめた。「なぜかはわかっている。ぼくの力になろうとしているんだ」

「兄さん」

「それじゃ行ってくるよ」クレイは笑みをうかべた。「おまえは何も心配しなくていい。ただロンバードにはもう近づくな。ぼくをがっかりさせないでくれよ、ニッキ。どれほど恩があっても、敵と通じるのは厳禁だ」

「わかったわ」

ニッキが従順に答えると、クレイは物憂げにウィンクして家を出た。デリーに会いに行くことはずいぶん前から考えていた。彼女がどうしているか様子を見に行っても何も悪いことはないだろう。それにハラルスンがカート・モーガンを誰かに尾行させるようなことを言っていた。もしモーガンが何か怪しげなことをしているのなら、デリーがうっかり口をすべらせるよう仕向けてやってもいい。

ニッキは夜のニュースを見ているうちにいっそう心配になった。環境保護団体の人たちが人気《ひとけ》のない農地にまた有害廃棄物が捨てられているのを発見していた。バークはこの件にはかかわっておらず、発見された有毒物質でいっぱいの古いドラム缶にはなんのロゴもマークもなかった。

処理チームはそのドラム缶を、漏れを防ぐための金属製の袋に入れた。だが、すでに何百ガロンもの正体不明の有毒物質が漏出し、土壌にしみこんでいた。被害の程度は今後の調査で明らかになるだろうが、まずはその廃棄物を分析して正体を突きとめないと浄化処理に乗りだせない。現地では環境保護庁の担当者が怒りに体を震わせながら、この〝深夜の投棄〟をやった者に必ず法の裁きをくだし、最大限の罰を与えてやると息巻いていた。

このレポートに続いて、バークが不法投棄した場所の映像がまたも流され、それをやらせたロンバード・インターナショナルが非難された。まだ起訴されてはいないが、過去にも工場廃水を河川に流すという事故を起こしているため、すでに環境保護庁のブラックリストに載せられているという。レポーターはいかにも故意にやったかのような論調でケインの会社を責めた。これはケインの弁護をより難しくするためなのではないかとニッキは思った。奇妙だ。ロンバード・インターナショナルはうっかり廃水を流してしまった直後に、なぜ廃棄物処理業者をかえなければならなかったのか？　バークが不法投棄した場所はなぜあんなに簡単に見つかったのか？　その場所が早々に特定されたのは環境保護団体にとってずいぶん好都合だったのではないか？　それにロンバード・インターナショナルのロゴは非常にはっきり見えた。オレンジ色のペンキでくっきりと……。

ニッキはやにわに立ちあがり、考えもせずに電話に向かった。頭の中には、これは仕組まれていたに違いないということしかなかった。なぜほかの人は考えつかなかったのだろう？　ケインも考えつかなかったのだろうか？

シーブルック島の彼の家の電話番号はわかっていた。本人はいないかもしれないが、家政婦に連絡先を教えてもらえばいい。

でも、もし彼の愛人が出たら？　ニッキはにわかにうろたえ、受話器を置きそうになった。いろいろ危険がありすぎる。もしこうすることでクレイを傷つけてしまったら。もしケインがわたしとのことを利用してクレイに対抗する気になったら。もし……。

「ロンバードですが」

ケイン本人だった。思いがけず彼の声が聞こえた驚きで、ニッキは受話器を取り落としそうになった。慌てて持ちかえ、耳元に持っていく。

「誰だ？」ケインはいらだったように言った。

「わたし……ニッキです」

沈黙が訪れた。「元気なのか?」ベルベットのように柔らかな声で、ケインは尋ねた。ニッキの目頭が熱くなった。まばたきして涙を散らす。ケインが自分の体を気遣ってくれたというだけで胸がいっぱいだった。

「ええ、元気よ。あなたは?」

「すっかり有名になってしまったよ」ケインはかわいた口調で言った。「きみの兄貴はぼくの罪とやらを今回の新たな不法投棄とからめて数えあげるのを楽しみにしているだろうね」

「兄はここにはいないわ」

また間があいた。「危険だな。敵とおしゃべりするために電話してきたのか?」

「ちょっと会えないかしら?」ニッキは言った。

「ぼくに会いたいなら、ちょうどいまテレビがぼくの資料写真を映してる。チャンネルは——」

「ふざけないで、ケイン。真面目《まじめ》な話なのよ。わたし……あることを発見したの。というか、思いついたの」ニッキは言い直した。「その件であなたと話がしたいのよ」

「ぼくはきみを信用してない」ケインは淡々と言った。「きみもぼくを信用しないほうがいい」

「あなたはわたしの命を救ってくれたわ。だから、これはそれに対するお返しだと思ってちょうだい。あなたの名誉をこれ以上傷つけるような話ではないの。とにかく聞いてもらいたいのよ」

「それじゃ聞こう。始めてくれ」

ニッキは話しはじめようとして、ある可能性に思いあたった。この電話は盗聴されているかもしれない。ハラルスンと通じている人間なら盗聴など簡単にできるだろう。実際ハラルスンは司法省にコネがあるとクレイが言っていた……。

「どこかで会って話したいんだけど」

「それは危険だよ」

「電話で話すほうがもっと危険だわ。誰かに盗聴されているかもしれない」

「なるほど」ケインは言った。「わかった。どこで会う?」

「わたしがあなたを見つけた場所」

「時間は?」

ニッキはこつをつかみつつあった。暗号みたいなやりとりが面白かった。「ワシントンであなたがパーティに到着したときと同じ時間」

「わかった」

ニッキはジーンズと白いトレーナーを着こんだ。待ちあわせの場所に行くには、なるべく目立たないようにすべきだ。外を見ると、さっき気づいた業務用トラックがまだ同じ場所にとまっている。むろんなんの関係もないのかもしれないが、ニッキは怪しいと感じた。スパイ小説に出てくるようなことが現実に起きているのだ。誰かがなんらかの理由で自分を尾行しようとしているなら、こちらは尾行しづらくしてやるつもりだった。

ニッキは地階を通って外に出た。裏手には大きな樫《かし》の木が二本立っており、その向こうに狭い通りと歩道があった。若い二組の男女がそこを歩いてくる。ニッキの家に向かって。ニッキは彼らの前に出て、フィービー・ケラーがハンサムな若者やもうひと組のカップルといっしょに近づいてくるのを待った。

「ニッキ!」フィービーがにっこり笑った。「ちょうどあなたに会いに行くところだったの。デリー叔母さんが電話に出ないんで、あなたのところに来ているのかもしれないと思ったのよ。ついでにちょっとそこらへんを歩いてきたんだけど……」

「悪いけど、ちょっとだけわたしといっしょに歩いてくれない?」ニッキはちらりと背後に目をやった。例のトラックの窓から男が身を乗りだしている。男の視線の先では、別の男がニッキの家に忍びよっている。

「何事なの?」フィービーが尋ねた。

「わたしにもわからないわ。とにかく彼らに見られないように家から離れたいのよ」

「そんなのお安いご用だよ」フィービーの連れが言った。「どこに行きたいの?」

「シーブルック島。タクシーをつかまえなくちゃならないけど……」

「わたしたちが乗せていってあげるわ」フィービーは陽気に言った。「わたし、あの島が大好きなの」

「ぼくたちも渡れるのかな?」連れの青年は言った。

「わたしの通行証があるわ」ニッキは安心させるように言った。「別荘の冷蔵庫には食料がいっぱいだし――」

「それ以上言わなくていいわ!」フィービーがさえぎった。「ニッキ、あなたって最高。わたしたち、まだ夕食を食べてないの!」

「高級フランス料理は期待しないでよ」ニッキは笑いながら言った。これは思いがけないボーナスだった。友人の姪《めい》っ子やその若い仲間と島に行けるのだ。これまでのところケインと自分をつなぐものは何もない。

「ハンバーガーでもぼくたちにとってはごちそうだよ」フィービーの男友だちが笑顔で言った。


一時間後、例の別荘には明かりがこうこうとともっていた。ニッキはフィービーを部屋の隅に引っぱっていき、ラジオのスイッチを入れた。この家にも盗聴器が仕掛けられているかもしれないのだ。尾行されなかったことはわかっている。ここに着くまでずっと周囲に目を配ってきた。

「聞いて」ニッキはフィービーに言った。「わたし、ちょっと海岸に行ってこなくちゃならないの。そのあいだなるべくにぎやかに音をたてて。もし誰かがわたしを訪ねてきたら、頭痛のため伏せっていると追いかえしてちょうだい」

「何かトラブルに巻きこまれてるの？　わたしにできることはない？」フィービーは優しく問いかけた。「警察……みたいなところに知りあいがいるわよ」新しくできた友人の顔を思いうかべ、そう付け加える。彼の住まいは知らないけれど、叔母が彼と会ったと言っていた。あれには内心びっくりし、動揺もした。叔母のデリーがクレイトン・シーモアに恋していることはわかっているが、コルテスが叔母に会いに来たというのは気になった。年は離れているけれど、コルテスを自分のもののように感じているのだ。そんなふうに感じるなんておかしいと自覚はしていても、その気持ちは自分でもどうしようもなかった。今夜、同年代の仲間と出かけることにしたのも、もっぱらコルテスのことを頭から払いのけるためだったのだ。

　ニッキがじれたように咳払《せきばら》いした。

「ごめんなさい」フィービーは謝った。「ときどきぼんやりしちゃうのよ。ねえ、ほんとうに何か厄介ごとに巻きこまれてるんじゃないの？」

「いまのところは大丈夫。そのうち巻きこまれるかもしれないけど」ニッキは答えた。

「ともかく、あなたは何も心配しないで。すぐに戻ってくるわ」

「ひとりで海岸をうろつくのは危険じゃない？」

「ひとりじゃないのよ」ニッキはほほえんで玄関に向かった。

ケインは苔《こけ》の生えた樫の木に寄りかかり、たばこを吸っていた。これで二本めだ。

「あなたがたばこを吸うとは知らなかったわ」ニッキは声をかけた。

ケインはふりむき、ニッキに近づいた。彼女の家からも近隣の別荘からも見えない、波打ち際の木陰に入る。

「数週間前まではやめてたんだ」ケインは言った。

ニッキは自分の体を抱きしめた。月明かりだけが頼りの闇《やみ》の中ではケインの姿はよく見えないが、体のぬくもりや大きさを感じただけで、敵対関係にあるにもかかわらず安心感が胸にあふれだした。

「うちを出るとき、外にトラックがとまっていたわ。電話を盗聴し、わたしを監視してたんだと思う」

「つけられたのか？」

ニッキはかぶりをふった。「つけられないよう注意して出たわ」そう言ってケインの顔を見あげる。「何かが起きている。わたしはその渦中にいるような気がするの。わたしだけでなく、あなたも」

「説明してくれ」

ニッキはケインと並んで木に寄りかかり、彼の顔を柔らかなまなざしで見た。もっと距離をつめ、両手を彼の体にまわして抱きしめたかった。パーティのときに抱きあってから、もうずいぶん長い歳月が過ぎたような気がする。

「誰かがあなたを陥れようとしているのよ」

「なんだって？」

「いままでそう考えたことはなかった？　廃水が川に流れこんだのは事故だったのかもしれない。だけど、そのすぐあとに例の不法投棄が続いたわ。あなたの会社が廃水の件で環境保護庁のブラックリストに載ったのをまるで誰かが知っていたかのように。しかも投棄された場所はいとも簡単に特定され、容器にはあなたの会社のロゴが鮮やかなオレンジ色のペンキではっきりと描《か》かれていた」

ケインのたばこが宙でとまった。容疑をかけられ、世間から容赦なく責めたてられたことに動転して、理性的に考える力が低下していたらしい。彼女の言うとおりだ、とケインは思った。ぼくにはこの状況が客観的に見えていなかった。防御に忙しく、冷静に考える余裕をなくしていたのだ。

ケインは距離を縮め、背をかがめてそっと問いかけた。「もしその背後にきみの兄貴がいたら、それでもぼくに話してくれた?」

「兄のことは愛しているわ」ニッキは静かに答えた。「兄のためなら、たいていのことはするつもりよ。兄はこういう実態をわかってないけれど、わたしにはわかる。誰かが選挙運動を利用してあなたの会社をつぶし、信用を地に落とそうとしているのよ。考えただけで寒気がするわ。冷酷かつ狡猾《こうかつ》なやりかただし、その裏にははっきりとした目的があるに違いないわ。それが何かはまだわからないけれど、単にクレイを勝たせたいというだけではないはずよ。そう思わない?」

ケインは険しい表情でたばこを捨て、かかとで踏み消した。「ぼくをマスコミの標的にさせることに、いったいどんな利点があるんだ?」

「わからない。でも、何か理由があるはずだわ。ケイン、今回のことはあなたの責任ではないって、わたしにはわかっているの」

ケインはニッキの顔をまじまじと見つめた。それからふと顔をそむけ、海に目をやったが、その目が見ているのは月光に照らされた海面ではなかった。

「なぜぼくの責任ではないと思うんだ?」彼は尋ねた。

ニッキはため息をつき、木の幹に頭をもたせかけて彼を見つめた。「あなたは海を愛してる。自然を心から愛してるわ。そんな人が環境破壊に通じるようなことをするはずはない」

ケインは彼女のほうに視線を戻した。「きみは鋭いな」

「で、これからどうするの？」

「どうもしない。目と耳をしっかりあけておくだけだ」

「ケイン、あなたが刑務所行きになることはないわよね？」ニッキは心配そうに問いかけた。

「その可能性はほとんどない。なぜ？　ぼくがアリバイを申したてるためにきみの名前を持ちだすんじゃないかと心配しているのか？」

「あなたにそんなつもりがないことはわかっているわ」ニッキは静かに言った。「でも、もしそうしなければ刑務所送りになってしまうのなら、わたしの名前を出してほしいの」

「そうして兄貴の政治生命を断ち切っても構わないと？」

ニッキは落ち着き払って答えた。「ええ」

ケインは思わずニッキに近づいた。彼女の体に腕をまわして持ちあげ、たくましい胸に抱きすくめる。そしてキスをした。海を渡ってくる風がニッキの髪を乱す。

ケインはニッキの体を木の幹に押しつけ、ジーンズに包まれた脚のあいだに自分の高ぶったものを押しつけた。

ニッキは息をのんだが、ケインは手加減するどころかむしろいっそう熱狂した。ニッキのヒップを両手でささえ、服がなかったら彼女の体の芯《しん》を貫いてしまいそうな体勢をとる。

「服を脱がせたら樹皮がこすれて肌が傷ついてしまうだろう」ニッキの唇に彼の息がかかった。「ぼくがきみのジーンズのファスナーをおろさないのは、ひとえにそのためだ」

薄れかかっていたニッキの意識がまたはっきりしてきた。彼女は身震いした。この状況はあまりにセクシーで、暗くて顔を見られずにすんでいるのがつくづくありがたい。

ケインは官能的な動きで腰を押しつけながら、ささやくように言った。「感じるかい？ ぼくがもういまにも爆発しそうなのを」

ニッキは頬を染め、ケインの喉元に顔をうずめた。

突如として欲望よりも好奇心がケインの頭を占めた。彼はぴたりと動きをとめた。「ニッキ……どうしたんだ？」

ニッキはいっそう強く顔を押しつけ、いやいやをするようにかぶりをふった。

ケインの記憶が喚起された。ニッキがかつて愛した男について言ったこと、ほのめかしたこと……。彼女は結婚していたが、夫は彼女をまったく求めなかったと言っていた。自分が愛した男は……できなかったのだと言ったこともある。

ケインは胸を上下させて大きく息を吐いた。ニッキにのしかかっていた体をわずかに起こし、ゆっくりと言う。「正直に言ってくれ、ニッキ」

ニッキは激しく脈打っている彼の喉元に再び顔を押しあてた。「もうわかっているんでしょう？ あなたは経験豊富なんだから」

「ぼくがきみをびっくりさせてしまったということはわかっている。ニッキ、きみはセックスがどういうものか知らないんだね？　そうだろう？」

「あら、どういうものかはだいぶわかってきたわよ。いまではね」ニッキはなんとかブラックユーモアをきかせて返事をした。

ケインは彼女のほてった顔が月明かりの中で見えるように姿勢を変えさせた。彼女の体を持ちあげて木に寄りかからせ、軽く腰を押しつける。

「さまざまな感情が読みとれる」なんとか自制心をかき集めながら、彼は言った。「恐怖、驚愕《きょうがく》、それに欲望。だけど、きみに先のことを忘れさせるほど夢中にはさせられなかったようだね？」

「ええ」ニッキはつぶやいた。

ケインはニッキをおろした。トレーナー越しに樹皮が背中を荒っぽくこすった。ケインは彼女のウエストを両手ではさみ、じっと顔を見つめた。

「きみは離婚以来ずっと男を避けてきたそうだね。なぜ？　彼ができなかったから、もうそのときみたいなみじめな思いは二度としたくなかったということかな？　だが、ぼくはそんな思いなど絶対にさせない。ぼくはあらゆる意味でできるんだ」

「わかってるわ」ニッキはおずおずと言った。

「それにぼくは無責任なセックスもしない」ケインは言葉をついだ。情熱の高まりに体が震えだしそうだった。彼は両手に力をこめた。「ぼくの家は無人だ。誰もいない。盗聴もされていない。きみがいくら大声をあげても大丈夫だ」誘惑するようにささやく。「そして、きみはきっと声をあげたくなる」

ニッキは先刻の感触や自分自身のあえぎ声を思い出し、ちょっと恥ずかしくなった。ケインは風に乱れたニッキの髪をかすかに震える手で撫《な》でつけた。それから自分のシャツのボタンをゆっくりとはずし、胸をあらわにした。鎖骨のあたりまで渦巻いている胸毛に汗の粒が光っており、ブロンズ色の肌も濡《ぬ》れていた。

「あなた、汗をかいてる」ニッキは落ち着かない様子で言った。

「きみがほしいんだ」ケインは答えた。「男の体は女の魅力にさまざまな形で反応する。汗ばんだり、震えたり。興奮すれば大きくもなる」ニッキの手をとり、彼自身へと導いてかたくなったものにそっと押しつける。

ニッキはとっさに手を引っこめようとしたが、ケインはそれを許さなかった。

「気を楽にして」優しく言う。「恥ずかしがることはない。気を楽にすればいいんだ。浜に波が打ちよせるように、風が海を吹き渡るように、自然なことなんだよ。さあ、さわって、ニッキ」

そしてニッキの頭をむきだしの胸に引きよせ、髪や額にキスをしながら、彼女の手に手を添えて男の体を学ぶ手助けをした。

「ほら、もうそんなに怖くはないだろう？」手を離すと、自分に触れているニッキの指を軽く撫で、はっと息をつめる。ニッキが心配そうに彼の顔を見あげると、ケインは笑い声をあげた。「べつに痛かったわけじゃないよ」

ニッキはそれでも手を引っこめ、ケインも今度はそれを許した。そして大きな手をトレーナーの内側にすべりこませ、背中に這《は》わせてブラのホックをはずした。ニッキが抗議しかけると、唇を開いて彼女の唇に触れあわせる。それでニッキは動きをとめた。

「ぼくの感触をきみはもう知っている」ケインはささやいた。「今度はぼくがきみの感触を知る番だよ」

ニッキは身じろぎもせず、呼吸さえとめて立ちつくした。ケインの手が彼女の胸にまわり、ずっしりとしたふくらみをそっと持ちあげた。親指でかたくなった先端を撫でながら、彼はニッキの唇にキスした。

「後ろに寄りかかって、ニッキ」そうささやき、ニッキを木の幹に寄りかからせると、トレーナーの裾《すそ》をつかんでブラといっしょに引っぱりあげ、真珠色の胸のふくらみを月光にさらす。

ニッキは身を震わせた。肌に風を受けながら、焼けつくような男の視線に胸のふくらみをさらすなんて、これほど官能的なときめきは初めてだった。

「背中をそらして」ケインは言った。「胸をぼくに差しだしてくれ」

わたしの頭はおかしくなっているに違いない、とニッキは思った。おかしくなっている。そう心に繰りかえしながら、ゆっくり背をそらす。風に身震いした次の瞬間、ケインのあたたかく濡れた口が胸のいただきを包みこみ、舌が触れた。ニッキは思わず身をくねらせ、歓喜のうめき声をもらした。

「あわれなやつ」ケインはしゃがれ声でつぶやき、ニッキの肌を貪《むさぼ》りながらボタンやファスナーを手探りした。「ほんとうにかわいそうな……男だ」

彼がわたしに触れている！　ニッキは抵抗しようとしたが、胸を貪られている喜びが彼女を弱くしていた。ケインのために脚を開き、彼のかける魔法に体をうずかせてむせび泣くような声をたてる。彼の頭を胸に押しつけ、白熱の歓喜に息もできずに身震いする。

もう耐えられなかった。高まる喜びに頭がおかしくなりそうだった。ニッキは彼の肩に爪を立て、その瞬間を招きよせようとした。張りつめた糸がぷつんと切れる瞬間を……。

ニッキの体が硬直し、口から声がほとばしった。すかさずケインが唇でその鋭く小さな声を抑えこむ。ニッキは何度も体を震わせ、ケインは唇をあわせたまま傲岸不遜《ごうがんふそん》な男の優越感に低く笑った。

腕の中で彼女の体がとろけだすと、ケインはまた情熱的なキスをし、ニッキは別のファスナーがさげられる音を聞いた。ケインのキスが突如激しくなった。ニッキはもう彼のものだった。彼が与えようとしているものを知ったからには、抵抗することなど思いもよらない。

力のこもったひと突きにニッキは衝撃を受けたが、痛みは一瞬にして消え去り、彼が完全に入ってきたのがわかった。

ニッキはあえぐような声をもらし、ケインは彼女が締めつけるのを感じた。

「そっとだ」ケインは唇を重ねあわせてささやいた。その声同様、彼の体もかすかに震えている。もう理性のブレーキがきかなくなっていた。先刻ニッキに与えた目のくらむような喜びを自分も体で感じたかった。その喜びが銀のナイフのように身を切り裂くのを感じたかった。

ニッキの肌が樹皮にこすれないようヒップを両手でかかえる。そうして彼女の体を持ちあげたまま、なめらかな動きで突きいれると、彼女もあっという間に共犯者となった。ゆったりした動きにあわせ、呼吸を乱しながら体を震わせる。

「こんなのは初めてだ」ケインはかすれ声でささやいた。「こんなに感じるのは初めてだよ。もっともっと優しくしたい。どんなに深く結ばれても……もっと先まで届かせたい」そこで言葉を切り、両手に力をこめて苦しげにうなる。ニッキの脚がからみついている体に震えが走った。「ニッキ……ぼくをいかせて……くれ」

彼女のヒップをわしづかみにし、ケインは全身でわなないた。彼が限界に達し、ニッキは深い喜びに満たされた。彼とひとつになったまま永遠に離れられなくなったような気がする。ケインはまだ動いており、先ほどニッキが感じたものが再び頭をもたげはじめた。だが、時間が足りなかった。ケインはニッキを立たせると、彼女と並んでまだ余韻に震える体を木にもたせかけ、呼吸を整えた。

ニッキは泣きたくなった。ケインは避妊の措置をいっさいとることなく、ニッキも彼をとめようとすらしなかった。こういうことだけはすまいと、のぼせあがって男の情熱に屈することだけは避けようと、かたく心に誓っていたのに、結局こうなってしまった。恐怖の念が酸のように胸を焼く。

ニッキは身のまわりを整えてファスナーをあげようとした。が、彼女よりケインのほうが素早かった。数秒後には彼自身も身づくろいし、ニッキの服をも直していたのだ。

「泣かないで」ニッキの涙をそっとぬぐい、ケインは優しく言った。「心配しなくて大丈夫だから」

「大丈夫なわけないわ! わたしったら、あなたとこんなことを……」

ケインは彼女の体を両手で持ちあげ、はっとするほど優しいキスをした。「ぼくは幼い息子を亡くしているんだ」唇を重ねたまま、震えを帯びた声で彼は言った。「ぼくに赤ん坊をくれ、ニッキ」

15

ニッキは自分の聞き間違いではないかと思った。体にはまだ痛みが残り、背中もこすれて痛かった。だが、ケインは放してはくれなかった。木の反対側にまわり、海岸のほうへ根が伸びているところにそっとニッキを座らせた。自分も横に腰をおろすと、木に寄りかかってニッキを膝に抱きあげる。

「きみは行きあたりばったりのセックスはしない。ぼくも同じだ。きみは自然環境を大事に思っている。そして政治が好きだ。まだほかにもぼくとの共通点はたくさんある。赤ん坊ができれば、二人にとってその子が第一になるだろう」

「いくらなんでも早すぎるわ」ニッキはめまいを覚えた。

「わかっている。だが、きみがほしくてたまらなかったんだ。次回はもう少しゆっくりやろう」ケインは彼女の顔をのぞきこんだ。「すごく痛かったかい、ニッキ？」

ニッキは赤面した。「わたしが言ったのは……そのことじゃないわ。赤ちゃんとか結婚とかの話よ……」

ケインがニッキの腹部に大きな手をあてた。「きみにとっては初めてだった」許しがたいほどしたりげな口調だ。「バージンは初めてのセックスで妊娠することが多いと何かに書いてあった」

ニッキは彼の胸を叩《たた》いた。「わたし、チャールストンで父親のいない子どもを産む気はないわ！」

「結婚すればいいんだ」ケインは言った。「実際問題、早ければ早いほどいい」

ニッキは息をのんだ。「あなたと結婚なんて、わたしの兄が許さないわよ」

「きみが妊娠したことを告げれば許さざるをえないだろう」

「妊娠なんかしてないわ！」

ケインは眉をあげた。「どうしてわかる？」

「だってわたし……だからその……そんな時間はなかったし……」ニッキは混乱してしどろもどろになった。

「ぼくとひとつになってからは、きみは達していないから？」ケインはあけすけに尋ね、ニッキの顔を見て含み笑いをもらした。「次のときにはいかせてあげるよ。しかし残念ながら、達しなくても受胎することはできるんだ」

「たったの一度だけだったし」ニッキはなおも言いつのった。

ケインはほほえみ、ニッキを膝から草の上におろした。「いまのところはね」

ぼくの自制がきかなくなる前にね」

　ニッキの驚きようににやりと笑い、彼女の手を引きよせる。「そのまさかだよ」唇にキスをしながら彼女の脚のあいだに体をねじこむ。「痛かったら、いまのうちに言ってくれ。ぼくの自制がきかなくなる前にね」

　彼に腰を押しつけられ、ニッキは唇を噛《か》んだ。

　ケインは残念そうに吐息をもらした。「やっぱりね。ぼくが夢中になりすぎてしまったせいだな」そう言ってごろりとあおむけになり、ニッキの体を引っぱりあげて自分の胸の上で休ませる。「この猛《たけ》りたつ男のエネルギーが無駄になってしまうのか」ニッキの腰に腰を押しつけ、ため息まじりに続ける。「まあ、新婚初夜もあることだしね。婚約期間は短くていいかな？　三日後には結婚しよう」ニッキが反駁《はんばく》しようとすると、すぐに言葉をつぐ。「いまこの町で何が起きているのか知らないが、それを突きとめるまできみはぼくといっしょに暮らすんだよ」

「そんなわけにはいかないわ」

「なぜ？」

　ケインの体の上はあたたかく居心地がよかった。ニッキは安心して身を任せた。「わたしはこそこそしたくないの。あなたにこういう気持ちを持ってること、少しも恥じてはいないんだから」

ケインは黙りこみ、ニッキのうなじを優しく撫《な》でた。「こういう気持ちって？」

「あなたを強く慕う気持ち。情熱的に焦がれる気持ち。ほかにもまだいくらでも言葉を重ねられるわ。だけど、いまはとりあえず眠いの」

「セックスは疲れるからね」声に笑いを含ませてケインは言った。「ほんとうにぼくのうちに来ないのか？」

「行きたいのはやまやまだわ。ほんとうに行きたいの。でも、ちゃんと順序を踏みましょう。もしほんとうにわたしと結婚したいならね」

ケインは片方の眉をあげた。「わかったよ」真面目《まじめ》な顔で続ける。「さっきので赤ん坊ができてたら最高だが、いまぼくが一番気になっているのは背骨なんだ」

「えっ？」

「ぼくの背骨」ケインはいたく満足そうだ。「背骨がとろけそうになったり、花火のように燃えあがったりしたんだよ。きみのおかげでどれほど歓喜に打ち震えたか、わからなかった？」

「まあ」ニッキは頬を染めて言った。

「いまから数週間後には、きみもそう簡単には驚かなくなるだろうよ。むしろ、きみのほうがぼくを驚かすようになる可能性が高い」

「そうは思えないわ」ニッキは彼の胸に指を食いこませ、海のほうに目をやった。今回のことはほんとうに突然だった。まるで心が鞭《むち》打ち症にかかったみたいだ。

「そんなに考えこまないで」ケインが物憂げに言った。「いったいどうしたんだ？」

「あなたはまだ愛人との関係が続いているわ」

「いや、もう肉体関係はない」ケインはきっぱりと言い、顔が見えるようニッキをあおむけに横たわらせた。「怪我《けが》をしてこの海岸に打ちあげられたあの日以来、彼女にはいっさい触れてない。キスさえしてないんだ」

　ニッキは眉をひそめた。「でも……」

「確かに彼女を連れ歩いてはいた。きみと会えなくなって悲嘆に暮れているなんて思われたくなかったから」

　ニッキは微笑した。「まあ」

　ケインは指先で彼女の顔をなぞり、唇に触れた。「ほんとうは悲嘆に暮れているなんてものじゃなかったよ。きみに未練たらたらだった。きみの素性を知ったときには仰天したけど、それでもきみが恋しくて仕方がなかった。ブレア邸のパーティできみを見たときに感じた胸の痛みは、ここ数カ月で最悪だったよ」

「あなた、電話もくれなかったわ」ニッキは言った。

「できるわけがないだろう？　きみの兄貴はぼくを刑務所にぶちこみたがっているんだ。ぼくも彼を好きとは言えない。きみを板ばさみにして、無理やりどちらかを選ばせるようなことはしたくなかったんだよ」

「わたしはただ、あなたに警告したかっただけなの」ニッキは言った。「ほんとうに、あなたとこんなふうになるつもりはなかったのよ」

「〝こんなふう〟になれてよかったよ」ケインは深みのある声でささやいた。「きみを抱き、きみに包まれるのがどんな感じか想像できる？」

「少しは」ニッキは目を輝かせた。

「ぼくはきみのおかげで十分な満足感を得た。しかし、きみは――」

ニッキは彼の口を指先で押さえ、ケインはその指に音をたててキスした。「わたしもあなたとひとつになる前に満足感を与えてもらったわ」

「ぼくはただ、ぼくたちが結ばれたときの喜びの片鱗《へんりん》をきみに経験させてあげたかったんだ。だが、きみを見ているうちに自分を抑えられなくなってしまい、きみを抱かずにはいられなかった」

「罪悪感を感じる必要はないわ」ニッキは言った。「わたしがさせたことなんだから」

「あのときは、きみがとめてもとまらなかっただろう。ほんとうにあそこまでするつもりはなかったんだ。きみに純白のウェディングドレスを着せ、ちゃんとした初夜を迎えさせるつもりだった」

「純白のウェディングドレスもちゃんとした初夜も手に入らなくなったわけではないわ。

婚約者同士のむつみあいは清教徒《ピューリタン》でさえ認めているのよ」ニッキはそうささやき、ケインの唇にそっとキスした。長身の体に軽く体を押しつけ、彼が自分を求めているのを感じとる。「あなたってほんとに大きい」いとおしげにささやくと、ケインが低くうめいてキスにこたえた。次に彼が顔をあげたときには長い時間がたっていた。

「もうきみを帰さないと」

「帰したくはないのよね?」ニッキは彼に頬ずりした。「わたしもあなたのそばを離れたくない。でも帰らなくちゃならないわ」

ケインは震える手で彼女の頭を胸に抱きしめた。頭のてっぺんから爪先までうずいていた。「少しでも冷静さを保っていたら、ちゃんと避妊したんだが。財布の中に避妊具を入れてあったんだ」

ニッキは目をとじて赤ん坊のことを考えた。ケインのシャツの襟元のボタンに手を触れ、胸をおおっている濃い胸毛に指先をすべらせる。「ご家族が恋しいのね」優しい声だ。

「息子が恋しいんだ」ケインはそう答え、彼女の頭をぐっと引きよせた。「死ぬほど恋しい。ああ、ニッキ、ぼくは子どもがほしいんだ!」

ケインがごろりと体勢を変え、ニッキはあやすように彼を抱きしめた。ケインは悲しみゆえに感じやすくなっているのだろうが、ニッキは彼を愛していた。時間をかければ、彼もニッキを愛するようになるかもしれない。まして子どもができれば。

ニッキは彼にゆっくりとキスをした。「わたしが産んであげるわ」

ケインはニッキの目をじっと見つめ、彼女の頬に張りついた髪をかきあげた。ニッキは美しく野性的に見えた。草の上に横たわる異教の女神のようだ。彼女が裸で放恣《ほうし》に身をくねらせるさまがまざまざと目にうかぶ。

ニッキは彼が息をのむ音に気づいた。「どうしたの？」

「きみとこの草の上で裸で愛しあうのはどんな感じか考えていたんだ」

「裸になったら、わたしはあなたほど魅力的ではないと思うわ」ニッキは笑顔で言った。「あなたの裸はすごくすてきよ」

ケインは喉の奥でざらついた音をたて、その瞬間二人のあいだに熱い火花が散った。

「わたしたちは幸運だったわ」ニッキはささやいた。「でも、誰かがわたしを捜してここまで来るかもしれない」

ケインは身震いした。「なのにきみはこんなしどけない格好をしている」

「なのにわたしはこんなしどけない格好をしている」ニッキは繰りかえした。恥ずかしそうにちょっと体を動かし、おずおずとほほえむ。「でも、とてもすてきだったわ」

ケインはわずかに顔を赤らめて笑った。「ああ、ほんとうにすてきだった」

そしてしぶしぶ立ちあがり、ニッキに手を差しだした。彼女を自分の前に立たせると、まじまじと見つめて言う。

「きみがさっきまでとは違って見える。輝いているよ」

ニッキは彼を見つめかえした。「本気なの？　さっき言ったこと。わたしと結婚して、子どもがほしいってこと」

「本気だとも」ケインはしごく優しい表情で言い、それからニッキの姿にはっとしたように声をかすれさせた。「ああ、きみは最高だよ！」

ニッキは喜びにけぶる目をしてほほえんだ。「明日、電話をくれる？」

ケインはうなずいた。「ああ、必ず。うちにおいで、ニッキ。裸で朝まで抱きあおう。たとえ抱きあうことしかできなくてもね」

「そろそろ家に帰らなくちゃ」ニッキは彼の胸に顔をすりよせた。言いたい言葉があるけれど、まだその時機ではない。でも、彼はもうわたしのもの。ニッキは独占欲をむきだしにした表情で彼を見あげた。「あのセクシーな細身のブルネットにはもう手を出さないで。あなたはわたしのものよ」静かに言う。

「自分の人生がかかっていたんだから、ほかの女にはさわることさえできなかったよ」ケインは言った。「きみはきみ自身にも想像がつかないほどぼくを夢中にさせたんだ」

「わたしも慣れればだんだんじょうずになるわ」

ケインは機嫌よく笑った。「そうなったら、こっちが悶死《もんし》させられるかもしれないな」

ニッキは微笑を返した。「それじゃ、おやすみなさい」

ケインは彼女の手をとって手のひらにキスをした。「さっきのひとときを夢に見てくれ」そしてニッキに会うのに乗ってきたモーターボートのほうへと歩きだした。ニッキはまだ全身をうずかせ、胸をいっぱいにしながらその姿を見送った。人生ってすばらしい、と心につぶやく。今夜のことは後悔のしようがなかった。ついに女になり、そしてもうじき妻になるのだ。マッケイン・ロンバードの妻に。別荘に戻る足が地につかない状態だった。帰り着いても誰も気がつかなかった。フィービーたちは大音量の音楽にあわせて踊ったりポテトチップスをつまんだりしていた。ニッキはソファーでまるくなり、チャールストンに帰る時間が来るまで将来の夢を見ていた。

あくる朝早くにかかってきた電話は予想すらしないものだった。そのため、ニッキは受話器を握りしめたまま何秒かはぼんやり壁を見すえることしかできなかった。

「いま、なんて言ったの?」狼狽《ろうばい》して問いかける。

「ゆうべおまえとロンバードがよろしくやっているのを写真に撮らせてもらったと言ったんだよ。実に扇情的な写真だ。これをタブロイド新聞の記者のところに持っていったらどうなるかな?」

「マッケイン・ロンバードの父親はタブロイド新聞社のオーナーよ」ニッキはすかさず言った。

「だが、タブロイド新聞社はそこだけではない。ロンバードの父親は他人の誹謗《ひぼう》中傷には熱心だが、自分の息子の写真が他社の新聞の一面に載ったらどんな顔をするだろうね。〝下院議員候補の妹、兄の最大の敵と海岸でいちゃいちゃ〟実にセンセーショナルな見出しだ！」

ニッキは壁にもたれながらずるずると床に座りこんだ。「何が目的なの？」この電話が盗聴されていたら、自分はおしまいだ。目の前をこれまでの人生が走馬灯のように通りすぎる。

「二度とロンバードに近づくな」相手は言った。「そして、その理由についても誰にも言うな」

「そんな……」

「やつがほんとうにおまえと結婚したがっていると思うのか？　こっちはやつが愛人といちゃついている写真も握っているんだ。手も触れてないはずの愛人と裸でヨットに乗っている写真だ。撮ったのはわずか二日前さ。何枚かそっちに送ってやろうか？」

ニッキは吐き気に襲われ、膝をかかえた。「あなた、性格がゆがんでるわ」

「ゆがんでないやつがどこにいる？」嘲《あざけ》るように男は言った。「今後もしロンバードに近づいたら、おまえたちの写真が四段ぶち抜きの見出しつきで新聞に出るからな。おまえの動向は常に監視している。だからいい子でいるんだぞ」

そして電話は切れた。せめて録音することを思いついたらよかったのに！　ゆうべ尾行はされなかった。それは確かだ。それなのになぜ写真なんか撮られてしまったのだろう？

ニッキは両手で顔をおおった。こんなことが現実のわけはない！　ケインはわたしと結婚したいのだ。わたしがいきなり連絡を絶ったりしたら、いったいどう思うだろう？　もしかしたらケインのほうに原因があって、カメラを持った連中がスクープをものにしようと隠れていたのだろうか？　ニッキの心臓が鼓動をとめた。これはたいへんなニュースになるかもしれない。じれた恋人、下院議員候補の妹を襲う……。すごい宣伝効果だ。悪い宣伝。そんな不埒《ふらち》な話が広まったらクレイは落選してしまうだろう。

だが、ケインの評判もそれ以上に落ちてしまうのではないだろうか？　いったいどうしたらいいのか、ニッキにはわからなかった。

玄関扉がノックされ、デリーはベージュとゴールドと白の部屋着に、髪を背中にたらした姿でそちらに向かった。今夜は客が来る予定もなかったし、早く寝るつもりだった。ひょっとしたらコルテスかもしれない。コルテスとはもう友だちのつもりでいるので、デリーはちょっと胸をはずませながらドアをあけた。

だが、そこに立っていたクレイトン・シーモアを見たとたん、心臓が早鐘を打ちはじめた。もうクレイとは終わったと思っていたのだ。彼には何も感じないと！　ばかだった。

彼を愛する気持ちは悪い習慣と同じく、なかなか吹っ切れるものではなかったのに。

クレイは彼女の姿にぴたりと動きをとめ、ただ無言で見入った。こういう格好のデリーを見たことなど皆無に等しかった。そのせいかやけに新鮮に感じられ、クレイはゆったりと微笑した。「やあ、デリー、ぼくに会えなくて寂しかったかい？」

「べつに」デリーは脚が震えていたが、彼にはなんとか気づかれまいとした。

クレイはため息をついた。「ああ、そうか。ヒューイットに幹部スタッフとして迎えられ、自信がついたんだな。ぼくももっと早くきみを昇進させるべきだったかもしれないな」

「だけど、あなたは女にそんな重責はになえないと思っていたんでしょう？」

「ベットには、になえるんだよ」クレイはいらだたしげに言った。「きみにになえるとは思っていなかった。まったく愚かだったよ、ぼくは」玄関を入ったところで立ちどまり、デリーを見て顔をしかめる。「しかし、あのときはただテレビ局に電話をするよう頼んだだけなんだ。ほかの人なら素直に電話しただろう」

「ええ。でも、わたしはわたしだわ。なんの用なの、クレイ？」

クレイは両手をポケットに突っこんで肩をすくめた。いまのいままで自分がどれほどデリーを恋しがっていたか気づいていなかった。彼女はもう以前とは違っていた。自信にあふれ、少々のことではびくともしない。クレイはこれまで以上に心惹《ひ》かれた。「ひょっとして戻ってくるよう説得できないかと思ってね」

デリーは首をふった。「無理よ。ましてハラルスンがあなたのスタッフに加わっていてはね」

「ハラルスンのどこがそんなにいけないんだ？　近ごろでは誰も彼もがハラルスンを批判する。最初はニッキ、今度はきみだ！」

「わたしたちは勘が働いてるのよ。あなたと違ってね。用心しないと、きっと足を引っぱられるわ。彼のせいでどれほど危険をおかしているか、あなたはわかっていないのよ」

「最強の敵の弱点につけいるすべを知っているところが危険だっていうのか？」クレイは声をあげて笑った。「彼は選挙参謀なんだぞ。選挙の闘いかたについては、きみよりずっと詳しいんだ。彼のおかげで、ぼくはかつてないほどメディアに注目されている」

「いずれ注目されるだけではすまなくなるかもしれないわ」

「きみに暴言を吐いたことはもう謝っただろう？」クレイは改めてデリーを見た。「きみは変わったな」だしぬけに言う。「前とはどことなく違う」

違って当然だわ、とデリーは思った。責任ある仕事を任され、能力を賞賛されるのは初めての経験だったのだ。サム・ヒューイットはクレイが認めてくれなかった能力を評価してくれる。コルテスが言っていたとおり、デリーはいま初めて自分の頭脳と高等教育の成果をフルに生かしているのだった。

「人はみな成長するのよ」彼女は曖昧《あいまい》に言った。

「きみはヒューイットのところでいい仕事をしている」クレイは言った。「宣伝活動に関するきみのアイディアは気に入ったよ。堅実で、変にセンセーショナルなところがない」そこでちょっと口ごもる。「きみが戻ってきてくれたら、うちの陣営で試してみてもいいな」

デリーは笑みをうかべた。彼の言いかたは少年みたいだ。「ベットはどうしてる？」

クレイの顔が曇った。「結婚したがってるよ。結婚を望むような女だとは思わなかったのに」

それじゃ、やっぱりコルテスの言うとおりだったのだ。デリーは意気消沈した。百万年たってもクレイはわたしのものにはならないのだ。いつだってベットが一歩も二歩も先に進んでいる。

デリーのその思いは表情に出ていた。クレイは彼女を見てたじろいだ。デリーはぼくを愛していたのだ。なぜもっと早く気づかなかったのだろう？　ベットと抜き差しならぬ関係になったために、デリーをとり逃がしてしまった。デリーはまだあきらめきれないようだが、それでもかつての恋心を抑えこもうとしている。これからますます自信を持って強くなり、やがては別の男と出会って結婚するだろう。結婚して子どもを持ち……。

「ぼくはいろいろな面できみに悪いことをしてきたな」クレイは静かに言い、探るようにデリーを見た。「きみを利用し、きみがいるのを当然のことのように思い、あげくの果てに事務所からもぼくの人生からも放《ほう》りだしてしまった。その後どうなったかわかるかい、デリー?」苦々しげな笑い声をあげる。「きみのかわりに雇った娘《こ》はしゃべるのが怖いんだ。データ入力はできるが、よく間違える。かわいくて気立てがいいが、きみとは違う」

「事務所はベットに任せたらいいじゃないの」デリーは気のない口調で言った。「彼女なら万事うまくやってくれるわ」

「ベットはぼくの事務所で働く気なんかないんだ。ロビイストの仕事を続けたいんだよ。金が好きなんでね。ぼくの給与でさえ比べものにならないくらい稼いでいるんだから」クレイは窓のほうに目を向けて外を見た。「彼女はいまからぼくたちの住むところを決めようとしている。参るよ」

「あなたが不満なんだとしたらお気の毒ね。でも、わたしには関係ないことだわ」

クレイは真剣な面持ちで再びデリーに目をやった。「以前は関係があった」

「もう昔のことだわ。あなたの下で働いていた日々がなつかしいけど、サムはやりがいのある仕事をやらせてくれるの。いいボスよ」デリーは無理に笑顔を作った。「十一月の投票日には、きっとあなたをへこましてやるわ」

クレイの眉がはねあがった。「ぼくは落選はしないよ」

「ハラルスンを遠ざけないかぎり、落選すること間違いなしだわ」

「彼はこの週末ワシントンで過ごしている」

そう言うとゆっくりと息を吸いこみ、貪《むさぼ》るようにデリーの全身を見まわす。

「ベットはどこに行きたいとか、何をしたいとか、いちいちぼくに言うんだ。寝室内のことまで指図してくる」クレイの顔に悲しげな微笑が漂った。「きみはぼくとのセックスがどんな感じか想像したことはない？」

デリーは赤くなるまいとした。赤くなんかなるものですか！「一度や二度はあるわ」かたい声で答える。

クレイは彼女の顔に目をこらし、頬をゆるめた。「赤くなってるね。きみが赤くなるなんて初めてじゃないかな？」

デリーはその優越感あふれる態度も彼の目つきも気に入らなかった。「高校三年のとき、わたしは大学生の男の子とつきあっていたわ」ぶっきらぼうに言う。「彼はハンサムで説得力があり、わたしは子どもで浅はかだった。一度だけ彼と関係を持ったけど、それ以来誰とも寝てないわ」

クレイは衝撃を受け、眉根を寄せて彼女に近づいた。「なぜ？」

デリーはもじもじした。いい思い出ではないのだ。「なぜなら一度で懲りたからよ。彼が車をとめたとき、わたしはただちょっといちゃつくだけだと思った。だけど、彼はわたしにのしかかってきて、気がついたときにはもう……」自分の体をきつく抱きしめる。

「わたしはいやでたまらなかった！　彼は性急で、ただ痛いだけだったの。終わったあと、彼は言ったわ。いまのがいやだったとしても、きみがぼくをその気にさせたのが悪いんだって。女の子はみんなしていることなんだから、きみだけ違うなんて思うわけがないだろうって」

クレイは激しい怒りを覚えた。まさかそんな過去があるとは思いもよらなかった。デリーのことをつんとしたお高い女と見ていたし、誘惑されるのが怖くて誰ともデートなんかしたことがないと思っていたのだ。その理由がこんなことだったとは考えもしなかった。

「そいつを訴えてやればよかったのに」クレイはぶっきらぼうに言った。

「わたしにどんな申し立てができたっていうの？」デリーは苦りきった。「わたしは彼を愛していた。少なくとも愛していると思っていたのよ。みんなわたしたちをカップルと見ていたわ。それに彼はフットボール・チームのキャプテンで、チャールストンでも指折りの有力者の長男だったのよ」

「なるほど、そういうことならわからないでもないな」

「ええ、あなたならわかるわよね？　人間は平等だとか正義が勝つとか言っても、法律を作ったり有罪無罪を決めたりするのはひと握りの金持ちなのよ。嘘《うそ》だと思うんなら、どこかの刑務所で受刑者を見てみればいいわ。金持ちの子どもなんてほとんどいないんだから」

「そのあとは何事もなくすんだのか？」

「ええ、幸いにもね」デリーは重苦しい口調で続けた。「妊娠もしなかったし、HIVにも感染しなかった。何カ月かおいて二度検査を受けたけど、陰性と出るまではほんとうに不安だったわ。あんな思いはもう二度としたくないの」

「きみは六年前からぼくのところで働きだした。だが、いままでその話を一度もしなかったのはなぜだい？　ぼくが初めて州議会議員に立候補した年にきみを雇った、その直前の出来事だったんだろうに」

「ええ、そうよ。だけど、親にも言えないことをあなたに言えるわけがないでしょう？」

「その男は逮捕されるべきだったな」クレイは怒りをこめて言った。

「皮肉なことに翌年交通事故で死んだわ」デリーはクレイと目をあわせた。「それを知ったときにも涙ひとつ出なかった。もう涙は涸《か》れ果てていたのかもしれないけど」

「きみが涙をこぼす必要はないさ」クレイはゆったりした部屋着を目でなぞり、胸のふくらみが浮きあがっているところで視線をとどめた。しなやかな髪は金色の波のように肩に流れている。デリーは美人ではないけれど、とても魅力的だ。魅力的でセクシーだ。クレイはついに認めた。いままではなんとか気にとめないようにしてきたのだ。ベッドとつきあっていたし、デリーはバージンだと思っていたから。だが、いまは胸が騒ぎ、落ち着かなくなっている。彼女のセクシーな外見が彼をそわそわさせていた。

「デリー、ハラルスンについてきみは何か知っているのか?」話を変えてそう尋ねる。

デリーはクレイから離れてキッチンのほうに移動した。「べつに何も。わたしが知っている程度のことは、あなたもいつか気がつくはずだわ」クレイにさえ何も言わないとコルテスに約束したことを思い出しながら答える。知りあったばかりの男をなぜ信じられるのか不可解だが、デリーはコルテスを信用していた。彼がシーモアきょうだいに害を及ぼすとは思えなかった。ハラルスンに対しては含むところがあるようだが、デリーもあの卑劣な男を助けるつもりは毛頭ない。

クレイは戸口で足をとめ、デリーがコーヒーをいれるのを眺めた。その顔はどこか悩ましげだった。「きみが何か隠しているせいで、ぼくは落選するかもしれないんだ」

デリーはふりむいた。「あなたの対立候補の下で働いているわたしが、それを気に病むと思う?」いたずらっぽい口調だ。

クレイは唇をとがらせ、かすかにほほえんだ。そういう笑いかたをするときの彼はやけにセクシーだった。戸口からデリーのほうにゆっくりと近づいてくる。

「そこでストップ」デリーはコーヒーの粉をフィルターカップに入れるのに使っていたスプーンをふりまわした。「わたし、つきあってる人がいるのよね。ワシントン出身で、すごくハンサムで……」

クレイは立ちどまらなかった。デリーがしゃべりつづけるのも構わずにスプーンをとりあげてわきに放り、のしかかるように腰を押しつける。デリーの後ろはカウンターで、逃げ場はなかった。

「黙るんだ……」唇を触れあわせてクレイはささやいた。

デリーは彼が欲情しているのを体で感じて身をかたくした。いっしょに仕事していた六年間、彼が欲情しているのを実感したことなど一度もなかった。むろんベットには欲情していたに違いないけれど。

ベット……。ベットのことを思い出すべきだ。デリーはなんとか思い出そうとした。だが、クレイの両手が彼女の頬をはさみ、親指が唇を優しく開かせて舌が割りこんできた。彼はスパイスと石鹸《せっけん》の匂《にお》いが、そしてコーヒーの味がした。デリーは舌にその刺激的な味を感じながら、彼の匂いを吸いこんだ。

口からかすかなあえぎがもれたが、クレイはそれを無視した。その執拗《しつよう》なくちづけにデリーはとうとう抵抗をあきらめ、喜びに屈した。彼はあたたかく、たくましく、いい匂いがした。デリーは彼の腕の中で小さな吐息とともに体の力を抜き、力強い抱擁に身を任せた。

だが、ゆったりした室内着越しに長い脚が腿のあいだに割りこんでくると、混乱していた頭が現実を認識しはじめた。

「だめ」デリーは唇をふさがれたまままつぶやいた。

クレイは頭をもたげた。目が、デリーの目と同じくらい動揺していた。眉を寄せ、彼女の唇に、さらにはその下に視線を向ける。そしてせわしなく上下する胸や、そのかたくとがった先端が見えるように体を引いた。ぼくも欲望を覚えているが、彼女もまた欲望を覚えている。

クレイは心につぶやいた。まだ彼女を失ってはいなかったのだ！

彼は視線をあげ、デリーと目をあわせた。「デリー」その名前を味わうように舌先にころがす。

「わたし、あなたと……寝る気はないわ」声をつまらせ、デリーは言った。

クレイはさらに体を引き、興味を引かれたような不思議そうな目をしてほほえんだ。

「わかっている。だが、寝る気はなくても寝たいとは思っているはずだ」

「寝たいと思うだけなら、ほかの男性にだって何度も思ったわ。あなただけじゃない！」

クレイは騙《だま》されなかった。悲しそうな笑みをうかべ、彼は言った。「ぼくは結婚するんだ。だが、ほんとうはしたくないといま初めて気づいたよ。ベットと生涯ともに暮らすことを考えると、選挙なんか投げだしてバミューダ諸島に逃げたくなる」

「そうしてくれれば、わたしたちサム・ヒューイット陣営は助かるわ」デリーはなんとか言った。

クレイはくすっと笑った。久々に気持ちが晴れ、明るい気分になった。デリーのおかげで！

しぶしぶデリーを放し、静かに言う。「高校時代に経験があったとしても、きみはまだバージンの味がする。もしぼくがベットと別れたら、きみはどうする？」

「選挙が終わるまではどうもしないわ」デリーはそっけなく言ったが、それがはったりであることは二人ともわかっていた。「わたしは敵と密通するつもりはないのよ」

クレイは眉をあげた。まだ全身がうずき、息苦しかった。「選挙が終わったあとは？」

デリーは胸のいただきがとがっているのを隠すように腕組みして、かすれた笑い声をあげた。

「そんなの、そのときにならなければわからないわ」

クレイはほほえんだ。「待つ価値はあるな」そして玄関に向かったが、途中でふりかえってデリーをじっと見た。「ぼくはモズビー同様、ハラルスンがやることに目をつぶっていたのかもしれない。手遅れになる前に何かするべきだな」

「同意はできないわ。だってわたしはあなたのライバルのために働いているんだから」

「それは気づいていたよ」クレイはからかうような笑みを見せて物憂げに言った。

デリーは顔を紅潮させて彼をにらんだ。

クレイは彼女のふくれっつらに愉快そうな笑い声をあげた。「きみが辞めたあと、なぜ世界が暗くなったのか、いま初めてわかったよ」

「なぜなの?」

「あとで教えてあげるよ」クレイはドアの外に出た。そして顔だけのぞかせて付け加えた。

「選挙が終わったあとにね!」

16

翌日ニッキは何度ベルが鳴ってもケインからの電話に出なかった。だが、夜になってから鳴りだしたベルはいつまでたってもやむ気配がなかった。ニッキは留守番電話に切りかえた。すると事態はいっそう悪くなった。

「出てくれ、ニッキ」ケインの苦しげな声が聞こえた。「いることはわかっているんだ。いったいどうしたんだ？　気が変わったのか？　心変わりしたのか？」

ニッキは唾《つば》をのみこんだ。クレイを救うため――そしてケインを救うため――嘘《うそ》をつかなければならなかった。ほかに方法はないのだ。きわどい写真がタブロイド新聞に出ることを考えると吐き気がする。とても耐えられそうにない。

ニッキは吐き気をこらえ、受話器をとった。「ケイン、わたし、考え直したの」うつろな声で力なく言う。「ごめんなさい。クレイのことを考えると、やっぱりだめだわ」

「きみの兄貴には彼なりの人生があるんだ」ケインは言った。「ニッキ、ぼくたちは肌を重ねたんだぞ！」

「ええ、その、あ、あなたに教えてもらえたこと、感謝しているわ」ニッキは受話器を握りしめてつかえつかえ言った。「あの経験は今後に生かすわ」

愕然《がくぜん》としたようにケインは絶句した。

それから乱暴に電話が叩《たた》き切られた。わたしが勝っても結局こんなものなんだわ。ニッキは胸につぶやいた。


クレイはニッキの顔が青いことに気づいたが、その原因はさっぱりわからなかった。近ごろのニッキはやけに言葉少なで、表情もかたい。それにクレイ自身も問題をかかえていた。デリーとハラルスンのことが折にふれて頭にうかんでくる――ただし互いにまったく違う形で。

「おまえ、大丈夫か?」彼はニッキに尋ねた。

「もちろんよ。デリーはどうだった?」ニッキは逆にそう問いかけた。

クレイは満足げにうっすらほほえんだ。「おかげで有意義なひとときになったよ。六年間彼女がぼくの目にとまらなかったなんて、考えてみれば不思議だな」ひとりごとのように続ける。

ニッキは兄の表情を見て嬉《うれ》しくなった。「ええ、わたしもずっとそう思っていたわ」

「彼女にはびっくりさせられることばかりだ」クレイはそこで笑みを引っこめ、心配そうに言葉をついだ。「彼女の秘密をすべて解きあかす時間があったらいいんだが、負けられない選挙が控えているし、解決しなければならない問題もある。ベットとの結婚はやめることにしたよ」妹に向かい、彼は唐突に宣言した。

「それはそれは。世に驚きの種は尽きないわね」ニッキはにこやかに言った。

「おまえは彼女のこと、最初から好きじゃなかったんだよな」

「最初から信用していなかったわ。女同士って相手の本性がよく見えるのよ。彼女が見かけどおりの人間でないことは、わたしには明白だったわ。彼女はあるがままの兄さんよりも、兄さんの肩書きが好きなのよ。下院議員としての兄さんにしか価値を認めてないの。もしこのあいだの予備選挙で兄さんが負けていたら、その後の展開も違っていたと思うわ。彼女が兄さんを見る目は、恋する女の目ではないのよ」

クレイはニッキのグリーンの目を見つめ、彼女が言わんとしていることを初めて理解した。マッケイン・ロンバードとダンスフロアで抱きあっていたニッキの顔は、クレイに動かしがたい現実を突きつけていた。ニッキがあんな表情を見せたのはモズビーと別れて以来だった。クレイはあの実業家とニッキを引き離そうと強硬な態度に出なければならなかったことを残念に思った。だが、ロンバードは自然環境を破壊した犯罪者であり、報いを受けさせねばならない。一方ハラルスンもまた問題だ。ハラルスンには助けてもらった恩がある。とくにロンバードの環境破壊を明らかにするうえではほんとうに世話になった。

だが、ハラルスンはいまや看過できない障害になりつつある。彼が一線を越えて違法行為に手を染めるのは時間の問題だろう。

クレイはいかめしい表情で言った。「ハラルスンのこと、真剣に考えてみたんだ。デリーもおまえと同じ考えのようだからね。それで、やはりおまえの言うとおりだと思った。ハラルスンはワシントンに帰し、後釜《あとがま》に誰かほかの者をすえよう」

ニッキは顔を輝かせた。「よかった！　ぜひそうすべきだわ」

「うん。しかし、ハラルスンは参謀としてはきわめて優秀だった。彼のかわりを務められる者が果たしているだろうか？」

「わたしがやるわ」

クレイは目を見開き、それからくすりと笑った。「そうだ！　おまえがいたな。おまえならきっとうまくやってくれる」

一週間前だったらそうは考えなかっただろうが、自分がデリーを過小評価していたことに気づいたおかげで、クレイも見方を変えたのだろう。ニッキ自身、ハラルスン以上にいい仕事をする自信があった。しかも卑劣でない方法で。

クレイがドアのほうに歩きだしたので、ニッキはきいた。「どこに行くの？」

「ハラルスンに解任を言い渡しに行くのさ」クレイはにやりと笑って答えた。「明日の朝八時きっかりにオフィスに来てくれ、ミス・シーモア。きみは明日から労働者だ」

「あてにしてちょうだい」ニッキは請けあった。あとはハラルスンが消えるのといっしょに、隠し撮りしたという例の写真の脅威も都合よく消滅してくれるのを祈るしかなかった。

ケインはニッキの心変わりに気がおかしくなりそうだった。彼女の気持ちがその程度のものだったなんてとても信じられなかった。あの晩は愛されていると確信したのだ。だが、もしかして彼女は罪悪感ゆえにぼくに背を向けたのだろうか？　あるいはぼくを憎んでいるとか？　まさかバージンとも知らず、ぼくは彼女を誘惑して無理に奪ったも同然だった。それでぼくを憎んでいるのだろうか？　これはぜひとも確かめなくては！　だが、どうやって確かめたらいいんだ？

そのとき秘書のミセス・ヤードリーがドアをノックし、顔をのぞかせた。「お手すきでしたら、ミスター・ジャーキンズがお話があるそうなんですけど」

「ああ、いいよ」ケインは億劫《おっくう》に感じながらも言った。「通してくれ」

ウィル・ジャーキンズは二年前から着ているスーツにすり減った靴といういでたちで現れた。ケインが雇っている従業員の中でもこれほどしけた男は珍しい。ケインは彼をしげしげと見た。ジャーキンズがかりに新しい廃棄物処理業者からリベートを受けとっているのだとしても、それはその外見からはまったくうかがわれなかった。

つつ言った。

「何かな、ジャーキンズ？　ぼくに話があるそうだが」ケインはかすかないらだちを覚えつつ言った。

「噂《うわさ》を耳にしたんですが」ジャーキンズはのろのろと言った。手の中でペーパークリップをひねくりまわしている。「社長はほんとうに刑務所に入れられてしまうんですか？」

「ボブ・ウィルソンによれば、その可能性はきわめて低いそうだ」ケインはデスクの端に腰かけた。「だが罰金は科されるだろうね。以前、川に廃水を流してしまったのがまずかったんだ」

「ええ、あれはわたしのミスでした。でも、純然たる事故だったんですよ、ミスター・ロンバード」ジャーキンズの口調が熱を帯びた。「わたしは違法なことは何もしてません。少なくとも、するつもりはなかったんです。わたしにはまだ六歳の娘がいます。この娘が白血病でして。セント・ジュード病院に連れていけばむろん治療が受けられます。ただでね。しかし薬も必要だし、地元の医者にも通わせなければならないし、前の職場で入っていた保険がもう切れてるんですよ。ここの保険では娘の医療費はカバーされません。前からの条項でそう決まっているんです」

「そのことはぼくも知っている」ケインは言った。「三千万近いアメリカ国民が健康保険に入っていないんだ。前からの条項がある者は問答無用で加入を拒否される。十一月に新政権が誕生したら、この現状を変えることもできるかもしれないが」

「ほんとうに変わってほしいものですよ。だが、わたしが話したかったのはそのことではないんです」

ケインは問いかけるように眉をあげた。ジャーキンズはいまにも震えだしそうな様子だ。

「まあ座りたまえ」ケインは椅子をすすめた。

大きな革の肘掛け椅子に腰かけたジャーキンズはやけにか細く貧相に見えた。指先ではまだクリップをもてあそんでいる。「あの、社長への処罰があまり重いものでなければいいんですが」

「少なくとも工場閉鎖を余儀なくされることはないだろうよ」

ジャーキンズはためらった末に顔をあげ、口を開きかけた。だが、話したいのに言葉が出てこないようだ。結局、赤い顔をしてぎくしゃくと立ちあがる。「ええと、もう仕事に戻らないと」声に力はなく、笑顔もぎこちなかった。「今回の件がうまく片づくよう祈ってます」

「ああ、わたしも同じ気持ちだ」ジャーキンズが出ていくと、ケインはデスクに腰をのせたままいまの奇妙な会話を反芻《はんすう》した。ジャーキンズの態度は変だった。何か知っているのに、それを話すことを恐れているみたいだ。ケインはインターホンのボタンを押した。

「ボブ・ウィルソンを呼んでくれ」

「かしこまりました」と返事が返ってきた。

ハラルスンは自分の耳が信じられないかのような顔つきでクレイトン・シーモアを見つめた。

「つまり俺《おれ》は首だと？　ほんとうに？」

「残念ながら。きみの後任にはニッキをすえるつもりだ」

いつも誠意にあふれ、愛想のよかったハラルスンが突如として牙《きば》をむいた。葉巻を指のあいだにはさんで腰かけたまま、机の引き出しに手を伸ばす。「それは無理だな。なぜだと思う？」

「なぜだい？」クレイは平静を保って穏やかに問いかけた。

ハラルスンは六切りサイズの写真をとりだし、クレイのほうへとデスクに放《ほう》った。「その写真が国じゅうのタブロイド新聞の一面を飾っても構わないなら、いつでも首にしてくれていいがね」

クレイはぎょっとした。その種の写真にしてはおとなしいものだが、それが示唆するものは間違えようがなかった。マッケイン・ロンバード――そしてクレイの妹が写っている！

「これでわかっただろうが、俺があんたを当選させようとする裏にはむろん目的があったんだ。ロンバードを葬り去ることだよ。やつのせいで俺の親父《おやじ》は閣僚の地位を失ったんだ。

親父が若い研修生と関係を持っているのをかぎつけ、自分のところの新聞で暴露させたんだよ！　俺はまだ学生だったが、あのときのことはいまも忘れられない。家族といっしょにテキサスの小さな町に住んでいたんだが、低俗なタブロイド新聞が毎週毎週親父のことを書きたてたんだ。おふくろはそれを苦に自殺し、俺はロンバードとその家族に復讐《ふくしゅう》を誓った！　すべてはその目的にいたる手段だったんだよ。トランスのところで働きだしたのも、ここに来たのもな！　トランスは俺の要求するまま俺を雇い、さらにはあんたの選挙の手伝いによこすしかなかったんだ」ハラルスンは笑いながら続けた。「そう、俺には探偵もどきの友人がいるんだよ。だからモズビー・トランスのことはなんでも知っているんだ」

「具体的に何を知ってるんだ？」クレイは尋ねた。

「やつがゲイだってことさ」

クレイは返事ができなかった。言葉を発する勇気がなかった。この男はまともではないのだから、モズビーをゲイだと信じているなら、真実を知られるよりはそのほうが安全かもしれない。クレイは写真に目を落とした。

「その写真はあんたにやるよ」ハラルスンが言った。「こっちにはネガがあるからな。あんたの妹に言っておけ、ロンバードのやつを幸せにしてやれる可能性はゼロだとね。やつと手を切らなかったら写真をマスコミに流すってことは本人にも電話で言ってある。ロンバードからあらゆる喜びを奪ってやるんだ。やつにおふくろを死なせた罪を一生かけて償わせてやるのさ！」

クレイは茫然《ぼうぜん》自失の状態でふらふらと自分のオフィスに戻った。ハラルスンはやはり危険人物だった。その兆候をどうして見逃していたのだろう？　モズビーはハラルスンに秘密を知られていると思っていたから、彼を恐れていたのだ。実際には知られていなくても、モズビーが脅威を感じているかぎりは事実などあまり関係ない。そしていまはニッキにとってもハラルスンが脅威となっている。いったいどうしたらいいのか、クレイにはわからなかった。いまの時点でニッキに写真を見せても、ニッキは気が動転するだけだろう。

選挙まであと数カ月ある。ハラルスンはまだほかにも切り札を握っているのだ。彼が例の写真をいずれマスコミに流すことは間違いない。きっと土壇場まで待って派手にぶちあげるつもりなのだ。そのスキャンダルでニッキは社会的に抹殺されてしまう。マッケイン・ロンバードも打撃をこうむるだろう。ロンバードの弟が彼の選挙参謀を務めているのだから、サム・ヒューイットの選挙運動にも大きなマイナスとなる。ヒューイットは落選するかもしれない。クレイとしても勝ちたいのはやまやまだった。だが、そんな形ではいやだ！

結局、ハラルスンを阻止するためにできそうなことはひとつしか思いつかなかった。これはクレイの人生における大きな過ちかもしれない。彼は車に乗りこみ、シーブルック島にあるロンバードの別荘をめざした。

玄関先にたたずむクレイトン・シーモアを見て驚いたとしても、マッケイン・ロンバードはその驚きを顔には出さなかった。手にスコッチと氷が入ったグラスを持ったまま、ケインはわきによけて自分よりは背の低い男を中に通した。

この別荘は豪華だ、とクレイは思った。マリーナのすぐそばという立地を考えても、巨額の金がかかっているに違いない。もっともケインはたいへんな資産家だ。

「親交を持とうと訪ねてくれたのかな?」ケインが物憂げに言った。

「少なくとも殺人が目的ではないことに感謝したほうがいい」クレイはそう言いかえし、室内をちらりと見まわした。「ひとりか?」

ケインはうなずいた。「用件は?」

「これを見ろ」クレイはスーツのジャケットの内ポケットから写真を出し、コーヒーテーブルに放った。

ケインの目が暗く翳《かげ》った。いまいましげに呪詛《じゅそ》の言葉を吐く。

「誰がこれを?」報復を誓う険しい目をして、ケインは詰問した。

「うちのスタッフだ」クレイは暗い声で言った。「今朝、解雇を言い渡しに行ったら、それを突きつけられたんだ」ケインをにらんで続ける。「ニッキによくもこんなことをしてくれたな。この場で串刺《くしざ》しにしてやりたいよ」

「ぼくは彼女と愛しあったんだ」ケインは生真面目《きまじめ》な顔で言った。「いまぼくが使った表現を聞き流さないでくれ。彼女をたらしこんでセックスしたわけではないんだ。ほかのどんな言いかたでも、ぼくと彼女が分かちあった時間を表現するには不適切だ。ぼくは彼女と愛しあったんだ」

クレイはわずかに表情をなごませた――少しだけ。まだはらわたが煮えくりかえっているのだ。「なぜ海岸でしなければならなかったんだ?」

「家まで待てなかった」苦笑まじりにケインは言った。だが、その笑みはすぐにかき消えた。「ニッキもこれを見たのか?」

「いや、写真を撮ったと聞かされただけだ。きみに近づいたら、翌朝にはこういう写真がタブロイド新聞の一面を飾ると警告されたらしい」

「そういうことだったのか。よかった」ケインは州の宝くじにあたった直後のような晴れやかな顔になった。むろんほかの州の宝くじだ。サウスカロライナでは宝くじは発行していない。

「ニッキと話をしなかったのか?」

「なんとか話そうとしたさ。だが、彼女はぼくとのことは間違いだったと言うばかりだった」ケインは顔をあげた。「だが、ぼくは彼女と結婚する。兄貴としては気に入らないかもしれないが、それはあきらめてもらうしかない」厳しい断固とした表情できっぱり言ってのける。

「少なくともニッキを捨てるほど恥知らずな男ではないってことか」クレイはかたい声で言った。

「ニッキを捨てるだって？　ぼくは彼女を愛しているんだ！　だいたいぼくが軽い気持ちで彼女に手を出すと思うのか？」彼女はバージンだったんだぞ」

クレイは声もなくケインを見つめた。まさか、そんな言葉を聞かされるとは思ってもいなかったのだ。「バージンだって？」

「知らなかったのか？」

「そういうことは兄と妹がふつうに話すようなことではないからな」だが、これで多くのことがはっきりした。「ニッキは全部知っているのかと思っていた。だが、ほんとうは何も知らないんだな……」クレイは顔をあげた。「ニッキを愛していると言ったな？」

「初めて会ったときから愛していた」ケインは重々しく答えた。「愛すまいとしても、とめられなかった」スコッチをひと口飲み、クレイをにらみつける。「きみはとんでもない策士だな。あの廃棄物を意図的にあの沼に沈め、マスコミをそこに誘導した」

「ぼくはそんなことはしていない」クレイは言った。「ハラルスンが仲間に投棄場所を見つけさせ、マスコミを呼んだんだ。まだ全貌《ぜんぼう》はぼくにもわからない。ただひとつだけ明白なのは、彼がなぜそんなことをしたのかということだ。きみの父親が新聞に載せた記事のせいで、彼の父親は閣僚の座を追われ、母親は自殺したそうだ。彼が狙《ねら》っていたのはサム・ヒューイットではなくきみだったんだ」

ケインは口笛を吹いた。「どこかで聞いたような名前だと思っていたんだ。いままで気づかなかったとは自分でも不思議だが、ここのところほかのことで頭がいっぱいだったからな」顔をしかめて言葉をつぐ。「しかし、きみはなぜここに来たんだ?」

クレイは眉ひとつ動かさずに答えた。「ハラルスンにニッキを——それにぼく自身を——脅迫させるわけにはいかないからだ。かりに選挙で負けるとしても、ぼくは正々堂々闘いたい。卑劣な手を使うのはごめんだ」

「ほかにもやつが脅迫している相手はいるのか?」

「ぼくのかつての義弟《おとうと》が脅されている」

「トランスはゲイだってことだな?」ケインは静かに言った。

「それほど単純な話でもないんだ」クレイは言った。「ニッキと離婚するとき、彼はぼくに秘密を打ちあけてくれた。ぼくはニッキも知っているんだと思っていたが、どうやら知らないらしい」

「彼女には言わないから、その秘密を教えてくれ」

クレイは躊躇《ちゅうちょ》したが、それもつかの間のことだった。肩をすくめ、ケインが知りたがっていることを静かに告げた。

ケインは長いあいだ黙りこくっていた。「そういう話は、本か何かで読んだだけではなかなか信じられないだろうな。ハラルスンも知っているのか？」

「いや、ハラルスンはさっきまでのきみと同様ゲイだと思っている」クレイは頬をゆるめた。「もしゲイだったら、モズビーはべつに隠そうとはしないだろうよ。彼はそんな男じゃないんだ。ゲイの友だちも何人かいる」

「だから彼自身もゲイだとささやかれているのかもしれないな」

「そのとおりだ」

ケインは再び写真に目をやり、仏頂づらで言った。「ニッキはいやがるだろうが、やつを殺さずに脅迫をやめさせる方法がひとつだけある」残念そうにほほえみながら、写真を手にとる。「その方法が何かはきみもわかっているんじゃないかな？」

「だからここに来たんだ」クレイは立ちあがった。「ニッキとの結婚を急いだほうがいいぞ。今朝、食事のあとに食べたものを戻していた」

「まだ一週めだっていうのに」ケインはにんまり笑った。「かわいそうなぼくのニッキ」

クレイは彼をにらんだ。「少しは恥を知れ」

「子どもを作ったから？」ケインは眉を吊《つ》りあげた。「ぼくは過去にわが子を失っているんだ」その声が深みを増す。「息子をね。あのとき自分の人生は終わったと思った。もう一度がんばるだけの根性はないと。だが、ニッキがまた新しい世界を開いてくれた。恥を知れって？　恥じるどころか、ぼくは胸を張ってニッキを祭壇の前に引っぱっていくつもりだよ」そう言うと引き出しから書類をとりだす。「結婚許可証だ。きみも結婚式には立ちあってくれて構わないが、新婚家庭にちょくちょく顔を出すのは遠慮してもらいたい。少なくとも選挙でぼくの推す候補者が勝つまではね」

クレイは思わずにやりとした。「どうしようもない男だな」

ケインもにやりと笑った。「お互いさまだ」

「この写真、新聞に載せるんだな？」クレイは写真のほうに顎をしゃくった。

「ほかに方法があるかい？」

「とっさには考えつかないね」

「だったら早いほうがいい。ニッキには言わないでくれ。今夜ぼくから話す」

クレイはケインを見すえた。「ニッキを幸せにしなかったら承知しないぞ」

「あたりまえだ。彼女はぼくを愛している。自分ではまだ気づいていないか、あるいは認める気はないのかもしれないが、彼女もぼくを愛しているんだ」

「きみの気持ちは知っているのか？」

ケインは両手をポケットに突っこんだ。「ぼくの気持ちは自分の胸におさめてきた」そこでクレイと目をあわせる。「われわれ男は常に女がこちらの心を読みとってくれることを期待してしまう。ときには言葉にする必要があるのかもしれないな」

「そうだな」クレイは玄関に向かったが、途中でケインをふりかえった。「きみの推す候補者が勝つとはお笑いだよ」そう言い捨て、高らかな笑い声を残して外に出ていった。

ベットは受話器を耳にあてながらソファーにもたれていた。その口から悪態の言葉が飛びだしはじめ、顔がしだいに赤くなっていく。そして彼女はぴんと背筋を伸ばした。

「だって、そんなことができるわけがないわ！　あなたを解雇するなんて！」

ハラルスンの笑い声が響いた。「解雇なんかされないよ。彼の妹を尾行させたら、マッケイン・ロンバードと密会してたんだ。公表がはばかられるような証拠写真を撮ってやったよ」

ベットは肩の力を抜いた。「よかった。それで、わたしたちはこれからどうするの？」

「きみは彼と結婚するんじゃなかったのか？」

「気でもおかしくなったの？」ベットは言いかえした。「彼は確かに役に立つけど、結婚までするほどではないわ。わたしはサウスカロライナで暮らすつもりなんかこれっぽっちもないのよ」

「ひどい女だな」

ベットは電話のコードをひねくりまわした。「あなたがその写真を利用するのをモズビーは喜ばないんじゃないかしら。彼、いまもニッキを守りたがっているから」

「モズビーには手遅れになるまで知らせないよ。それに知ったとしても何もできない。俺に弱みを握られているからな」

ベットはほほえんだ。「どんな弱み？」

「それは自分で探りだすことだ」

「秘密主義ね。いいわ、クレイからききだすから」

「だったら急いだほうがいい。このあいだの晩、彼と元アシスタントが長いこと密談していたし、今日は今日でランチをいっしょにとっていたぞ」

「なんですって？」

「やっぱり知らなかったか。俺がきみなら、自分の縄張りを守ることにもう少し神経を使うね」

「サム・ヒューイットに電話して」ベットは言った。「彼の幹部スタッフが敵と通じているって教えてやってちょうだい！」

「その手も考えはしたがね」

「もしクレイが何かあなたに都合の悪いことを探りあてたらどうするの？」しばらくしてベットはそう問いかけた。

「モズビーが守ってくれるさ。彼は俺を守らざるをえないんだ」

「そういうことなら心配する必要はなさそうね」

ハラルスンは声をあげて笑った。「もちろんさ」


モズビー・トランス上院議員は記者会見を終え、追いすがる記者たちをかわしながらその場をあとにしようとしていた。会見では、セルビア＝ボスニア間の紛争に国連軍を介入させようとする大統領への支持を表明したところだった。モズビーの目がふとCNNの女性レポーターに吸いよせられて輝いた。美人レポーターなどというものが存在するとしたら、彼女がそれだった。

モズビーは立ちどまって彼女と話をした。彼女はきめ細かな肌が美しく、三十は超えているだろうが、美貌と頭脳と人間的魅力を兼ね備えていた。モズビーはすっかり彼女に魅了された。

上院の議員控え室に戻ると、電話が彼を待ち受けていた。モズビーは秘書につなぐよう合図した。

「最高のタイミングだな！」モズビーの声を聞き、ハラルスンは短く笑った。「ちょうどドアから入ってきたところなんじゃないか？」

「ああ、そうだ」モズビーは渋い顔になった。

「邪魔だったかな？　そうでもないか。まあ聞いてくれ。あんたの別れた女房の写真をマスコミにばらまいてやるつもりなんだ」

モズビーは一瞬押し黙った。「どんな写真だ？」

「マッケイン・ロンバードとの、なんというか、スキャンダラスな写真だ」ハラルスンはまた笑った。「あんたは何も言えないよな」冷ややかに続ける。「こっちはあんたの急所を握っているんだ。レポーターどもに群がられたくなかったら、俺の言うとおりにするしかないんだよ、隠れホモさん」

モズビーは目をむいた。「いまなんと呼んだ？」

「いまさらとぼけても無駄さ。とっくの昔にばれてるんだから。あんたはゲイなんだ」

モズビーの目がきらめいた。解き放たれた気分だった。このピラニアを雇いつづけてきたのは暴露される恐怖が常に頭にのしかかっていたからだ。しかしハラルスンはぼくのことをずっとゲイだと思っていたのか？

モズビーは笑いだした。笑いだしたらとまらなくなった。

「世間にばらしてやるぞ」ハラルスンは脅している。

ますます笑いが抑えられなくなった。モズビーは悪態とともに電話が乱暴に切られるのをどこか遠いところで意識した。こんな愉快な話があるとは信じがたかった。

だが冷静になってみると、ハラルスンの言っていたスキャンダラスな写真のことが気になった。自分の部下である男がニッキを傷つけるのを許すわけにはいかない。せめて彼女に警告しなければ。

モズビーは秘書に命じてニッキに電話させた。だが、番号が変わっていて通じなかった。となったらクレイに電話するしかない。ニッキをハラルスンのたくらみから救う時間があればいいのだが。

電話は数回鳴った末につながった。女の声が応答した。「もしもし？」

その声には聞き覚えがあった。ベットだ。モズビーは危うく話しだそうとして、彼女とハラルスンが非常に親密であることを思い出した。

自分は彼女にもずっと欺かれていたのだろうか？　だとしたら、彼女にこちらの知っていることをもらすわけにはいかない。

モズビーはゆっくりと受話器を置いた。そしてちょっと考えてからインターホンで秘書を呼んだ。

「チャールストンに飛ぶ一番早い便を押さえてくれないか？」

「でも、今日は委員会の会議が――」

「選挙区のほうに急用があって欠席すると連絡してくれ。家族の一大事だと」そう言いそえる。

「かしこまりました」

秘書との通話を終え、モズビーはブリーフケースに手を伸ばした。急げばニッキに災いが降りかかるのを防げるかもしれない。

ついでにクレイも救えればいいのだが。

17

ロンバード・インターナショナルの重役室フロアを、細身で長身の男がゆったりとした足どりで歩いていた。ジーンズにブーツに長袖《ながそで》の赤いシャツにデニムのジャケットという格好だ。髪はポニーテールにして、色の濃いサングラスをかけている。彼は身分証を見せ、すぐに社長室に通された。

マッケイン・ロンバードは大柄で威圧的な風貌《ふうぼう》の男だった。コルテスが好んでかかわりあいたいタイプではない。

「ご用件は？」ケインは椅子とコーヒーをすすめてから言った。

「おたくの社員と話がしたい。ジャーキンズという社員と」

ケインは眉をひそめた。「ウィル・ジャーキンズのことかな？」

「そうです」コルテスはそこで口ごもった。「その前に、あなたに話しておきたいことがある。ぼくは連邦政府のために働いているが、ここは管轄外だし、こういう状況で他人に尋問する権限を持っているわけではない」身を乗りだして続ける。「しかしジャーキンズを三分ほど貸してくれたら、きっとあなたを助けだせると思うんだ。ハラルスンがぼくの協力を得てあなたを陥れた窮地からね」

「きみがハラルスンに協力したと……?」

「まあ座って」コルテスは気色ばんで立ちあがったケインに腰をおろすよう手ぶりで示した。「ぼくは十段という段位を持った武術の達人だ。ぼくの言うことは言葉どおりに受けとって、証拠を求めないほうがいい。ハラルスンに協力を頼まれたときには、その意味がわからなかったんだ。だが、環境汚染は許しがたい犯罪だ。これまでにぼく自身何度も立件に持ちこんでいる。今回この十年で初めて休暇をとったんだが、ハラルスンのせいですっかりつぶれてしまった。さあ、そろそろジャーキンズを呼んでもらえないだろうか?そうしたら、ぼくが例の有害廃棄物の投棄に関する秘密を解きあかしてみせよう」

ケインはちょっとだけためらった。「わかった」インターホンのボタンを押して言う。「ジャーキンズをここに呼んでくれ。ただし客が来ていることは言わないように」

「もちろん言いません」秘書はそっけなく答えた。

ニッキがこの世で一番自分を訪ねてきそうにないと思っていた人物が別れた夫だった。モズビー・トランスは疲れた顔をしているが、彼女が中に通そうとわきに寄ると、かすかにほほえんでみせた。

「こんなふうに押しかけてきて悪かったが、電話番号が変わっていたんでね」居間で腰を落ち着けると彼は言った。

「変えざるをえなかったの。知っている人が多すぎたから」ニッキはあたたかな目でモズビーの顔を見つめた。年をとりはしても、モズビーは相変わらずハンサムだった。ブロンドの髪にブルーの目に彫りの深い貴族的な顔だち。もしケインにこれほど熱い感情をかきたてられなかったら、ニッキはいまもモズビーへの未練を捨てきれなかったかもしれない。

「今日ハラルスンから電話があった」モズビーは言った。体を乗りだし、膝の上で腕を組む。「ニッキ、ハラルスンはきみとマッケイン・ロンバードの写真を持っている」

「そうだったのね」ニッキは顔をこわばらせて答えた。「でもすでに話がついてるから、その写真がマスコミの手に渡る恐れはないわ」

「いや、彼は渡すつもりだ」モズビーはニッキの反応を見ながら言葉をついだ。「むろんいますぐではないだろう。だが、選挙が近づいたらきっと渡す。やつはおかしくなってしまったんだ。誰も彼もを傷つけたがっている。写真が公表されれば大勢の人間を傷つけることができるんだ」

ニッキは顔に苦悩を色濃くにじませてモズビーを見つめた。「尾行されていたとは思わなかったの。細心の注意を払っているつもりだったのよ……」

「やつと組んでいるのがどういう連中か知らなかったんだから無理もないよ」モズビーは

静かに言った。「彼らはドアの下や窓の隙間《すきま》からでも撮影できる超小型のカメラを使っているんだ。それに遠くの音まで拾える録音装置も。ハラルスンはＦＢＩやＣＩＡにまでコネがあるんだよ」

「彼、クレイに首を切られて怒っているのよ。わたしとクレイの両方に。だから、わたしたちに打撃を与えようと――」

「そんなことはさせないよ」モズビーはさえぎった。「実は彼を永遠に黙らせられる人物を知っているんだ」

「だったら、なぜいままで手を打たなかったの？」

「彼に弱みを握られていたんだ。というか、握られていると思っていた」悲しげにニッキを見つめる。「きみはなぜぼくがきみとの初夜を果たせなかったか知らないんだよな」

「知ってるわ」ニッキは目をそらした。「あなたが知らせたんじゃない」

「ぼくは男とベッドにいるところをきみに見せた。だが、ぼくはゲイではないんだ」

ニッキは再び彼に視線を戻した。目を皿のようにまるくしている。

「クレイにきいてみればいい。ぼくが話していいと言ったことを伝えてね」モズビーは言った。「いま考えてみたら彼の言うとおりだったよ。最初からぼくが認めて対策を講じておけば、その後の展開は違ったものになっただろう。たとえどれほど抵抗があろうと、ぼくはやはりやるべきことをやらなくてはならないんだ。恥ずかしい思いをしたくないからといって、脅迫におびえながらこれまでどおり自分を偽って生きていくことはできない」そして当惑顔のニッキが見ている前でブリーフケースをあけた。中の封筒をコーヒーテーブルに放《ほう》る。「脅迫への対抗策がそれだと思ってくれ。それをクレイに渡すんだ。ぼくから預かったと言ってくれ」

「中身はなんなの？」封をした封筒をニッキは手にとった。

「きみは知る必要のないものだよ。クレイには、もう手はずは整えてあると伝えてくれ。その中身は――」モズビーは封筒を指さした。「クレイへの情報用にすぎない。彼は何もする必要はないんだ。何もね」ゆったりとほほえんで続ける。「ハラルスンは自分に盟友がいると思っていたが、実はそれはぼくの盟友だったんだ」

そして立ちあがり、ニッキに近づいた。目に悔恨の色をあふれさせて彼女の頬を撫《な》でる。「ぼくは自分の政治生命を守ろうとして、きみの父上にすすめられるがままきみと結婚し、自分だけでなくきみをも苦しめてしまった。きみとまともな結婚生活を送ることもできず、きみを大事に思うあまり、偽りの結婚生活を続けるよりはと、ゲイでもないのにゲイのふりをしたんだ」

ニッキは彼を見つめかえした。「あなたにどんな欠陥があろうが、わたしは構わなかったわ。あなたを愛していたんだもの！」

モズビーは長く深いため息をついた。「わかっているよ」悲しそうにほほえんで言う。

「それはぼくが背負わなければならない十字架だ。きみにいい相手が見つかってほんとうによかった。彼がきみを幸せにしてくれるよう祈ってるよ、ニッキ」

「ええ、彼ならわたしを幸せにできるわ」ニッキはしょんぼりと言った。「彼を心から愛しているの。でも、ハラルスンのせいでもうめちゃくちゃだわ。ハラルスンに脅されて心にもないことを言ってしまったから、ケインはもうわたしを憎んでいるでしょうよ」

「そんなことはないさ」モズビーは彼女の頬に触れていた手をおろした。「きみには幸せになる権利がある」

「あなたはどうなの、モズビー?」

モズビーは肩をすくめた。「外国に行ってちょっとした手術を受けるつもりだよ」謎《なぞ》めいた発言だ。「そのあとのことは……ゆっくり考えよう」そう言って笑う。「たぶん選択肢はあまり多くはないだろうな。ハラルスンのようなやつはどこにでもいる」

「どんな人にも秘密のひとつや二つはあるものよ」ニッキは言った。

「だが、たいていの人はそれを暴かれるほど不運ではない」モズビーは微笑した。「そんな暗い顔をしないで、ニッキ。夢はまだかなうよ」

「わたしの夢はかなわないわ」

最後にもう一度彼女の寂しげな目を見つめると、モズビーは来たときと同じ唐突さで玄関から出ていった。

ニッキは手の中の封筒を興味深げに見おろした。クレイをハラルスンから救えるような何がこの中に入っているのだろう？

ジャーキンズは再び社長室に入った。今回のほうがさらに緊張しており、社長の向かいに黒い髪の男が座っているのを見たときにはいっそう緊張が高まった。

ドアを閉めて立ちつくし、二人の男を見比べる。

「こちらはコルテス」ケインが紹介した。「彼がウィル・ジャーキンズだ」

ジャーキンズはコルテスと握手をかわした。コルテスは相手の手が汗ばんで熱いことに気がついた。ジャーキンズは緊張のあまり震えださんばかりだった。

コルテスと隣りあった椅子にどさりと腰かけ、ジャーキンズはケインに尋ねた。「どういったご用件でしょう？」

ケインは椅子の背に寄りかかり、長い脚を組んだ。「きみが地元の病院にかかる娘の医療費をどのように捻出《ねんしゅつ》したのか教えてもらいたい」

ジャーキンズがはっと息をのんだことが多くを物語っていた。

「一括して数千ドル」ケインは言葉を続けた。「きみはキャッシュで払っている」

ジャーキンズはとっさにはったりで切り抜けようと思ったが、目の前の二人にははったりは通用しそうになかった。なんの用意もないところに不意打ちをかけられてしまったのだ。

だが、まだひとつ試せる手があった。ジャーキンズは肩を落とし、両手で頭をかかえて重いため息をこぼした。

「いずれはばれると思っていました」声をかすれさせて言う。「しかし、どうしても断れなかった。金がないと、娘の治療が中断されるんじゃないかと不安でたまらなかったんです。娘はたったひとりの家族だ。あの子に死なれたらわたしも生きてはいけなくなる」

ジャーキンズは疲れたようにケインを見た。

「あの子はわたしのすべてなんです。彼に説明されたときには、そんなにおかしな話とも思えなかったし。いま使っている業者はあまりよくないからと理由をつけ、ほかの業者にかえるだけでいいんだってことだったんですよ。ほんとうにそれだけだったんです。彼は違法なことでもなんでもないって……。単にこれまでの業者はだめだってことにして、バークの会社に乗りかえるだけだからと……」

「なぜ乗りかえるのか尋ねたか？」ケインは冷ややかに問いかけた。

「うちの娘は白血病なんです！」ジャーキンズは訴えた。「あの子を助けるために金を工面しなければならなかったんですよ！」

ケインは彼の苦悩に同情したが、コルテスはそのような反応は示さなかった。ジャーキンズのほうに身を乗りだし、威圧的な目でじっと見すえる。「きみの娘はセント・ジュード病院に通院している。きみの出費は外来の診療費だけで、それは何千ドルにものぼるようなものじゃない。きみの娘は確かに白血病だが、もう半年前から寛解期に入っている。しかしミスター・ジャーキンズ――」コルテスは静かに続けた。「きみはヘロイン中毒だ。きみがよく行く診療所はサウスカロライナでも名うての麻薬密売組織の息がかかっている。きみは麻薬のためにハラルスンから金を受けとったんだ。娘の命を救うためではなく」

ジャーキンズははじかれたように立ちあがろうとしたが、コルテスが電光石火の素早さでその前にまわりこみ、椅子に押しとどめた。コルテスが目の前に立ちはだかると、ジャーキンズはこれ以上墓穴を掘るまいと観念した。

「ああ、確かにそのとおり。だけど仕方がなかったんだ」うめくように言う。「自分ではどうすることもできなかった……」

「警察に電話してもらえるかな?」コルテスはケインに言った。「検事補にもここに来てもらったほうがいい。それと保健環境対策局のほうにも連絡すべきだな」

ケインは打ちひしがれている男を見ながら、やりきれない思いで首をふった。「ジャーキンズ、きみにはまだ苦しみが足りなかったのか?」

「苦しみは……深すぎるくらいだった」うなだれたままジャーキンズはつぶやいた。「苦しみも、痛みも、不安も、あまりに深く……金と希望はなさすぎた。それで参ってしまったんだ。最初はあの子の入院中に不眠症を解消するため、そして現実の厳しさを忘れるためにやってただけだった。だが、だんだん量が増えてきて……」顔をあげてケインを見る。

「ただ単に廃棄物の処理業者をかえるだけのことだったんだ」それがなぜこんなことになったのか、わけがわからないと言わんばかりだ。「なのに、いったい何がいけなかったんだろう?」

ケインとコルテスは目を見かわした。ジャーキンズにすべてを説明するのは手間がかかりすぎる。ジャーキンズはまったくわかっていないのだ。

ジャーキンズが連行されたあと、ケインはコルテスとコーヒーを飲みながらなんとか感謝の気持ちを伝えようとした。

「これが仕事だから」コルテスは物憂げにほほえんだ。「だが、仕事といえどもときどきいやになる。今回のことで一番かわいそうなのはジャーキンズの幼い娘だな」

「あの親子のことはぼくがきっちり面倒をみる」ケインはきっぱりと言った。「ジャーキンズにヘロイン中毒の治療を受けさせ、いい弁護士をつけて刑が軽くなるよう手を尽くしてやる」

コルテスは物問いたげに笑いかけた。「ジャーキンズのせいで工場閉鎖に追いこまれかねなかったのに」

「ああ。しかし、とりあえず無事にすんだんだ」

コルテスはコーヒーを飲みほして立ちあがった。「いい形で解決してよかった」

「まだ完全に解決したわけじゃないけどね」ケインは彼と握手をかわし、ふと顔をしかめた。「いったいどうしてジャーキンズに目をつけたんだい？」

「ハラルスンを監視していて気がついたんだ」コルテスは意外なことにそう答えた。「ジャーキンズがブツを手に入れていた診療所に、ハラルスンが麻薬を供給していたんだよ。金儲《かねもう》けの一環としてね」

「ハラルスンがクレイトン・シーモアといっしょのところは見たことがある。上院議員のスタッフがなぜBMWを乗りまわすような贅沢《ぜいたく》ができるのか不思議に思ったものだった」

「麻薬の売買で稼いでいたのさ」コルテスは答えた。「ハラルスンには、ぼくは休暇中だと思わせておいた。やつがあなたを狙《ねら》っていることは知らなかったが、あの診療所とつながっているのではないかとにらんでいたんだ。そうしたら、ほんとうにつながっていた」

「ぼくにとっては幸運だったな」

「まったくだ。あの診療所を突きとめるのはとっかかりにすぎなかった。これから証言をしてくれる目撃者を見つけて裏づけをとらなくちゃならない。まだ目撃者は見つかってないんだ。しかし、ハラルスンはぼくの狙いどおりに動いてくれた。おかげで、おたくのジャーキンズにたどり着けた。彼の登場ですべてがつながったわけだ」

「きみはこれからどうするんだ？」

コルテスは眉をあげた。「ハラルスンを麻薬密売容疑で逮捕させたら、またワシントンに姿を消す」そこで声を落とす。「ぼくはこの州では仕事をする権限を持ってないんだ」

「しかし政府の機関で働いているんだろう?」

「FBIにいた。CIAで働いていたこともある。しかし、いまはそういう組織に属しているわけではないんだ。今年の初めごろに、ぼくの友人が麻薬のやりすぎで死んだんだ」コルテスは意外なことを言いだした。「その死にハラルスンがかかわっていた。ぼくにとっては友人のかたきをとる絶好のチャンスだったんだ」

「もう法執行機関に所属しているわけではないのだとしたら、いまはどんな仕事をしてるんだい?」ケインは興味をそそられて尋ねた。

コルテスは低く笑っただけでそれには答えず、片手を差しだした。「マスコミにちゃんと報道してもらえるよう祈ってるよ。今回もきみが悪人扱いされていたときと同じくらい大きくとりあげてもらえるようにね」

「無理だね」ケインはシニカルに言った。「やつらは小さな謝罪広告を出して終わらせるだろうよ。だが、ぼくの親父《おやじ》は一面でやつらを叩《たた》くだろう」そこでにやっと笑う。「たまには父親がタブロイド新聞を出しててよかったと思うときもあるんだな」

「なるほどね」

「きみは何者なんだ?」ケインは笑顔で問いかけた。

「秘密を守ってくれるか?」

「もちろん」

コルテスはポケットから小さな電池をとりだしてケインの手に握らせた。「実は、ぼくはエナジャイザー・バニーなんだ」電池メーカーのブランドマスコットの名前を口にし、ケインを煙《けむ》に巻いてコルテスは出ていった。

デリーがサム・ヒューイットの選挙対策本部のオフィスで腰かけていると、ニッキが入ってきた。

「あら、スパイよ。スパイ！」デリーは彼女に人さし指を突きつけて大げさに叫んだ。

「いやだ、やめてよ」ニッキは笑いながら言った。「過去は過去として、お互い正々堂々と闘いましょうよ。そうすれば有権者が一番ふさわしい候補者を選んでくれるわ」

「ありがとう」サム・ヒューイットが満面に笑みをたたえてデリーとニッキに近づき、ほかのスタッフはくすりと笑ってそれぞれの仕事に戻った。

「まだあなたが勝ったわけじゃありませんよ、ミスター・ヒューイット」ニッキはにこやかに言って彼と握手した。「だけど、あなたはよきライバルだわ。汚い手は使わず、フェアな闘いかたをする」

「きみの兄さんにも同じことが言えるといいんだけどね」ヒューイットは静かに言った。

「残念ながら彼がノーマンの兄貴のケインを攻撃したあのやりかたを、ぼくは忘れちゃいないんだ」

「でも、まだこれからいろいろ意外な展開になることはわたしが保証します」ニッキはカート・モーガンが自分たちのやりとりにそれとなく聞き耳を立てていることに気がついた。

「それはぜひともそう願いたいね」

「デリーをランチに連れだしてもいいかしら？」ニッキは尋ねた。「彼女と話がしたいんです」

「ああ、もちろん。どうぞ遠慮なく」

「ありがとう」

二人の女が出ていくとカートは顔をしかめたが、あとをつけようとはしなかった。

「カートは何かたくらんでるわ」ニッキは言った。

「そりゃあそうよ」デリーは言った。「カートはトランス上院議員の手下なんだから。だけど彼がスパイとしてうちの陣営に入りこんでいるのはクレイを傷つけるためではないわね」笑顔で続ける。「逆に彼を助ける方法を見つけたんだと思うわ」

「ええ、わかってる。実はモズビーがわたしに会いに来たの。クレイに渡してくれって書類を置いていったわ」

デリーはぴたりと立ちどまった。「で、もう渡したの？」

「ええ、十分ほど前にね。クレイは中を見ると歓声をあげて、飛びだしていったわ」

「それじゃ、きっとハラルスンを排除できるわね」

「いったいどうなっているのかしら？」

「わたしにもわからない」デリーは言った。「だけど、ハラルスンが大勢の人間を怒らせたことは確かよ。フレッド・ロンバードが今朝早く不気味な笑みをうかべてオフィスから出てきたわ。何があったにせよ、わたしたち以外の人たちはおおかた事情がわかっているみたい」

ニッキはデリーの腕に腕をからませた。「とにかく、お昼を食べに行きましょ。それと今晩、夕食を食べに来てほしいわ」

「わたし、クレイやベットと食卓を囲むのはごめんよ」デリーの口調がかたくなった。

「ベットはもう過去の人になりつつあるわ」

「どういうこと？」

「いまにわかるわよ。あなたが思っているよりも早くにね。〈シェ・ルイ〉のランチはどう？」

「いいわね」デリーは言った。そしてニッキをじっと見たが、ニッキはもう何も言わなかった。

ベットはデスクをはさんでクレイをにらみつけた。「わたしを解雇するってどういう意味？」

「言葉どおりの意味さ」クレイは答えた。「ハラルスンも解雇した。今度はきみを解雇するんだ」

ベットは冷笑をうかべた。「わたしを解雇することはできないわよ。ハラルスンが知っていることをわたしも知ってるんだから。いざとなったらニッキとケインのことをマスコミに言いふらしてやるわ。モズビーのこともね」

「いいとも、言いふらしたまえ。さぞや面白い記事になるだろうよ」

「ほんとうにばらすわよ」ベットは動揺しつつも言葉をついだ。「表沙汰《おもてざた》になったら、あなたはおしまいだわ。ニッキも社会的に抹殺される。きっとモズビーの政治生命も断ち切られるわ。ひょっとしたらモズビーは自殺するかもしれない」

クレイは首をふった。「モズビーはきれい好きなんだ。何百ドルもするスーツが血まみれになるようなことはしないだろうよ」

「何千ドルだわ」

「べつに彼が安物を着ていると言ったわけじゃないよ」

ベットは逡巡《しゅんじゅん》した。相手の言葉がはったりかそうでないかを見抜くことには慣れていないのだ。「クレイ、あなた働きすぎなのよ。どこかで食事でもして、のんびりくつろぎましょう」

「くつろぐ必要はないよ。それに今夜はデリーが食事しに来るんだ。また昔みたいにね」

「あなた、わたしと結婚の約束をしたのよ」ベットは冷たい口調で言った。

「そうかい？　いつそんな約束をした？」

「ベッドでしたじゃない！」

「いいや、してないね。きみがぼくと結婚すると言っただけで、ぼくは同意した覚えはない」

「そんなことを言って、いまに後悔するわよ」ベットは声をひそめて言った。

「こうしなければもっと後悔するよ」クレイは受話器をとりあげた。「それじゃそういうことで。きみにロビー活動を依頼している人たちなら喜んで今後の相談に乗ってくれるだろうよ」

ベットは両手をかたく握りしめた。「あなたと寝るのは苦行だったわ。仕方なくベッドをともにしたけれど、ひたすら苦痛だった」

クレイは微笑した。「ああ、わかってる。かわいそうに、きみはあんないまわしい形で自分自身を犠牲にしなければならなかったわけだ」

ベットはハンドバッグと上着をとってきびすを返し、ふりかえりもせずに出ていった。

クレイは彼女を見送ったが、それもほんのつかの間のことだった。すぐにニッキのことに頭を切りかえ、自宅の番号にかけた。

だが、何度呼び出し音を鳴らしても応答はなかった。クレイは顔を曇らせ、受話器を置いた。彼がケインに渡した写真が新聞に載り、午後の早い時間には売り場に並べられる。それをニッキが目にする前に、自分の口から教えてやりたかった。ショックが大きいとニッキやおなかの子にさわるかもしれない。

おなかの子。クレイの顔がほころんだ。まだ早い。ケインの言うとおり、ほんとうにニッキが妊娠したと決めつけるのは早すぎるかもしれない。だが、ニッキならすばらしい母親になると思う。彼女がケインを愛しているなら、ぼくも彼に対していやでも礼儀正しくふるまわなければなるまい。マッケイン・ロンバードの人間性に賞賛すべき点があることは何があろうと認めたくないが。

ベットについてはうまいこと厄介払いができたと思う。ベットはまず間違いなくハラルスンのもとに走り、例の写真を一番高く買ってくれる新聞社に売りつけさせるだろう。だが、肝心なのはタイミングであり、うまくすればロンバードのタブロイド新聞が今日の午後にも売り場に並んでハラルスンの度肝を抜くことになるはずだ。これでよかったのだ、とクレイは心の底から思いたかった。

18

ロンバードのタブロイド新聞の一面はショッキングだった。二人の人物が木陰で熱っぽいラブシーンを演じている。下半身は写真には写っていないけれども。写真の上の見出しはさらにショッキングだった。〝現代のロミオとジュリエット、かたき同士が恋人に！〟

ラックのその新聞に見入っている若い女の顔は真っ青になっていた。彼女の連れが腕を引っぱって出口のほうに歩きだす。列に並んでいた女のひとりが、遅ればせながら、いまドラッグストアを出ていこうとしている青い顔の女が写真の女と同一人物であることに気がついた。

「あいつが売ったんだわ！」ニッキはあえぐように言った。「ハラルスンがあの写真を……。ああ、どうしよう！」

「ニッキ、いまのはロンバードのタブロイド新聞だったのよ」デリーが彼女を車に乗せながら指摘した。

「ひどい」ニッキは怒りにむせび泣いた。「ひどいわ、ケインったら！　わたしによくもこんなことができたわね。わたしにも、クレイにも」

「落ち着いて、ニッキ」デリーがなだめた。「わたしが家まで送ってあげるから、もう泣かないで」

「うちじゃなくて、ロンバード・インターナショナルまで送って。こんな泣き顔ではうちに帰れないわ。ケインを一発殴ってやる！」

「いいえ、帰るのよ」デリーはニッキがどなり散らすのを無視した。

車がバッテリー地区に着いた。

「よかった、クレイがいてくれて」私道に駐車しながらデリーは言った。

ポーチに出てきたクレイに、手を貸してくれるよう合図すると、クレイは駆けよってきてニッキを家に入れるのを手伝った。

「わたしはコーヒーをいれてくるわ」ニッキの世話をクレイに任せ、デリーはキッチンに向かった。

「あのけだもの、最低だわ！　卑劣よ！」ニッキはののしった。「首をへし折ってやりたいわ。親が出してるタブロイド新聞にあんな……あんな露骨な写真を載せるなんて！　彼もハラルスンと変わりなかったのよ。同じ穴のむじなだったんだわ！」

「落ち着いて」クレイが涙に濡《ぬ》れたニッキの顔を自分の胸にうずめさせて言った。「落ち着いて、よく聞くんだ。ぼくがハラルスンに解雇を言い渡すと、ハラルスンは例の写真をよこしたんだ」

「な、なんですって？」

「そう、ぼくを脅迫したんだよ」クレイはにやりと笑った。「だが、ぼくは脅迫なんかに屈しはしない。その写真をマッケイン・ロンバードのところに持っていってやった」

ニッキは茫然《ぼうぜん》と兄を見つめた。クレイが最悪の敵と通じていたとは！

「ぼくたちはハラルスンについて情報を交換しあった。そのときにぼくがおまえにあんなことをしたなんて串刺《くしざ》しにしてやりたいと言ったら、ケインがいろいろ説明したんだ。彼はおまえが身ごもったからにはなるべく早く結婚するつもりだそうだ」

デリーがコーヒーの入ったカップを二つ、きれいに磨きあげられた木の床にとり落とした。

「モップで拭《ふ》いといてくれよ」クレイが穏やかに言った。「それにぼくの分もカップについできてもらいたいな」

「カップの扱いにはもうあなたもすっかり慣れたんじゃない？」デリーは再びキッチンに向かいながらにこやかに言いかえした。

「そのせりふはきみをキッチンテーブルの上に横たわらせた状態で言わせたいね！」クレイは叫んだ。

「兄さん！」ニッキが驚きの声をあげた。

クレイは妹に笑いかけた。「心配いらないよ。喧嘩《けんか》はしない。それより、ききたいことが二つある。おまえは妊娠してるのか、そしてマッケイン・ロンバードと結婚するのか」

「妊娠なんかしてないわ」ニッキは語気を強めて否定した。

「しかし朝食のあと食べたものを吐いていた」

「胃の調子が悪いだけよ！」

「彼はおまえを愛していると言っていた」

ニッキの表情が劇的に柔らかくなった。「ほんとう？」その表情がまた翳《かげ》る。「そんなの嘘《うそ》だわ！　愛していたら、あんな写真を親の新聞に載せさせるわけがないわ。みんなわたしをあばずれ女みたいな目で見たのよ、兄さん」

「おまえがあばずれではないことはわかっているよ。しかし妊娠しているのだとしたら、ケインはそういつまでもおまえを独身のままにはしておかないだろう。自分の家庭を作ることにかなり熱意を燃やしているようだ」

「彼は息子に死なれているの」

「知っている。本人もそう言っていた。だが、そのせいでおまえと結婚したいわけではなさそうだ。おまえについて語るときの彼の顔つきを見るかぎりではな」

「わたし、兄さんに隠れて彼とつきあうつもりはなかったのよ」

「わかってるよ」

「ただ彼に廃棄物投棄のことで話がしたかっただけなの。彼が悪いわけじゃないことはわかっていたから。だってケインはそんな人ではないのよ。だけど、ハラルスンは卑劣な男なの」

「ああ、そうだ。デリーと話しあって、ぼくもそういう結論に達した。デリーの友人がぼくの見逃していたことに気づいたんだ。いまではマッケイン・ロンバードも全貌《ぜんぼう》を把握している。デリーの友人が彼の汚名を晴らすに足る証拠を持って、ケインに会いに行ったんだ。そのうえモズビーがぼくに託してくれたあれがあるから、ハラルスンは間違いなく刑務所送りになるだろう」

「モズビーから預かったあの封筒の中身はなんだったの?」ニッキは尋ねた。

「おまえは知らないほうがいい」クレイは妹のグリーンの目を見つめた。「もうモズビーに恋しているわけではないんだろう?」

ニッキはほほえんだ。「わたしはケインに恋してるんだと思うわ」ふと眉をひそめ、おなかに手をあてる。「だけど、なぜわたしより先に彼にわかったのか……」

「人を愛するとはそういうことかもしれないな」クレイは静かに言った。「ぼくにはわからないけどね」

「いずれは兄さんにもきっとわかるわ」ニッキは言った。

クレイは身を乗りだしてニッキの頬にキスした。「さあ、そろそろ花嫁衣装を買ってきたらどうだい？　マッケイン・ロンバードはいつまでも待ってくれるタイプには見えないぞ」

「わたし、まだ結婚するとは言ってないわ」

「結婚の発表もなるべく早くしたほうがいいな」クレイはニッキの抗議を無視して言った。「今日タブロイド新聞にああいう写真が出たからには、早く発表しないとスキャンダルになる」

「ねえ、この夕刊は見た？」デリーが新聞に目をやりながらコーヒーポットとカップののったトレイを運んできた。「ニッキとマッケイン・ロンバードが婚約したと書かれているわよ」

「まさか！　ケインがそんなことをするわけはないわ！」ニッキが声を荒らげた。

デリーはくすりと笑った。「それがしたのよ」

ニッキは二人をにらみつけた。「でも、わたしは結婚なんかしないわ」

二人はニッキの腹部に目をやった。

ニッキはかばうようにそこに手を置いた。「結婚はしないんだから」そう繰りかえす。

「まあコーヒーを飲みましょう」デリーがクレイにカップを渡した。

「悪いね、ニッキ」クレイは言った。

「わたしも飲みたいわ」ニッキが言いかけた。

デリーは笑顔でミルクの入ったグラスをよこした。

「ミルクは嫌いなのよ！」

「ミルクを飲めば、おなかの赤ちゃんが強く大きくなるわよ」デリーは言った。

「どうしてあなたがそんなことを……？」

「立ち聞きしたのよ。彼がね」デリーはクレイを指さした。「わたしは彼から聞いたの。彼、いつも会議室のドアの外で聞き耳を立てているのよ」

「そんなことしてないぞ」クレイがデリーをにらんだ。

「州議会議員時代、票決のときに彼はどうやって賛否を決めたと思う？」

「自分で法案を読んで決めたんだ」クレイは言った。

「わたしの説明を聞いたあとでね」デリーはスカートで爪を磨き、その爪を眺めた。「わたしがいなかったら、いったい何回判断を誤ったか知れたものじゃないわ」

クレイは反論しようとして思い直し、肩をすくめた。「もうこれからは判断ミスなどしないよ。だからこっちに戻ってきて、ぼくの選挙を手伝ってくれないか？」

「兄さんの選挙はわたしが手伝ってるわ」ニッキが言った。

「おまえは妊娠している」

「だから何？」

「わたしがあなたの陣営に戻ったらサムに恨まれるわ」デリーがクレイに言った。「でも、あなたと友だちでいることはできる。選挙が終わるまではね」

クレイは眉をあげ、ゆったりとほほえんだ。「ただの友だちかい？」

デリーは柔らかな笑い声をたてた。「それはまあ、いろいろな可能性があるけど」もったいぶって言う。

そのとき電話が鳴り、ニッキが受話器をとった。ニッキの幸福を祈るという支持者からだった。ニッキは電話を切った。間もなくまたベルが鳴った。たったの十分間で、チャールストンの全住民がいずれかの新聞を読み、ロミオとジュリエットの物語についてコメントしたがっているかのような按配《あんばい》だった。その日が終わるころにはニッキはいらいらして、もう電話に出る気分ではなくなっていたが、最後に応答した電話からはマッケイン・ロンバードのしたりげな声が聞こえてきた。

「あなたったら！」ニッキは声をあげた。「ほんとうに油断のならない人だわ！」

「明日の何時に結婚しようか？」ケインは言った。「ぼくは午後一時が好都合だけど、その時間が無理なら何時でもいいよ」

「それじゃ、来世紀というのはいかが？　わたし、あなたとは結婚しないわよ！」

ケインは一瞬黙りこんだ。「ぼくの親父《おやじ》は喜ぶだろうな」

「えっ？」

「親父のやつ、次に出す見出しの文字をもう組んであるんだ。知りたいかい？　〝ジュリエット、ロミオの子を宿していながら結婚を拒否　ロミオは失意のどん底に〟」

「そんな！」

「ほんとうに悲しいよな。きっときみは町で見知らぬ人たちに、冷酷な悪女と指さされるだろう」

「いったいどうしてなの、ケイン？」

「きみだって協力してくれたじゃないか」ケインは言った。「実際きみは〝とてもすてきだった〟と言ってくれた」そこでいったん口をつぐむ。「活字になったらどんな感じかと思ったんだよ」

「勝手にあんな写真を！」

「自分にできる唯一のことをしただけさ」彼の口調がやわらいだ。「どのみちハラルスンはマスコミに売りつけるつもりだったんだ」

「そうかもしれないけど」

「だからやつを出し抜いてやったんだ。もうハラルスンが握っている写真にはなんの価値もなく、ぼくたちに恥をかかせたり世間を驚かせたりすることはできないんだ。ぼくときみとのあいだには、まだ片づいていない問題があるけどね」

「結婚って、こんな形でするものじゃないわ」

「それはそうかもしれないな」ケインは静かに言った。「よし、わかった。それじゃ、ちゃんとやろう。正しいやりかたでね」

「正しいやりかたって？　ケイン？　ケイン！」

だが、もう電話は切れていた。ニッキはぼんやりと受話器を見おろした。「あなたって

とんでもない男だわ、結婚なんてお断りよ！」

「いいや、おまえはきっと結婚するよ」クレイが言い、ミルクのグラスを差しだした。

「さあ、飲みなさい」

ジョン・ハラルスンは三杯めのスコッチを飲みほしたところだった。モーテルの部屋の

ドアが開く音を耳にしたが、コルテスと制服姿の男が目の前に立つまで気にとめてはいな

かった。

「やあ、コルテス！」彼は言った。「きみも一杯どうだ？」

「いいや、結構。それより、われわれといっしょに来てもらおう」

ハラルスンは目をぱちくりさせた。「なぜだ？」顔にはまだ笑みが残っている。

「罪状はいろいろある」コルテスが逮捕状を読みあげはじめた。「薬品規制法違反、脅迫

罪、贈賄……。あとは自分で読むといい」

ハラルスンは顔をしかめ、ちょっとふらつきながら立ちあがった。「俺《おれ》を逮捕するの

か？」

「ぼくではなく彼がね。いまはとりあえずサウスカロライナの州法に違反した容疑で逮捕する。追って連邦政府の裁判所からも召喚されるだろう」

「きみは休暇中のはずだ」

コルテスは冷ややかにほほえんだ。「おまえとFBI本部で最初に会ったときから休暇は返上してるんだよ。あそこでおまえは仲間のひとりから情報を引きだそうとしていたんだよな。ところで、これは返しておこう」驚いている男に二ドル五十セントの金貨を手渡す。

「きみに売ったものだ」

「ぼくはコインなんか集めちゃいないんだ。ただ、おまえがこれを買ったのを見ていたから、ほしがっているふりをしてみせただけだ」

「人をはめやがって！」ハラルスンが吠《ほ》えた。

「人をはめようとしたのはそっちが先だ」コルテスは再びサングラスをかけた。「それじゃ、この男のことは任せるから」同行した警官に言う。「われわれのかわりによく面倒をみてやってくれ。また連絡する」

ハラルスンは彼の背中に怒声を浴びせた。「この件はあんたの管轄外だ！　あんたの所属はFBIだろうが！」

コルテスは眉をあげた。「それはどうかな?」面白そうに言い、また歩きだした。

同じ日の夕方、シーモア邸の玄関を両手にプレゼントをかかえたマッケイン・ロンバードが入ってきた。彼はクレイの前を通って居間に入り、びっくりした顔でソファーに腰かけているニッキの横にプレゼントの山をおろした。

「ばらの花だ」それぞれ色の違う三つの大きな花束を指さして言う。「それからチョコレートにロマンティックな音楽のCD、詩集が二冊に香水。香水はむろんシャネルだよ」にやっと笑って付け加える。

ニッキは彼をまじまじと見た。「これはいったいなんなの？」

「求愛の小道具だ」ケインはクレイを無視してニッキの隣に腰かけた。「指輪もポケットに入っている。むろん婚約指輪だ。結婚指輪はいっしょに選んでくれ」

「だけど、わたし、あなたと結婚するとは言ってない……」ニッキは口ごもった。

「結婚するに決まってるさ」ケインはジャケットのポケットから小さなベルベットの箱をとりだした。

「ダイヤは好きじゃないわ」ニッキは意地悪く言った。

「ぼくもだよ」ケインは箱をあけた。「だからエメラルドにしたんだ」

そのエメラルドはダイヤのように精妙にカットされ、信じがたい透明度と美しさを誇っていた。ニッキは陶然と見入った。傷のないエメラルドは上質のダイヤと同じくらい値が張る。むしろエメラルドのほうが高いくらいだ。しかもこの石は二カラットはある。

ニッキは驚きと喜びを目にたたえて顔をあげた。

ケインは微笑した。「わかりきったせりふは期待しないでくれ。ぼくは陳腐な言葉は口にしないんでね」

ニッキは彼の男らしい顔を見つめ、そこに一生分の悲しみと喜びを読みとった。片手でその顔に触れ、鋭角な輪郭をなぞる。彼がたまらなくいとおしかった。

「結婚してくれ、ニッキ」ケインがそっと言った。

「いいわ」

ケインは笑みをうかべ、頬に触れているニッキの手を握りしめた。「親父はがっかりするだろうな」

「新聞の見出しなら違うものをいくらでも思いつくでしょうよ」ニッキはケインの胸に顔をうずめた。「ハラルスンの逮捕もいい見出しになるでしょうしね」

「いや、それはだめだよ」ケインはそう言いながら、コーヒーとミルクをトレイにのせて部屋に入ってきたクレイに目をやった。「ハラルスンの件は司法省が片をつけるまで部外秘なんだ。首席検察官がこの事件にことのほか興味を持っているらしい」

「心神耗弱を訴えて、罪を逃れようとするかもしれないからな」クレイが自分とケインのためにいれたコーヒーのカップと、ニッキのためのミルクのグラスを置いた。

「ミルクは嫌いだと言ったでしょう?」ニッキがぼやいた。

「赤ん坊のためだよ」クレイはしたりげに言った。

ケインは照れくさそうなそぶりすら見せず、顔を輝かせた。

「二人ともそんなしたり顔をすることはないでしょう?」ニッキはミルクを飲もうと体を起こして言った。「まだ検査薬さえ試してないのよ。妊娠してると決めつけるのは早すぎるわ」

クレイが身を乗りだした。「ニッキ、スクランブルエッグを食べるかい?」

ニッキはたちまち青ざめ、吐き気をこらえるように唾《つば》をのみこんだ。

「ニッキはスクランブルエッグが大好きなんだ」クレイはケインに説明した。「しかし最近では話に出ただけで気持ちが悪くなるらしい。興味深いだろう?」

「ぼくの母親が一番下の弟を身ごもったときにはポテトが嫌いになったよ」ケインが言った。「産んでしまうまで食べられなかった」

「きょうだいは何人いるんだ?」クレイが問いかけた。

「弟が二人に妹がひとりだ。妹は結婚してフランスで暮らしている。おふくろはもう他界しているが、親父は会う前からニッキが気に入ったようだ。ブレア夫妻と知りあいなんだよ」ケインは笑いながら続けた。「ぼくたちが知りあいだと気づいてからというもの、クロードは親父に向かって、ことあるごとにきみたちのことをほめたたえているらしい」そこでちょっと言いよどむ。「それに結婚祝いのプレゼントも考えてくれているようだ」

「きっと猫だわ」ニッキが間髪を入れずに言った。

「どうしてわかったんだ？」ケインが低く笑った。

「ニッキは愛猫を亡くして寂しいんだ」クレイが言った。「新しい猫が来れば元気になるだろう」ケインを見つめて言葉をつぐ。「きみはハラルスンが逮捕されたのを知っていたな。どうやって知ったんだ？」

「ハラルスンの友だちということになっていたコルテスがぼくに会いに来たんだ」ケインは答えた。「コルテスは敵にまわすと怖い男だ。彼が味方でよかったよ」

「モズビーはハラルスンを助《すけ》っ人《と》によこすことで、ぼくの力になっているつもりだったんだ」クレイの口調が重苦しくなった。「彼がハラルスンの意のままになっていたとは彼自身もぼくも知らなかった。それに司法省がまったく別の理由ですでにハラルスンを監視していたことにも全然気がつかなかった」

「コルテスって何をしている人なの？」ニッキが興味津々といった表情で尋ねた。

クレイもケインも彼女を見た。

「ＦＢＩだ」クレイは答えた。

それと同時にケインは「麻薬取締局だ」と言った。

二人は顔を見あわせた。

「どっちなの?」ニッキは言った。

二人は決まり悪そうに笑った。「彼はどうやら複数の身分証を持っているようだな。きっと休職中の元KGBなんだ」クレイが言った。

ケインはカップを置いた。「どういう人物であれ、コルテスはぼくを危ういところで助けてくれた。罰金は支払わなければならないだろうが、あの場所からはほかの会社が出した有害廃棄物も見つかった。バークは間違いなく刑務所送りになるだろう。道を誤ったうちの社員といっしょにね」

「もうおたくの会社を叩《たた》く理由もなくなりそうだ」クレイが年上の男に向かって言った。「しかし、今後また環境破壊に通じるようなことをしたら、そのときは義理の弟でも容赦はしない」

ケインはくすっと笑った。「結構なことだ。そういう高潔な精神は最近では珍しくなってしまった。きみたちの家系にそういう血が流れているのがわかってよかったよ」

クレイはその言葉にうなずいてコーヒーをすすった。


チャールストンのダウンタウンにある小さなカフェは混《こ》んでいた。フィービーはなぜ自分が毎日ここに来るのか理解できないまま、今日もすでにワシントンDCでの仕事に戻ったに違いない人物を待って、テーブルの前に腰かけていた。きっと古い土器を掘りだすことにばかり時間を費やしすぎて、少々頭がおかしくなっているのだろう。これから買い物をしなければならないのだ。彼女が立ちあがりかけたとき、サングラスをかけた長身の男が店に入ってきた。

二杯めのコーヒーも残り少なくなり、そろそろ出る潮時だった。これから買い物をしなければならないのだ。

黒い清潔な髪はゆわえずに背中にたらしている。ジーンズにブーツにパールのスナップボタンがついたデニムのシャツという服装だ。何人かの客が露骨に好奇のまなざしを投げかける。だが、彼はそれを無視してまっすぐフィービーに近づいてきた。サングラスをとり、つるをシャツの胸ポケットに引っかけると、片手を差しだす。

フィービーはほかの客がちらちら見ているのも構わずにその手をとり、彼に導かれるまま外に出た。

コルテスは何も言わずに彼女をレンタカーの助手席に乗せ、自分も運転席に腰を落ち着けると、再びサングラスをかけて車を発進させた。

二人とも口はきかなかった。コルテスは海岸へと車を走らせ、樫《かし》の木が立ち並んだ海が見える未舗装の道路に駐車した。彼が車から降りると、フィービーも降りた。二人は人気《ひとけ》のないビーチに向かって歩きだした。

風に髪をなびかせながら、コルテスは海を見つめ、フィービーは青い目を彼の日焼けした横顔に向けた。まっすぐな鼻に高い頬骨が彼をいっそう神秘的に見せている。

「あなた、帰ってしまうのね」フィービーは勘を働かせて言った。

コルテスはうなずいた。「山のような仕事がぼくを待っているんだ。もうじき始まる裁判にも出なければならない。人種差別に関する訴訟と、麻薬密売事件の裁判と……」

「その裁判であなたが証言するわけね？」

コルテスはサングラスをとり、フィービーに向き直った。「その裁判でぼくが有罪を立証するんだ」彼女の顔をじっと見つめて言う。「ぼくは連邦検察官――アメリカ司法省の検事なんだ」

フィービーは驚いた。「あなた、FBIだと言ったじゃない」

「ああ、かつてはFBIの捜査官だった。麻薬取締局にいたこともあるし、短いあいだだがCIAに属していたこともある。だが、昔から法律が一番好きだった。いまもそれは同じだ」コルテスの顔にゆっくりと笑みが広がった。「捜査官としてのぼくはかなり優秀だった。だが、検察官としてはそれ以上なんだ」

それはフィービーにも百パーセント信じられた。コルテスは証言台に立つどんな人間でも威圧できそうな風貌の持ち主だ。

「ご自分の仕事が好きなのね」

「いまのところはね。アメリカ先住民の権利を守る団体の顧問弁護士にならないかと持ちかけられ、応じようかと思ったこともある。いつかはその方面に転職するかもしれない。

どのような団体のためであれ、最善の闘いかたとは法廷に持ちこむことだよ、フィービー。路上で闘っても逮捕されるだけだ」

「そうかもしれないわね」フィービーは彼の浅黒い顔を見つめかえした。「あなたのこと、もっと知りたかったのに残念だわ。あなたみたいな人に会ったのは初めてなの。コマンチ族だという以外にもね」

コルテスは悲しげな笑みを見せた。「年が違いすぎる」優しい口調だ。「きみはせいぜい二十二になったばかりだ。ぼくは今度の誕生日で三十六になる。しかも育ったのはコマンチ族が大勢暮らしているオクラホマの片田舎だ。コマンチ族の宗教上の教えを実践し、伝統文化にのっとった生活をしている。文化的多元性という言葉を聞いたことがあるかもしれないが——いや、人類学科の学生ならきっと聞いたことがあるはずだ——ぼくはその典型的な例だ」

「文化的多元性……。民族的なアイデンティティを守りつつも多数派社会に順応しているってことね」

コルテスはうなずいた。骨ばった手でフィービーの柔らかな顔に触れ、唇にそっと親指をすべらせる。「しかし、それでもきみとは連絡を絶やしたくない。友だちは多いほうではないから、新しい友だちを作るチャンスは大事にしたいんだ」

フィービーはほほえんだ。「よかったら春のわたしの卒業式に来て」

「案内を送ってくれ」

フィービーはうなずいた。それから彼の長い髪に視線をさまよわせる。彼の髪は美しかった。豊かでつややかで長い。その髪の手ざわりを確かめてみたかった。

「遠慮しなくていいよ」コルテスが長いため息をついて言った。フィービーはきょとんとした。コルテスは肩をすくめ、彼女の無言の問いかけに答えた。「さわってみるまで落ち着かないだろうから、遠慮せずにさわっていいと言ってるんだよ。気づかないふりをするつもりはないんだ」

フィービーは目をまるくした。「えっ？」

「我慢できそうにないんだろう？」コルテスは彼女の手をつかみ、自分の髪に触れさせた。そのせいで二人の距離が一気に縮まり、フィービーは膝から力が抜けそうになって、呼吸が乱れたのをなんとかごまかそうとした。

コルテスの髪は見た目だけでなく手ざわりも絹のようで、ひんやりと冷たく、とてもセクシーだった。

フィービーはうっとりした。

コルテスはストイックな喜びを感じながら彼女の手の動きに耐え、間近で見る顔にうかぶ表情を興味深く観察した。

「博物館の展示品になった気分だ」

フィービーは彼の目を見あげ、その目に胸を高鳴らせた。「なぜ？」

「きみの頭の中の歯車が動くのが目に見えるようだよ」コルテスは答えた。「きみはぼくの骨格に、きみが知るモンゴロイドの特徴を重ねあわせているんだ。そしてぼくの門歯がシャベル形をしているかどうか、確認したくてたまらなくなっている」

「わたしが考えていたのは……」フィービーは彼を見つめて言った。「あなたの髪の手ざわりはなんてセクシーなのかってことよ」

「ぼくのことをそんなふうに思ってはだめだよ」コルテスは深々とした声でゆっくりと言った。

「あなたがコマンチで、わたしは白人だから？」フィービーは息をつめるようにして尋ねた。

コルテスはうなずいた。

「それに、ぼくはきみより十歳以上も年上だから」

「それでも友だちにはなれるはずよ。あなただってさっきそう言ったわ」

「そう、友だちにはなれる。だが、ぼくがセクシーだなんて気がついてはいけない」

「ああ。わかったわ」

フィービーは両手で彼の顔をはさみ、その端整な輪郭をなぞった。コルテスが目をとじたので、濃い眉の下の長いまつげや、とじられたまぶたにも触れることができた。

まっすぐな鼻の下はくっきりとしたセクシーな唇だ。歯は白くてまっすぐ並んでいる。アメリカ先住民は白人に比べて虫歯が少ないと何かで読んだことがあった。

フィービーがコルテスの顔を観賞しているあいだに、彼の体は二人の距離の近さに反応しつつあった。コルテスはわずかに体を引き、目をあけた。唇が開き、呼吸が浅くなっていた。

両手でフィービーのウエストをはさみ、そのまま引きよせも押しやりもせずに、立ちつくしたまま見つめあう。

「きみは春の花の匂《にお》いがする」

「あなたは風ともみの木と大地の匂いがするわ」

コルテスは彼女の顔をゆっくりと見まわしてその表情を、肌の感触を、目の色を、髪の手ざわりを心にきざみつけた。

「髪をおろしてみてくれないか」

フィービーは一瞬ためらった。「なぜ?」そう問いかけながらアップにした髪に手をやる。「長さを比べたいの?」

「そうかもしれない」

彼女はピンを抜くと、頭を揺すってプラチナブロンドの髪を肩に波打たせた。コルテスの手が動き、そのしなやかな細い絹糸のような感触を確かめる。

「ぼくの髪ほど長くはないんだな」彼は言った。

「あなたの髪ほど濃くもない」フィービーはおずおずと再び彼の髪に手をやり、ほんの少し距離をつめながら両手に握りしめた。自分の態度が挑発的であることを頭の片隅で意識していたが、自制することはできず、彼のほうへと顔を向ける。

コルテスは彼女の髪に触れたまま軽く開かれた唇を見おろし、必死に理性を保とうとした。

「ぼくが白人文化で唯一気に入ったのは……」声をかすれさせ、顔を寄せていく。「きみたちのキスのやりかただ」

フィービーは期待に息をこらしながら、髪に触れている手に力がこめられたのを感じた。

「気をつけて」かすれ声でささやく。「わたしにキスしたら病みつきになってしまうかもしれないわよ」

「きみのほうもね」

コルテスは彼女の顔がより近づくように片手で傾けさせ、ごく軽く唇を触れあわせた。その感触は刺激的だった。まして下唇を彼の歯が優しく噛《か》み、顔と顔がすりあわされてからは。

コルテスの二の腕にフィービーの爪が食いこんだ。

「こんなのずるいわ」震えがちな声で彼女はささやいた。「あなた、こういうことはしないって……」

「これでわかっただろう?」コルテスはなぶるように軽いキスを続ける。「唇を開いて。そうしたらキスというものがどれほど熱いものになるかを教えてあげよう」

フィービーが顔に木漏れ日を受けながら言われたとおりにすると、不意に彼の腕に抱きすくめられて体を持ちあげられた。柔らかな唇のあいだに舌が入ってきて、彼女はコルテスが燃えたたせた狂おしい情熱にか細く高い声がもれるのを聞いた。それが自分の口から発せられた声だとは驚きだった。

車のドアがばたんと閉められた音は耳を素通りしかかった。だがコルテスはそれを聞きつけ、顔をあげた。フィービーの顔は見なかった。見たらその顔に誘惑されてしまうことがわかっていたからだ。腕の中の体は震えていた。

コルテスは彼女をそっと下におろして立たせた。そのとき家族連れの観光客が車から浜に降りたった。

「海に近づきすぎてはだめだ」父親が子どもたちにどなった。「波にのみこまれてしまうぞ!」

「そうよ、ママたちが行くまで待ってなさい!」母親が叫んだ。

その日常的な光景にコルテスは思わず笑みをこぼした。それからフィービーを見て、顔をしかめた。フィービーは打ちひしがれたような顔をしている。

「こんなことをするのがまずいってことはわかっていたんだ」

フィービーは体の内側が震えているような感覚に見舞われていた。腫《は》れた唇に舌を触れ、そこに残っている彼の味を楽しむ。「わたしもよ」

コルテスは彼女の手をとり、車に向かった。そしてちょっと躊躇《ちゅうちょ》するそぶりを見せてから、フィービーのために助手席のドアをあけた。

「こっちを向いて」

ふりむくと、フィービーが彼を見つめていた。

コルテスはまばたきもせずにひたと見つめかえし、おかげでフィービーの内なる震えがいっそうひどくなった。彼女はろくに息もできず、それを見てとったコルテスはこの瞬間、彼女をモーテルの部屋に連れ帰り、思うさま抱きたい衝動にかられた。だが、そんなことをしてもなんにもならない。

どうにもならないのだ。

「さっきの店まで送るよ」コルテスは目をそらして言った。

「あなたに誘われたら……わたし、ついていくわ」フィービーも彼から目をそらして言った。

「ああ、わかってる。ぼくもほんとうは誘いたい」コルテスは正直に言った。「だが、病みつきになってはお互い困るし、ぼくたちの関係に未来がないのは二人ともわかっていることだ。さっきのキスはとてもよかった」せつなそうにほほえみながらフィービーを見おろす。「だが、もうあれくらいにしておこう」

フィービーの柔らかなまなざしが彼をとらえた。「あなたに抱かれるのは独立記念日並みの心躍る経験になるに違いないわ」

「それにクリスマスと大晦日《おおみそか》も重なったようなものだ」コルテスは笑顔で言った。「残念だね」

「そうね」フィービーはため息をついた。「わたしの人生のハイライトになったでしょうに」

「この世に男は星の数ほどいる」コルテスはさめた口調で言った。「たいていの男はそこそこ女を満足させられる」

「それはどうかしら」

コルテスは再び彼女の目を見つめた。そのまなざしには強い感情がこもっている。

「わたし、謎《なぞ》めいた危険な香りのする男性を待っていたの」フィービーはそう説明し、控えめにほほえんだ。「あなたが卒業式に来たら、そのあとどうなるかは誰にもわからないわよね？」

コルテスはにこりともしなかった。自分がまだ息をしているのかどうかもわからない。

「年が違いすぎる。きみに必要なのは同じ年ごろの相手だ」

フィービーは眉をあげた。「あなたがもし本心からそう思っていたら、わたしにキスなんかしなかったはずだわ」

コルテスは口元を引きしめた。これだから理屈っぽい女は、と心につぶやく。そしてもう何も言わずに車に乗りこみ、フィービーが車を置いてきたあのカフェへと彼女を送った。

「きみの卒業式、行けるかどうかはわからないよ」別れ際、コルテスはかたい声で言った。

フィービーは運転席をのぞきこんで無表情な顔を見つめ、コルテスがさよならを言いがたい思いでいることに気がついた。彼女も同じ気持ちだった。

ブルーの目をきらめかせ、にっこり笑いかける。「来なかったら一生後悔するわよ」

コルテスは仏頂づらで彼女をにらんだ。サングラスのせいでその目はフィービーには見えない。

「そうかもしれないな」

フィービーは車から体を起こした。「運転に気をつけて。わたしにはもうあなたに対する所有権があるのよ」

「たった一度キスしただけで？　やれやれだね！」

「文化的流用ってやつよ。上位の集団による同化吸収」フィービーは言った。「わたしもあなたを同化吸収するの」ゆっくりと唇をなめる。「それを考えただけで、あなたはこれから九カ月眠れなくなるはずだわ」

もう車を出さないと全身から冷たい汗が噴きだしそうだった。コルテスはギアをローに入れた。「まあ見てればいい」そう言うとアクセルを踏みこむ。

フィービーはくすりと笑い、走り去る車を見送った。

大丈夫、彼はきっとまた来る。

家に帰り着くまで、彼女の笑みは消えなかった。

19

ニッキは結婚式の招待状の宛名《あてな》書きをしながら、受話器を手にして頭のかたい官庁の役人相手に、その官庁の前で政治集会を開かせてくれるよう交渉していた。

「わたしにはアメリカ国民としての権利があるはずです」宛名のTの字の横棒を書き加えながら、電話の相手に言う。「その権利の中には自分の好きな場所で公的な集会を開く権利も含まれているはずです。そちらはそこの建物を所有しているだけであって、前の道路は公共の場所でしょう?」相手の返事を聞き、ニッキはくすりと笑った。「ええ、結構。警察を呼ぶというならどうぞご自由に。きっと派手な見出しの新聞記事になるわ。それではそちらも困るでしょう? ほら、やっぱりあなたも同じように考えてくださると思ってましたわ。それじゃ、お目にかかれるのを楽しみにしていますので。どうもありがとう。では、これで」

電話を切ると、ニッキは駆け引きの技術よりも宛名のほうに意識を集中しはじめた。

彼女を見ていたケインはひとり笑みをこぼした。彼女は切れる頭脳を駆使して、ケインの得意技を盗んだのかと思うような外交戦術を実践したのだ。

まったくたいした女だ。

ニッキはうつむいた自分の頭に視線を感じ、顔をあげてケインと目をあわせた。

「最後の百通にとりかかっているの」にこやかに言う。「でも、わたしたちの結婚式を選挙の投票日にあわせられなかったのは残念だわ。タイミングがあえば、かなり有利になったのに……」

「ぼくが支持する候補者ではなく、きみの側の候補者にはね」

「あなたの未来の義兄《あに》によ」ニッキはすまして言った。

ケインはあたたかな目をしてニッキに近づいた。「今朝は愛してるって言ったっけ？」

「まだ五回しか言ってないわ。あと二、三回言ってくれても罰はあたらないわよ」

「きみも言ってくれるかい？」

「わたしは顔さえ見れば言ってるわ。キスして、ケイン」ニッキはケインの首に両手をかけて引きよせ、二人はソファーの上でもつれあった。

ケインがコーヒーテーブルの上に倒れこんだり、冷めかけた彼女のコーヒーのカップを引っくりかえしたりしないようにしているとき、戸口のほうから大きな咳払《せきばら》いが聞こえた。

二人は頭をもたげた。

クレイが二人をにらんでいた。「いい加減にしてくれないか？　まだ朝食前なんだぞ！」

ニッキとケインは顔を見あわせた。「あれはほんとうにきみの兄貴なのかい？」ケインが言った。

「きっと養子だわ」ニッキは彼の唇にキスしてささやいた。「血のつながった兄なら、わたしにあれだけ選挙運動の手伝いをさせておきながら、こんなふうに水を差すようなことはできないはずだわ。もしかしたら何かに動揺しているのかもしれないけど」

クレイはその言葉を誘いかけととった。大きなコーヒーテーブルに近づいてカップや招待状をわきにどけ、自分がプライベートな会話に割りこもうとしていることも構わずに膝の上で両手を組みあわせる。

「デリーが例のふくろうの問題についてまたうるさく言ってきたんだ」ため息まじりにクレイは言った。「なあ、ニッキ。あの問題についてはもう一度考え直すべきかもしれないな。むろんぼくは……おい、ニッキ、ぼくがしゃべっているときぐらい婚約者にかじりつくのはやめろよ。大事な話なんだから！」

ニッキは吐息をもらした。ケインを起きあがらせて座らせ、彼の膝に腰を落ち着けて兄の話を聞く態勢を整える。その妥協案に男二人は絶句した。

ケインが眉をあげて言った。「もし彼が落選してしまったら気の毒だが――」クレイのほうを顎で示して言う。「政治家としての才能はきみにもある！」

「わたしには母親としての才能もあると思うわよ」ニッキはいとおしげに自分の腹部を撫《な》

でた。「それにわたしは兄貴のためにすでに職務範囲を超えた働きをしているのよ」

「選挙運動のことかい？」クレイが問いかけた。

「兄さんのためにわたしが作りだそうとしている新しい有権者のことよ。だから、これからはもうたいした手伝いはできなくなるわ」ニッキはケインに愛情のこもったまなざしを投げかけた。「今朝病院に行ったら、赤ちゃんの心音が聞こえるって」

「ほんとうかい？」ケインは言った。「順調なのか？　病院に行くなんてひとことも言ってなかったじゃないか！」

「あなたを驚かせたかったのよ」二人の男の心配そうな顔にうんざりして言葉をつぐ。「ええ、順調ですってよ！　ただ、わたしたちが考えていたよりはちょっと複雑なの」

「複雑？　どういうことだ？」ケインがかたい声で問いつめた。

ニッキは彼の腕の中で体をまるめ、満足そうなため息をついた。「心音が二つ聞こえるんですって」

「心音が……」ケインが言った。

「……二つ」クレイがあとを引きとった。

二人の男は無言で顔を見あわせた。ケインは尊大そのものといった表情だった。

「双子か！」叫ぶように言い、ニッキを抱きしめる。

ニッキはくすりと笑った。「ええ、双子よ。家族ってありがたいものだと思わない、兄さん？」ケインの胸の中から彼女は兄に笑いかけた。「新しく兄さんに投票する有権者をただ作ってあげるだけじゃないのよ。二人も作ってあげるんだから！」

＊本書は、2008年8月に小社より刊行された作品を文庫化したものです。

真《ま》夜《よ》中《なか》のあとに

2021年10月15日発行　第1刷

著　者　ダイアナ・パーマー

訳　者　霜月《しもつき》 桂《けい》

発行人　鈴木幸辰

発行所　株式会社ハーパーコリンズ・ジャパン
東京都千代田区大手町1-5-1
03-6269-2883（営業）
0570-008091（読者サービス係）

印刷・製本　中央精版印刷株式会社

ISBN978-4-596-01504-4

mirabooks

雨の迷い子

ダイアナ・パーマー
仁嶋いずる 訳

10年前の雨の夜にテキサスの農場で拾われた天涯孤独のギャビー。恩人であり、兄同然だったボウイと再会して以来、二人の関係は少しずつ変化していき…。

傷ついた純情

ダイアナ・パーマー
仁嶋いずる 訳

唯一の肉親をなくしたグレイスへ救いの手を差し伸べたベテランFBI捜査官のガロン。誰にも言えない過去の傷を抱える彼女は、彼に惹かれていく自分に戸惑い…。

涙は風にふかれて

ダイアナ・パーマー
仁嶋いずる 訳

テキサスの名家に生まれた令嬢ベスは、ある日突然無一文の身になってしまう。手をさしのべてきたのは、苦い初恋の相手だった牧場経営者で…。

初恋はほろ苦く

ダイアナ・パーマー
仁嶋いずる 訳

隣に住む牧場主のジェイソンに憧れているケイト。ある日彼とキスを交わしたことでほのかな期待を抱くが、ジェイソンの冷たい言葉に打ちのめされる。

許されぬ過去

ダイアナ・パーマー
霜月 桂 訳

間違った結婚で、心に傷を負ったサリーナ。7年後、彼女を捨てた夫コルビーと再会を果たすが、ただ一度の夜に授かった小さな奇跡を、彼女はひた隠し…。

愛に裏切られても

ダイアナ・パーマー
霜月 桂 訳

心の扉を閉ざしてきたティピーにとって、キャッシュは初めて愛した人だった。だが、妊娠に気づいたとき、キャッシュは彼女の愛を拒絶し、去ったあとで…。

mirabooks

胸さわぎのバケーション
ローリー・フォスター
兒嶋みなこ 訳
新たな人生を始めるため、美しい湖にたたずむリゾートの求人に応募したフェニックス。面接相手のセクシーなオーナーは、もっとも苦手とするタイプで…。

ためらいのウィークエンド
ローリー・フォスター
兒嶋みなこ 訳
息子をひとりで育てるため、湖畔のリゾートで懸命に働いてきたジョイ。ある日引っ越してきたセクシーな男性に、封印したはずの恋心が目覚めてしまい…。

恋に落ちるスピードは
ローリー・フォスター
岡本 香 訳
お堅いマリーの新しい相棒は、危険な魅力あふれるセクシーガイ。24時間をともにするうち、ワイルドな風貌に隠れた、思いがけない素顔が露わになって…。

ハッピーエンドの曲がり角
ローリー・フォスター
岡本 香 訳
蒐集家の助手として働くロニーは、見知らぬ町でとびきりワイルドな彼に出会う。その正体は、品行方正だと聞いていた、24時間をともにする相棒候補で…。

もう一度あなたの隣で
ローリー・フォスター
岡本 香 訳
誰かに狙われているような不可解な出来事が続き、怖くなったマキシーは、マイルズに身辺警護を頼むことに。彼とは二カ月前まで男女の仲だった間柄で…。

つないだ手を離さないで
ローリー・フォスター
岡本 香 訳
失踪した兄の跡を継ぎ、警護会社を切り盛りするサハラ。新しくスカウトしようと目をつけている男ブランドを前にすると、何故かペースを乱されてしまい…。

mirabooks

忘却のかなたの楽園
マヤ・バンクス
小林ルミ子 訳
所有する島の購入交渉に来たラファエルと恋に落ちたブライアニー。契約を交わすと彼との連絡は途絶える。妊娠に気づき訪ねると、彼は事故で記憶を失っていて…。

忘れたい恋だとしても
マヤ・バンクス
藤峰みちか 訳
会社経営者ライアンと婚約し幸せの絶頂にいたケリーは、ある日彼の弟との不貞を疑われ捨てられた。半年後、彼の子を身ごもるケリーの前にライアンが現れ——

消えない愛のしるしを
マヤ・バンクス
琴葉かいら 訳
夫の死後三年がたち、過去を吹っ切るために秘密の社交場にやってきたジョスリン。長年胸に秘めてきた願いを叶えようとするが、そこには夫の親友がいて…。

心があなたを忘れても
マヤ・バンクス
庭植奈穂子 訳
ギリシア人実業家クリュザンダーの子を宿したマーリーは、彼にただの〝愛人〟だと言われ絶望する。しかも追い打ちをかけるように記憶喪失に陥ってしまい…。

後見人を振り向かせる方法
マヤ・バンクス
竹内　喜 訳
イザベラが10年以上も片想いをしているのはギリシア富豪一族の次男で後見人のセロン。だがある日、彼がどこかの令嬢と婚約するらしいと知り…。

一夜の夢が覚めたとき
マヤ・バンクス
庭植奈穂子 訳
楽園のような島のホテルで職を得たジュエルはその日、名も知らぬ男性に誘惑され熱い一夜を過ごす。だが彼こそがオーナーのピアズで、彼女は翌日解雇され…。